徳間文庫

# 雲上雲下

朝井まかて

徳間書店

# 目次

## 章ノ一◉小さき者たち

## 章ノ二◉勇の者たち



## 章ノ三◉物語の果て

# 章ノ一　小さき者たち

# 草どんと、子狐

深山の木々はまだ芽を吹いたばかり、陽射しは何に阻まれることなく、地上の隅々にまで舞い降りる。

春鳥の鳴く声を遠くに聞きながら、わしは今日も緑の腕を存分に伸ばしてあたたまっている。いつの季節も同様で、うらうらと眠ったり起きたりを繰り返して過ごすのが常だ。かつては山姥や天狗が気紛れにやってきて長々と話し込んでいったものだが、ろくにもてなしをせぬのに機嫌を損ねてか、近頃はもう姿を現さぬようになった。望むところだ。客の接遇など面倒このうえなく、おかげでここはいつも安穏な静けさに満ちている。

そう、ずいぶんと長いこと。

わしは、枯れることのできぬ草である。見目は樹木のごとくで丈は二丈を超え、根許もおそらく一抱えはあるだろう。幾千もの葉は常世の緑を保ちながら花を咲かせず、種を吐かず、実もつけぬ。

ゆえに誰も、有難がらぬ。

そもそも、わしに目をくれる者など滅多にいない。ここは深い山中にぽっかりと、袋の口を開いたかのような草原で、森とここをつなぐのは大樫の洞のみだ。

何ゆえ山中の、かような場に平らな小地ができたものやら、とんと承知しておらぬ。暴雨の後に山が崩れて大岩が動いたか、それとも武者らが山城の土塁を築き、わけあって中途で放擲いたしたか。

そういえばいつだったか、剛の者が落ち延びてこの地に足を踏み入れたことがあった。武者はわしの目前を、よろと通り過ぎた。総身に無数の弓矢を受けており、刀を杖にして進む。断崖絶壁の前で仁王立ちになったので身を投じるのであろうと見ていれば、その者は末期の力を振り絞るようにして空をふり仰いだ。

遙けきかなたを眺めている。沈黙を破ったのは、朗々たる声だった。武者が歌を詠んだのだ。都に残してきた妻を想う、そんな歌だったような気がする。そして己の手にあった刀の鞘を払い、腹に突き刺した。身を折り曲げてしばらく呻いていたが、さらに脇差を抜いて己の首を掻っ切った。噴血が四方に迸り、その臭いを吸うて、わしは息が詰まりそうになった。

その後、辺りが長いことぬかるんで難儀して、挙句、純白であったわしの根許の半分が赤く染まってしもうた。

どこかで音がする。森の中で、また誰かが迷うているらしい。その昔は薪採りの若者や菜摘(なつ)みの里娘、旅人も姿を現したものだ。

皆、この草原に足を踏み入れた途端、ああ、命拾いをしたと大息を吐き、腰から崩れ落ちる。異界のごとき森を幾日も彷徨(さまよ)った末に大樫の洞に迷い込んだ者にとって、この草原は唯一(ただひと)つの希(のぞ)みのように明るい。崖の前に立てば、遠くに里の家々や田畑まで見えるではないか。人の心地を取り戻して、啜(すす)り泣く者もいた。

しかし、やがて気がつく。ここから先に道はない。崖しかない。再び森に引き返すのは、もっと恐ろしい。安堵(あんど)した後に絶望した者は、足を滑らせるようにして崖下に落ちてゆく。いかなる覚悟を持ってのことか、それとも乱心してかは与(あずか)り知らぬことだ。

ただ、落ちる刹那(せつな)に、わしの葉の何本かを握って摑(つか)まろうとする。おそらく我(われ)知らず、咄嗟(とっさ)に手が出るのだろう。根は深く広く張っているので、人の重みくらいはどうということもない。が、わしの緑葉には鋭い切れ込みがあり、鋸(のこぎり)のごとくだ。若者や娘、旅人は掌(てのひら)を切り裂かれながら落ちていくしかなかった。形相(ぎょうそう)の凄(すさ)まじさは長いことわしの目の中にあったが、今はもう朧(おぼろ)である。

ゆるりと瞼(まぶた)を持ち上げた。

眼下は切り立った崖であるので、東西と南の世界が開けている。鳥が翼を広げて行き交う遙か下には、森や湖、川、そして今も田畑や人里が見晴るかせる。田畑はまだ土色のままで、畦道(あぜみち)の辛夷(こぶし)だけがぽつぽつと白い花を開きつつある。子どもが空に向けて握り拳(こぶし)を開くかのようなこの花を合図にして、里の者はそろそろ野良仕事を始めるだろう。

わしは欠伸を洩らし、目を閉じた。ようやく夢心地を取り戻そうというその束の間、また目が覚めた。背後で気配がする。

誰ぞ。誰がわしの午睡を邪魔立ていたす。

片目だけを開き、振り返った。

黄色のかたまりが、くるん、くるんと転がっていた。生い始めたばかりの春草に躰をこすりつけては、仰向いている。

子狐だ。

大樫の洞に目をやってみたが、いつものように深い闇を湛えるばかりで、母狐やきょうだいらしき者の姿はない。子狐は独りでここに迷い出て、しかし暢気にも遊んでいるようだ。

ふと、何かが妙だと思った。目を凝らす。まもなく、子狐に尻尾がないことに気がついた。いや、尻の上にそれらしき突起はついているのだが、その先がちぎれているのである。狼に喰われたか、知恵者の猿にしてやられたか。

どのみち、わしにはかかわりのないこと。眠ろうぞ、眠ろうぞ。

またも目を閉じかけると、今度は「くん」と鼻を鳴らす音が聞こえる。子狐はわしの根許をぐるぐると駈け回り、鼻面を近づけては嗅ぎ、わしを眺め回していた。

子狐は細い頤を上げ、こちらを見上げる。

「草どん」

幼い、赤い声だ。

「ねえ、草どん」

なに。今、わしに向こうて「草どん」と呼ばわったのか。

「聞こえてござるだろう」

かような無礼者は、黙殺するに限る。

「聞こえぬふりをしても、無駄でねえか。葉先にこんなに耳がついているんだもの。里の囲炉裏の薪が爆ぜる音だって、聞き取れるはず」

わしは思わず、舌打ちをした。鋸のごとき形で誰にも手折られぬようになっているわしの葉は、先だけはなぜか耳たぶのように膨らんで丸くなっている。この異形をあげつろうて、嬲りにかかっておるに違いない。

「幾千の耳を持ってござる、草どん。遊んでおくれ」

「礼儀知らずの、小さき者よ。そなたに返事を寄越す筋合いなど、ない」

重々しく言ってのけた。すると子狐は「くくん」と鼻を鳴らす。口の両角が上がったので、今度は笑っているらしい。

「今、返事をしなすったではないの。妙な声で」

むかとして、押し黙る。子狐が言うように、わしの声は老いた烏のごとく嗄れていた。誰かに話しかけられるのも、己が発する声を聞くのも久方ぶりであるのだ。昔からかような声であったのか、それすらも判然とせぬ。

「草どん、いつからここにおるの。昨日、それとも三日前からか」

わしほどの草が、昨日今日、生えて伸びると思うてか。

「とんと昔の、さる昔のことぞ」

目をむき、脅しつけてやった。だが子狐は「へえ」と恐れおののくわけでなし、さかしらな瞳を光らせる。

「さる昔って、いつ」

「さる昔とは、ざっと昔のことに決まっておる」

子狐は小首を傾げ、わしをまじまじと見返す。

「草どん、随分と年寄りのようなのに、いけねえよ。そんな、ざっとだなんて雑な答えかたをしちゃあ」

「わしは年寄りではない」

「嘘だ」

「そなたなんぞに嘘を吐いて、何の利がある」

「りって、何」

「もの知らずの小さき者よ。利とは、得のことぞ」

子狐はしばし黙して考えているふうで、ややあって「ふうん」と鼻の穴を膨らませた。

「おらを言い負かして追っ払う、それが草どんの利ってやつでねえか。……ってことは、やっぱり嘘を吐いたね。大人げねえなあ、童相手に」

わしは「むう」と唸り声を洩らした。

近頃の狐はいったい、どうなっておる。親狐は何をしつけておるのだ。

子狐はあおるように、畳みかけてきた。

「もう降参しなすったか」

わしはそっぽうを向き、吐き捨てた。

「去ね」

すると子狐は後じさり、「吝いな」と呟いた。

「そんなふうだと、誰も遊んでくれねえよ。仲間外れだ」

ぴょんぴょんと飛び跳ねて、煽ってくる。

「やあい、口惜しかったら、おらを追いかけてみな」

馬鹿者めが。

相手にせずに放っておくと、独りでくるくると草原を走っては転がっている。やがて遊び疲れたか、一つ溜息のようなものを落として、くるりと背を向けた。尻尾のちぎれた、何とも不格好な後ろ姿だ。尻の穴や、木の実のような金玉も丸見えではないか。

子狐はとぼり、とぼりと歩いて草原を抜け、大樫の洞の暗闇へと姿を消した。

やれやれ、やっと静穏を取り戻せると、わしは目を閉じる。

すると、くすくすと笑い声がした。

――草どん、いつからここにおるの。

春風だ。子狐の口真似をして行き過ぎる。

――吝いから、仲間外れだよ。

そして春風は、日が暮れるまでには山々に触れ回ってしまうだろう。

――あの変物が、子狐に愚弄されたよ。

――いやはや、落ちぶれたものよ。

――今日から皆で、「草どん」と呼ぶがいい。

――それがいい。

溜息が出た。風や鳥や獣のように動ける身であれば、すぐさまここを立ち去るものを。

わしは何ゆえ、動けぬ草であるのか。いつから、こうしておるのか。

己に問うて、知るものかと吐き捨てた。気がついたら一株の草になっていたのだ。それは遠い昔のさる昔、ざっと昔のことだ。そうとしか言いようがない。

もはや、幾万の星々が巡った。いや、星々が巡る前は日がな考えたこともあったのだ。

けれど思い出したのは、塵のごとき記憶の切れ端だけだった。そこで夜が明けるのを待ち構え、風に訊いてみた。どこかで雲雀が鳴き、山躑躅が甘い匂いを漂わせている頃のことだ。

――のう、わしはいつからここにおり申すのか。

すると、春の風は「さあ」と作り笑いを泛べるばかりだ。春の風は鈍物である。ちと頬笑むだけで人に歓ばれるので、およそ思考というものを試みぬ。

そこで夏の風を待って、訊いてみた。

――のう、わしの素性をご存じか。

――教えてやってもいいが、いくら寄越す。

夏の風は計算高い。木々や水のちからを巧妙に操りながら、この涼しさは己ひとりの手柄だと言わぬばかりに颯爽と動く。

秋の風にも、声をかけてはみた。

――のう、わしは何という名の草であるか、ご存じか。

――名もなき、醜き草であることよ。

あんのじょう、にべもなかった。わしは常世の緑を保つので、紅にも銀にも色を変えぬ。数奇者を気取る秋風にとって、取るに足らぬ草であった。

そして、冬風は話にならなかった。びゅいびゅいと立てる音がうるそうて、「のう」と問いかける声が届かぬ。

わしは途方に暮れて諦めて、今日も陽射しが移ろうままに午睡をむさぼっていたのだ。

そうやって、ずっと独りで生きてきた。

あんな小さき者に少しばかり愚弄されたとて、うろたえる方がどうかしている。誰に嘲笑されようが、痛うも痒うもない。

ようよう、肚が鎮まってきた。

もはや尾根の向こうに陽が傾いている。根許の辺りが冷えてきたので、幾千もの葉を内側に向けて閉じる用意をした。一枚一枚を丁寧に丸めていかねばならぬのだ。でなければ、耳たぶのごとき葉先を己の鋸葉で傷つけてしまう。

背後で気配がして顔を上げた。夕陽を受けて、影がのびている。

あの子狐だ。また来おったのか。

肚が斜めに傾ぐ。子狐は薄暗い草原をうろつくばかりで近づいてこない。が、時折、こなたの様子をうかがい見ている。少しずつ間合いを詰めてくる。思わず「しっ」と声に出して、追い払った。すると子狐はぴょこりと真上に跳ねてから、駈けてくる。

「よかった。草どん、もう寝てしまいなさったかと思うた」

西空にはまだ赤が残っている。こやつ、わしをいかほど年寄りと思うてか。

「早う、去ね」

帰り道に迷い、森の巣に戻れなんだのであろうと察しはついたが、すげなく追い立てた。

「おら、今夜はここに泊まる」

「泊まる、だと」

「迷った時は無理に森を通るんじゃないって、おっ母さんが言ってた。夜の森は恐ろしいって。だからここで泊まって、日の出を待ってから帰る」

「ここは旅籠ではない」

しかし子狐はまた数歩、近づいてくる。

「身を寄せる、切り株とてない草原ぞ。どこで寝ると申す」

「草どんのそばなら大丈夫だ。おら、わかる」

わしの根許で、ちょこなんと四本の肢を揃えた。

「ここで寝る」

子狐はそう告げるなり身を横にして、丸まった。わしの許しを得る気など、天から持ち合わせておらぬらしい。

ええい。今日は何という日ぞ。

深く息を吐き、寝仕舞いを続けた。用心のために数枚を開いたまま残し、他のすべてを内に閉じ終えた時にはすっかりと暮れ、東の空には丸い月が上がっていた。菜種色だ。

根許から、また呼ぶ声がした。

「ねえ、草どん」

聞き流したが、幾度も「草どん」と言うてよこす。わしは「何じゃ」と苛立った。

「さっさと寝ぬか、童のくせに」

「お腹がすいて寝られねえ。団子が喰いたい」

「戯れるな。それは人が喰うものぞ」

子狐が「え」と大仰な声を上げ、むくりと起き上がった。

「おら、ずっと喰ってきただよ。寝る前に、おっ母さんが一つ口の中に入れてくれるんだ。そりゃあ、甘くてうまいよ。団子、喰ったことねえの、草どん」

たちまち、相手にするのではなかったと悔やんだ。

「知らぬ、知らぬ」

「それはお気の毒。おらんちは、おめざに団子が出る日もあるだよ。麦焦がしをたっぷりとまぶしたやつ。祝や祭の宴じゃあ、尾頭つきや握り飯、兎汁も振る舞う。うちのおっ母さんはご馳走を用意するのがそれは上手うて、子どもらには餡餅や金平糖も配ってくれる。草どん、金平糖、知ってる？」

「それは人里から盗んできたものであろう。わしは盗むのも盗まれるのも、ごめんだ」

「盗んだりしてねえよ。おっ母さんは、何でも出せる」

それは、狐の詐術ではないか。

「木の葉を団子に変えたいのであれば、その辺りに冬の名残りがいくらでも落ちておろう。己で拾うて来よ」

するとふいに目をそらした。

「草どんがやって。その方が、たぶん旨い」

口ごもっている。ははんと見当がついて嗤ってやった。

「こざかしき小さき者よ。まだ、できぬのだな。木の葉一枚、まだどうにもできぬのだろう」

「修業を始めるのは秋からって、掟で決まってるだよ。だから、草どんが出して」

いかほど甘やかされて育ったものか、他人が己のために何かをしてくれて当たり前だと思い込んでいる。

「詐術など用いずとも、ほれ、その辺りのものを拾うて喰らえばよい」

「これは木の葉だ。団子じゃねえ」

「しょせん、木の葉を化かすのではないか」

「違うもん」

「同じだ。少しは頭を使うて物を言え」

「だって、違うものは違う。団子に変えた木の葉は、ちゃんと団子の味がする。砂糖をたっぷりと混ぜた味がするもん」

「わからぬ奴だのう。それはさような気がするだけで、団子ではない」

「気は大事だって、おっ母さんが言ってた。気こそ大事」

ああ言えば、こう切り返してくる。

「ねえ、草どん、団子」

「わしは狐ではない。さような術は持ち合わせておらぬ」

「じゃあ、何ができなさるの」

問われて、二の句が継げなくなった。

「草どんは、何ができるの」

我知らず、ひゅっと風を切っていた。愚かな小さき者に向かって、一枚の葉を大刀のように振り下ろしていたのだ。

やってしもうた。とうとう、殺生をしてしもうた。しかも怒りにまかせて。何ができると問われて、頭に血が昇った。

ところが子狐は左に横飛びをして、切っ先を躱していた。息も切らさず、月の光の下で目を瞠っている。

「凄い、こんなの初めて見た」

こやつ、わしに殺されかかったことをわかっておらぬのか。

「ねえ、ねえ、もっとやって」

喜んで飛び跳ねている。

「静まれ」

声を凄ませて脅しつけると、ようやく動きを止めた。しおしおと戻ってきて、また根許で丸まる。

梟が鳴き、狼が遠吠えをする。里の犬どもがそれに応えるかのように長く吠え、風は黙して言葉を発しない。風が言葉を発するのは、日のあるうちだ。夜風はただ流れるだけ。

ようやく静寂を取り戻したと思っていると、「ねえ」と子狐の声だ。

「またか。今度は何だ」

次にわしを怒らせたら、もう知らぬぞ。本気で縦二つに斬り落とす。まっぷたつにして、崖下に放り投げてやる。

「語ってくれろ」

「何をだ」

「おっ母さんが毎晩してくれるお話。団子を口に入れてくれて、それから語ってくれる。でないと、おら、寝つけねえ」

「話なんぞ、わしは知らぬ」

「ううん、知ってるはず。今日、草どん、口にしてござったもの。……とんと昔の、さる昔、ざっと昔って」

　星が動いて、わしは子狐の言葉を鸚鵡返しにした。

「とんと昔の、さる昔」

「そう、それ」

　すると、するりと口から出る言葉がある。

「あったことだか、ないことだったか、とんとわかり申さねど」

「あい」

「それは、とんと昔にあったこととして聞かねばならぬぞよ」

「あい、あい」

　何ゆえだ。わしは何ゆえ、こんな文言を知っておる。

「高い所に鷹がいて、ある所に蟻がいて、低い所に蟇蛙がいた」

「あい」

　黙っていると、子狐は「あい、あい」と先を促してくる。と、ややあって「ええ」と不服げな声を出した。

「草どん、それきりか」

「知らぬ。口をついて出たのが、これだ」

　これはたしか、この世で最も短い物語だ。そう思った途端、とまどった。

　わしはなぜ、そんなことを知っている。

「もっと長いのがいい」

「注文のうるさい、小さき者よ」

叱りつけるつもりであったのに、わしは「長い話をしようか」と続けていた。何ゆえか、それも知っているような気がした。

「天から、長いふんどしが落ちてきたのだ」

「あい」

「なんぼう引っ張っても引っ張っても、引っ張り切れぬ」

「あい、あい」

「ずるずると長うて長うて、長うて長うて」

根許を見下ろすと、子狐は月明かりの下で目をらんらんと輝かせている。

「長うて、長うて……」

「それはもう聞いた」

「これが、この世で最も長い物語ぞ」

「次、お願いします。中くらいの長さで」

小癪な。

「知らぬ、知らぬ」

「いいや、二つも知ってたでねえの。最も短い話と、最も長い話を」

嘆息(たんそく)して夜空を仰いだ。

ふいに、あの感触がよみがえった。記憶の切れ切れはもはや薄うなり、時のかなたに消えてしもうたが、その手触りだけはまだかろうじて残っていたらしい。餅のごとく柔らこうて、乳房のごとくたっぷりとしていた耳たぶ。わしはかつて、そんな耳たぶを持っていた。

けれどその手触りを思い出すたび、なぜか胸苦(むなぐる)しくなる。

それを紛らわすかのように、口を開いた。

「北の国のある所(どこ)さ、爺(じ)んつぁと婆(ば)んつぁが暮らしておった」

「あい」

ころころ、ころり。

そんな音が聞こえた。どこからでもない、わしの内から湧いてきた。

## 団子地蔵

とんと昔、あったけど。

北の国のある所に、爺さんと婆さんが暮らしていた。

爺さんが庭で手水を使うていると、婆さんが縁側に出てきて呼んだ。

「今日は彼岸の入りださげ、仏さまさ、団子をあげんべ」

爺さんはこころよく「んだ」と応えた。毎年、春秋に団子を拵えて供えるのが土地の慣いである。

二人でさっそく麦の粉を挽き、蕨粉と水を混ぜてこねた。粉がまとまってきて、それでも爺さんは力を籠めて練り上げる。やがて手ごたえが変わり艶を帯びると、婆さんがそれを手際よくちぎり、両の掌で丸くまろべていく。まろべ終えると、しばらく寝かせてやる。

それから囲炉裏にかけた鍋の湯で茹でる。これは爺さんのかかりだ。婆さんはそのかたわらで折敷に麦焦がしを用意して、待ち構える。

湯がしゅんしゅんと煮え、盛んに湯気を立てる。爺さんはまず七つを鍋の中に入れた。婆さんが「よっこらせ」と立ち上がり、竈のある土間に降りてゆく。

二つの壺を両手に抱えて引き返してきて、また膝を畳んだ。壺の蓋を持ち上げ、匙ですくっては麦焦がしに混ぜている。砂糖は滅多に購えぬ贅沢なものなのだが、惜しげもなくそれを使うてしもうた。ふだんは一椀の粥を分け合うような暮らしであるのだけれども、年に二度、彼岸の団子拵えだけは豪儀なのだ。

爺さんは慌てて首を伸ばした。婆さんが別の壺を膝の上に置き、粉に混ぜている。

「婆んつぁ、それは塩だど」

近頃、婆さんは目が薄うなってか、いろんなものを取り違える。

雨の日に笠と間違うて笊をかぶって出かけ、ずぶ濡れになって帰ってきたことがあったし、焚きつけにしようと枯枝を拾うたら蛇だったと笑っていたこともある。去年の秋なんぞ案山子に「ええお日和で」と辞儀をして、それをよりによって隣の婆さんが見ていたようで、随分な目に遭った。

「味噌と糞を間違われんように、気ぃつけんべ」

村の中で言い触らして回ったのだ。

隣家は夫婦共に欲だかりで、味噌や塩を借りにきても決して返さない。そのうえ婆さんのしくじりを見つけてはあげつらい、嘲笑の種にするのだ。隣の夫婦にはもう匙を投げているが、村の者が気の毒そうな顔で婆さんを見てひそひそとやるのが、爺さんにはたまらない。

　だが婆さんはまるで意に介さず、爺さんの方こそ見当違いだと言わぬばかりに丸い顎を左右に振った。

「心配ねえ。こうして塩加えたら余計に甘ぐなるがら」

「んだが」

「んだ、昔からこうしてんだ」

　婆さんは熱心な面持ちで、粉と砂糖と塩を混ぜ合わせる。

「ぼんやりしてなさらんと、鍋の中をしっかり見ててけろ。もちもちと、うまい団子をお供えせんと」

　婆さんは至って鷹揚な性質で、昔から爺さんに口ごたえ一つしない。しかし団子拵えの時だけは気負って采配を振り、物言いも少しばかり強くなる。

　爺さんは「あぁ」と返事をして、鍋の中に気を戻した。

　鍋の底に沈んでいた団子はぷかぷかと、泡を吹きながら踊るように浮いている。これはもうそろそろかと一つを箸で摘み上げ、折敷の上に置いた。ころりと、甘く香ばしい麦焦がしをまといながら団子が転がる。婆さんは団子まろべがそれは上手いので、赤子の握り拳よりも少し小さいほどの大きさで揃い、きれいな、どこにも歪みのない丸だ。

爺さんは心持ちがよくなって、次々と鍋から引き揚げていく。七つめをつまんで鍋から引き揚げた途端、婆さんが「あれえ」と声を上げた。

「団子が」

折敷から勢いよく飛び出して、板間から縁側へと転がっていく。

ころころ。すっころころころ。

庭に落ちてもまだ転がって、爺さんは泡を喰って追いかけた。少し振り向けば、背後から婆さんも一緒に追うてきている。二人で叫びながら、よたよたと走った。

「なえして、待って、そうも転がる」

「待て、待ってけろぅ」

だが団子は庭の隅にまで転がって、草の合間の穴の中に、すっころりんと落ちた。庭の方々にある鼠穴だ。

「ああ」

二人とも息が切れ、土の上にへたり込んだ。婆さんが溜息まじりに言う。

「んもう。おらのやることに口出ししてっから、団子、転がしてしもうた」

ちくりと、棘がある。

「何だ。こうも走る団子をまろべたは、婆んつぁじゃねえが」

「爺んつぁが、うかつだべ」

言い争いになった。と、婆さんは顔を上げ、鼻をすんすんと動かす。

「あれえ」

首を傾げながら、また穴を覗き込んでいる。

「なずえした、婆んつぁ」

「今、ええ匂いが吹いてきたような。上等な、香の匂いでねえか」

鼻を動かしてみたが、土や草が匂うばかりだ。

「気のせいだ」

婆さんは両膝を穴の前につき、目を押し当てるようにしている。

「穴の中に、何かおる」

「鼠じゃろう」

「赤いひらひらが見える。あれあれ、動いとる」

また何かを見間違えているのだと嘆息したその時、婆さんの躰はぺろりと穴の中に入ってしもうた。

「婆んつぁっ」

鼠が出入りする小さな穴であるのに、吸い込まれてしもうたのだ。爺さんは慌てて手を伸ばした。と、腕が吸い込まれ、肩も尻も入ってしまう。

暗い穴の中に、頭から落ちた。

　そこは目にしたこともない、大きな伽藍（がらん）だった。

「鼠が棲（す）むには、たいそう立派じゃな」

　爺さんは一緒に歩く婆さんに小声で囁（ささや）いたつもりだったが、やけに声が響く。婆さんはここのしつらえに見惚（みほ）れてか、感心しきりだ。

「何とも立派な、美しいお堂だべなあ」

　気後れするほど太い柱が並んで、土間も底光りしている。

「おらたち、穴ん中に落ちて死んでしもうたんだべか」と、婆さんが呟いた。

「んだば、ここが極楽浄土か。いんや、庭の土の下にはながんべ。極楽浄土は、西の空の彼方（かなた）にあるもんだ」

「だども、この匂いはやっぱりお香だべ」

　婆さんはまたも鼻を動かしながら、前のめりになって歩いて行く。本堂の前を抜けると匂いが薄くなり、しかし婆さんは歩（ほ）を止めようとしない。

「どこさ行ぐ」

　声をかけようとも婆さんは振り向きもせず、角を折れる。ようやく追いついて、息を呑（の）んだ。

　爺さんと婆さんが住む家にそっくりの、煤（すす）けた板間だ。壁には笠や蓑（みの）が掛けてあり、床には囲炉裏も切ってある。

　その囲炉裏の前にお地蔵が坐っていて、茶を飲んでいた。瞼がやけに広い。半眼の黒目がちろりとこっちを見たので、爺さんはすくみ上がった。

　お地蔵は、両手に湯呑みを持ったまま口を開いた。

「爺んつぁ、婆んつぁ。こだな所に何の用じゃ」

　爺さんはうんともすんとも口をきけなかったが、婆さんは恐れ入りもせずに小腰を屈める。

「へえ。捜しに来ただっす」

「何を捜しに来ただ」

「大したものでなえげんど、団子が転がって落ちてしもうたさげ、拾おうと思うて追ってきたらば、ここさ来てしもうたであんす」

　婆さんがすらすらと答えるもので、爺さんもおっかなびっくりで口を添えてみた。

「ひ。彼岸ですけ、団子を拵えておりましたんだべ」

　するとお地蔵は、「ああ」と小膝を打った。

「あの団子なら、あんまり旨そうださげ、おら、御馳走えなった。うんと甘がった」

　婆さんは爺さんに顔を向け、にこと頬を緩めた。

「んであ、良がったな、爺んつぁ」

それもそうだと、爺さんも眉を下げた。

「ご当人に旨かったと言うてもらうとは、初めてじゃ。有難や」

二人で「落ちてきた甲斐があった」とうなずき合い、その場に跪いて手を合わせた。

いつもは先祖の墓に詣り、そして村のお地蔵にも供える団子だ。

「んであ、お暇いたしまっす」

深々と辞儀をしてから膝を立てた。と、お地蔵が「爺んつぁ、婆んつぁ」と言った。

「待て」

「へえ……」

「ただ帰すわけには、いがね」

両の目を、ぴかりと見開いていた。

どう辞退してもお地蔵は二人を帰してくれず、囲炉裏端に招き寄せられた。

「あがえ旨い団子を馳走してもろうて」と茶を淹れてくれ、里の話を聞きたがる。爺さんはどうにも落ち着かず、一刻も早う発ちたかったが、婆さんは喋り込んで笑い声まで立てている。

「魂消た。お地蔵さまは地上の地蔵さんらの親方でおられますか。まだお若そうな声だども、偉い御方であるべな」

「いやあ、それほどでも」

お地蔵は赤いよだれかけを揺らし、照れ笑いを泛べている。

爺さんは今さらながら、婆さんの肝の太さに舌を巻く思いがした。

それにしても、と焦れる。もういい加減、帰りたいのだ。日もそろそろ暮れている時分ではなかろうかとそっと背後を振り返ったが、さすがに土の下の世界のことで、縁側の向こうはただ明るいだけで影がない。ますます不安になる。いよいよ暇を告げようと婆さんの袖を引っ張ると、お地蔵がふと目許を引き締めた。

「折り入って、頼みがあるんだべ」

「お地蔵さまが、おらたちに頼みだか。そりゃもう、背中を掻くなり肩を揉むなり、何でもしますだよ。それとも、団子がええだか」

婆さんが身を乗り出したが、お地蔵は爺さんに目を据えてくる。

「おら、このところ寝不足だ」

「それは気の毒な」

愛想笑いをしたが、お地蔵はなおも真剣な面持ちで手招きをする。

「爺んつぁ、おらの膝の上に上がれ」

「そんな、とんでもねえことだ。上がらんなえ」

「ええがら。早ぐ、すろ」

急（せ）かされた。　婆さんの顔を見たが、お地蔵に逆らうなど思いもよらぬのだろう、言うことをきけとばかりに目配せしてくる。膝の上に乗って寝不足が解決するとも思えぬけれども、爺さんはともかくお地蔵の膝の上に足を置いた。思ったよりも硬くなかった。しかしがくがくと、膝小僧が震えてくる。

するとお地蔵はまた命じた。

「おらの肩さ、上がらんなえ」

「勘弁してねがっす。膝さ上がるだけでも畏れ多うて震えが来るのに、肩なんぞもったいなぐて上がらんなえ。足が腫れてしまう」

「ええがら、早ぐ」

爺さんはまたも、おっかなおっかな、お地蔵の両肩に足を置いて立った。

「次はおらの頭の上だべ。上がれ」

「それればかりは許してねがっす。罰があたって、おらの足さ、もげてしまう」

爺さんはほとんどべそをかく思いだが、見下ろせばお地蔵の隣に立った婆さんは「ここが正念場だべ」と言わぬばかりの目つきで、こっちを見上げている。

ここで引き返したら、婆さんに「意気地無しだ」と思われるような気がした。何も口に出さないだろうが、彼岸のたびに気が丈夫になる婆さんだ。団子拵えのたびに、ちくちくとやられる。

足がもげるか、婆さんにやられるか。

ええい、ままよ。

総身に力を籠め、お地蔵の頭の上に足を揃えた。

「あ、上がりましたべ」

「そこの天井板さ上げて、少しずらせ」

言われた通りにすると、ちょうど目の高さに天井裏が広がっている。そこは蜘蛛の巣一つ張っておらず、藁で編んだ丸い敷物や煙草盆、酒徳利も見える。爺さんは眼をぱちくろとしばたたかせた。

下からお地蔵の声が響く。

「そのうち、ここも日が暮れる。いや、人には見えねど暮れるものは暮れるだ。そしたら天井の上で騒がしいことが始まっから、ようこらえて落ちぬようにな。で、おらが頃合いを見て合図をするさげ、鶏の鳴き声すろ。合図ば三度するがら、そのつど鳴くんだぞ」

三度、鶏の鳴き真似をするだな。

爺さんは己に言い聞かせるように、胸の裡で繰り返した。下で気配がするので見下ろすと、お地蔵が婆さんに何かを言いつけている。

「ああ、それ。二枚とも取ってくれろ」

婆さんは壁に掛けられた笠をはずし、戻ってきた。お地蔵が指図する。

「鳴く時はこれをばっさばっさとすろ。雄鶏の心持ちになれるでな」

「爺んつぁ、ほれ」

婆さんが背伸びをして、さらに飛びつくようにしてそれを手渡してきた。右手に一枚、左手に一枚、鶏の羽みたいな格好になった。

しばらくすると、頭上で荒々しい足音がした。そっと目だけを出して様子をうかがうと、とんでもない者どもがのうし、のうしと現れた。

角を持つ鬼だ。

天井裏が途端に騒がしくなっだ。赤いのに青いの、白肌の者もいて、腰に獣の皮だけを巻いている。胸や脛、腕までが毛深い。ああ、言わぬことでねえと、爺さんの肝は縮み上がった。息を呑むのも恐ろしくて、寸分も動けない。

鬼らはいくつもの車座になると、賑やかに酒盛りを始めた。唄い、踊り、そのうち硬い音が方々で響く。黄金色に光るものが投げ出されている。

「やあ、おらの勝ちだ」

酒を呑み呑み、博奕を始めた。鬼どもの声は野太く、いちいち雷鳴のようだ。金子が飛び交うだけでもうるさいのに、勝った者は手を叩き、負けた者は胡坐の片足を立てて踏み鳴らす。

「やれ、悔しい。もう一番」

大声と小判と酒の臭いが飛び交い、天井裏が唸りを上げる。凄まじい喧騒が続く。

やがて、とんとんと足の甲を叩かれた。

合図だ。それ、今だと、爺さんは両手の笠をばさっと動かした。

「こ、こ、こきゃっ、このよぅ」

あまり上手くない鶏真似になった。しかし鬼らは一斉に耳を立て、手を止めた。

「今、一番鶏が鳴いたのが聞こえたべ」

「今夜は、やけに早ぐねえが」

疑われていると思った途端、胸の中が早鐘を打つ。

「遊んでおると、時の経つのが早いべ」

誰かがそう言って、爺さんはほうっと息を整える。鬼どもはすぐさま気を取り直してか、賭ける、賭ける。酒を水のように呷り、賽子の行方に目を凝らしては悔しがり、大きな歯をむき出して笑う。やんやと騒ぐ。

そのうち、また合図がきた。ばさ、ばっさと音をさせ、今度は腹に力を籠めてみた。

「こきゃっ、このようっ」

途端に鬼らは興醒めな面持ちになり、不服げに鼻を鳴らした。

「聞いたが。二番鶏が鳴いたべ」

「やっぱり、今夜は時の過ぐるのがひときわ早ぐねえが」

「そろそろ仕舞いにすっぺか。夜のうちに地獄に戻らねば、ひどい仕置が待ってるべ」

鬼の一人が皆を見回したが、負けが込んでいる者は「何を」と胡坐を組み直す。

「勝ち逃げはさせねえべ」

すると、「んだな」と追従する者がいる。

「束の間の憂さ晴らし、今少し」

鬼にも辛い生業があるらしい。

「やあ、勝った」

「そっち、負けだべ」

「やれ、口惜しい」

あきらめの悪い連中だ。二番鶏の声を聞いて迷ったくせに、また夢中になって遊んでいる。こっちはそろそろ脚が痺れてきた。よろけそうになるので、懸命に足裏に力を入れる。

お地蔵の頭の上だが、もはや気にしてはいられない。

と、最後の合図が来た。ばさ、ばささと両腕を存分に振り、爺さんは渾身の声を出した。

「こっきゃ、このよううぅっ」

我ながら、いい声が出た。真に迫っている。

「三番鶏ぞ。夜が明げる」

最も躰の大きな青鬼が叫ぶと皆はどっと立ち上がり、瞬く間に天井裏から去った。

煙のように、誰もいなくなった。

しんと静まり返ったそこには、横倒しになった徳利や賽子が散らばっている。そして敷物のかたわらには、黄金色に光る山がいくつも残されていた。

はあ、こっだら小判、初めて見た。目が痛いほどだ。

「爺んつぁ、どうもねえが」

お地蔵が下から案じてよこした。

「はあ。誰もおらんようになったべが」

「なら天井裏に入(へえ)って、置き土産をいただいて来(こ)」

「置き土産」

「その、光るもの」

すると下から押し上げられるように、するすると躰が昇る。爺さんは天井板にまず二枚の笠を置き、腕で身を支えて足を持ち上げた。膝や腰がみしりと鳴るが、ようよう天井裏に這(は)い上がる。その刹那(せつな)、鬼に捕まって喰われる己のさまが過(よぎ)り、ぶるりと背筋が震えた。

「鬼さん、どうか、戻ってこねえでけれ」

口の中で唱えながら、震える両手で小判を掬(すく)う。引き返そうとすると、またお地蔵に命じられた。

「残らず、持って来よ」

お地蔵は意外にも、欲が深い。

「そ、そんたらことしたら、気の毒だべ」

「そこに残したら、おらの頭上が眩しゅうてかなわねえ。また、寝不足になる」

はあ、そういう理由か。お地蔵の寝を妨げていた因は鬼らの騒ぎではなく、小判の山であったらしい。

婆さんが、せっつくような声を重ねた。

「爺んつぁ、とやこう言わんで、早う。鬼らが騙されたと知って引き返してきたら、地獄に連れて行かれるべ」

途端に尻に火がついたような心地になって、小判を拾う、拾う。両手に余るほどを集めて辺りを見回すと、天井板の上に置いた笠が目についた。それを拾い上げてさかさまにし、その中に洗い浚いを入れた。笠が一杯になって、ずしりと重い。もう一つの笠にも残らず小判を入れて、天井裏から下を見た。

「地蔵さま、受け取ってくださえ」

「心得た」

眩しく光る笠を一つ、二つと下ろし、天井板を元に戻してから後ろ向きになった。お地蔵の頭に足を置き直し、肩を踏み、膝を伝って囲炉裏端に下り立った。

「よう、やりなすったべ」

婆さんがそばに寄ってきて、目を細めながらねぎらう。だがへなへなと力が抜け、返事もできない。

「こっだら、大仕事。よう、気張りなすった」

お地蔵も「んだ」と満足げにうなずき、また茶を淹れてくれた。ひどく咽喉が渇いていたので遠慮もせずに飲んだ。途方もなく旨い甘茶だ。ふと、地蔵さまは甘いのが好きなのだと思った。

お地蔵はそのさまを見守るように笑みを泛べていたが、ふいに妙なことを口にした。

「爺んつぁ、その金子は持って帰ってけろ」

驚いて、顔の前で手を振った。

「おら、鶏真似をしただけのことだべ。こんな大変なもの、もらえなえ」

婆さんも、とまどっている。

「いかな地蔵さまのお申し出でも、こんな分不相応なものは、もらえなえ」

拝み手をして断ったが、お地蔵は言い出したらきかない。

「ここにあっても眩しゅうて邪魔ださげ、皆、持ってってけろ」

よほど光が苦手であるのか、広い瞼を半分がた下ろして薄目になっている。そして手ずから麻袋に小判を入れ、帰り道を教えてくれた。

爺さんと婆さんが家に戻ると、鍋にかかった湯はしゅんしゅんといい音を立て、まろべた団子は一つも硬くなっていなかった。

二人は疲れも知らず、すべての団子を茹で上げ、麦焦がしで甘うしてから墓詣りに出かけた。

春の陽はたっぷりとしていて、遠くの山影も青く明るい。帰り道、野辺にひっそりと立つお地蔵にも団子を供えた。

「お前さんらの親方さんに、たいそうお世話になったなだ」

婆さんはそう呟きながら手を合わせている。やがて立ち上がり、帰途についた。

と、向こうの野道から隣の婆さんが歩いてきた。こっちの姿に目を留めるや、さっそく皮肉めいた言葉を投げてくる。

「ぶらぶらと出歩いて、閑でええな。おらんとこは方々に田畑を持っとるさげ、彼岸も忙すくて、忙すくて」

「閑もねえとは、まあ、気の毒だなあ」

婆さんが調子はずれの返答をしたので、隣の婆さんは片頰を歪めて鼻を鳴らした。

「水吞みが、偉そうに」

意地悪く吐き捨てた顔を見ながら、爺さんはふと考えた。

こやつは、うちが長者になったことをまだ知らねえ。しかしそのうち嗅ぎつけて、根掘り葉掘り訊ねてくるに違いねえだ。

——ほがえ一杯の小判、どうやって手に入れた。

するとうちの婆さんは何も隠さず、ありのままに語って聞かせるべ。で、この欲だかり婆はさっそく亭主に命じて団子を作らせ、わざと庭に転がす。いびつな形の団子はなかなか転がらねえが、それを無理にでも穴に押し込む。婆さんは亭主を押しのけてあの伽藍の中を走りに走り、お地蔵に頼まれもせぬのに無理やり頭の上に乗る。

そして天井裏に顔を出す。

そこには、鬼らが待ち構えている。

——おらたちの小判を、ようも盗んだべな。

爺さんの口から、くくと笑い声が洩れそうになり、慌てて口許を掌でおおった。隣の婆さんは妙な面持ちになったが、やがて底意地の悪い笑みを顔じゅうに広げた。

「爺んつぁまで、おかしゅうなっとるべ」

村の者らにさっそく言い触らそうと心組んでか、ほくほく顔で行き過ぎた。

また二人で野道を歩く。と、それまで黙っていた婆さんが急に肩をすくめ、ぷほっと噴き出した。

たぶん同じ想像をしたのだろうと思い、二人で笑った。

＊

月の光が滴り落ちてくる。

わしは一息ついてから、重々しく告げた。

「どんびんすかんこ、豆杓子」

これで終い、これきりと知らせる文言だ。

とくに意味はない。この合図で子どもは夜通し起きていたい気持ちに区切りをつけ、祖父母や母親の袖の端を握りしめながら眠りに入る。すでに瞼がふさがり、口を半開きにして寝息を立てている子もいて、大人はやれやれと笑みを交わし合う。

夜が更け、囲炉裏で灰になった薪の崩れる音だけがする。

なぜだ。わしはなぜ、そんな里の夜を知っている。

根許で気配が動いた。見下ろせば、子狐が後ろ肢で立ち上がっていた。瞼を閉じているどころか、ぺかぺかと目を瞠り、月の色を映すほどだ。

「あい、あい」

踊るように前肢を左右に振り始めた。続きを促しているのだと察して、舌打ちをした。

「目のかたい子狐よ。話は終いだと告げたではないか。合言葉を知らぬのか」

「知ってるよ。けど、もっと聴きたい。それ、あいあい」

前肢を振り、くるくると回りながら唄う。

「草どんの語りは七色だ。爺んつぁ、婆んつぁ、地蔵さま、鬼らの声まで本物だ」

言われれば、わしの声はいつもとは別人のごとくだった。ようわからぬが、そんな気がする。

「おら、昂奮しちまって、とても寝つけやしない」

月明かりの下で子狐は目を細め、頬の肉をぷくりと盛り上げた。笑っている。

黙殺していると、子狐はただでさえ尖っている口先を斜めに突き出した。

「それとも、草どんはお話を一つこっきりしか知らねえの。いや、七色の声を持ちながらそんなはずはねえ。え、そうなの。あら、ありゃりゃ。それは厳しいだよ」

何が厳しいのか解せぬが、褒めたその口で今度は落としにかかっている。もしや、こやつ、交渉の術とやらを身につけておるのか。

わしは子狐を睨み据えた。

「口車には乗らぬ。果てがない」

「その果てなし話、お願いしまっす。おらを寝かしつけるには、うってつけ」

「己で言うな」

「でも草どんは知ってるんだろ、その話」

果てなし話、切りなし話と、反芻してみた。知ってか知らずか、よくわからぬ。

「大丈夫。口を開けば、またするすると出てくるはず」

わしが咳払いをすると、子狐はすっと四肢を揃えた。足許が藁束のようにまとまり、三角の耳が立つ。

「どうぞ」

「さように畏まるな。目を閉じて、聴くともなしに聴くのが、果てなし話ぞ」

すると子狐は「あい」と素直に肢を崩し、股ぐらを何度か舐めてから丸まった。黄色のかたまりが月の光を帯び、柔らかそうだ。だが巧妙に硬軟を使い分け、まんまと己の要求を通してしまう。末恐ろしい奴めと呆れつつ、わしは声の調子を整えていた。

「昔、むかぁしのこと。ある所の谷川沿いに、それは大きな栃の木が一本あったと」

ん。我ながら趣のある声だ。掠れも淀みもせず、響きは深く広い。

谷川の水がさらさらと行く音が聞こえた。栃の葉はこれからの季節、陽射しをよく透かして涼しい影を地上にもたらす。やがてその葉が黄に色を変える頃、実の果皮が厚くなる。その皮が裂けると種が飛び出す。

栃の木の子どもらだ。種は方々に落ち、流れ流れてよその土地で芽を出す。あるいは里の者に拾われて、灰汁を抜かれて栃餅になったりする。飢饉の折、この木の実がいかほど人の飢えを救ったか、わしは知っている。

「やがてくりくりと、丸っこい実がたんと鈴生りに生ったと」

子狐は丸まりながらも、「あい、あい」と合いの手を入れてくる。

「ところがある日、途方もなく強い風が吹きつけたとな。重い枝々はこらえきれずに、ゆさゆさと揺れる。で、栃の実がひとつ、ぽっとんと川さ落ちたと。つぶりと沈んで、つぽっと回って浮き上がる。そのまま、つんぷこ、かんぷこ、川下の方さ流れてったと」

「あい」

「次の日、その木にまた風が吹いたとな。栃の実がひとつ、ぽっとんと川さ落ちて、つぶりと沈んで、つぽっと回りながら浮き上がったと。んで、つんぷこ、かんぷこ、川下の方さ流れて行ったと」

果てのない物語に己の瞼が重うなってきた。それでも口の中で、つんぷこ、かんぷこと繰り返した。途中で止めては効き目が薄れるのである。

そっと子狐の様子を窺えば、ようやく寝ついたようだ。わしは溜息混じりの、大きな欠伸を洩らした。

寝よう。お地蔵の言う通り、眠りは大事だ。ただでさえ、近頃は寝つきが悪い。久しぶりに訪れた心地よさに身をまかせ、夢の中へと漂い始めた。

目を覚ますと、山々の向こうの東空が朝焼けで色を変えている。

空気は澄み渡り、朝露の転がる音がする。

わしは大きく息を吸い込んだ。そしてまた大きく吐きながら、閉じていた葉を次々と広げていく。やがて、朝の光が野原の隅々にまで満ちた。

この瞬間は壮観だ。いつの季節も常世の緑を保つわしの葉は、朝の中でとりどりの色を見せる。むろんいずれも緑であるのだが、心ある者が見れば、そこには深い千歳緑から青緑、明るい鶸色に、淡い白緑が含まれていることに気づくだろう。

心ある者になど、わしは出会った例がないのだが。とはいえ、今朝は誰をも許してやりたい気分だ。

あの苛立たしい、宵っ張りが去ったからである。

明け方は根許が何やら、こそばゆかった。夢うつつで薄目を開けると、頭をこすりつけていた。くぅんと甘えた声を立てていたので、団子を喰う夢でも見ていたか。

だが、いつのまにやら根許の気配がなくなっていた。草原を見渡せど、もうどこにもいない。

わしは晴れ晴れと身を伸ばす。やっと己を取り戻した。いや、世界が戻ってきたような気さえする。幾千の葉を広げ終えると、耳たぶのごとき葉先が涼やかに鳴る。わしはいかほど眠っていたのか、いつのまにやら初夏の風が渡っていた。

眼下を見渡せば田畑と山々は青み、空へとつながっている。

その彼方から、ひらり、ひらりと何かが舞い下りてきた。小さな湖の水面に向かって、さざめきながら衣を翻すのが見える。

天人が舞い下りてきたようだ。まだ若く瑞々しい、七人の娘だ。湖面が光って、わしは目を細める。

金銀の髪を持つ娘らは笑いながら飛衣を脱ぎ、それを放るようにして木の枝に掛けた。裸身の肌は透き通るほどに白く、乳房は果実のようだ。長い手脚をしなやかに動かして、水浴びをしている。

天人は毎年、この季節になると地上に下りてくる。湖の畔や、松林の美しい海辺に。そして今年もまた、一人の若者が衣を盗んでしまうだろう。その不思議な美しさに心を惑わされ、そしてもっと美しい娘に心を奪われて。

わしはとうに察しをつけている。

娘らはわざと仕組んでいるのだ。女房になって、あるいはこの世ならぬ夢を見せて若者を試す。そしてどの若者も、約束を破る。

いつの世も同じ愚を繰り返す。

里の向こう、さらにその奥の竹林が風にそよぎ、さらさらと鳴るのが聞こえた。

ある所に、一人の若い衆がいた。

毎日、林に分け入っては斧で木を伐り、それらを馬の背に積んで売り歩く、そんな暮らしを立てていた。木を伐って回ると、林の中はだんだんと薄くなる。辺りはもう切り株だらけだ。そこで若者は里から離れ、林の奥へ、さらに奥へと分け入るようになった。

ある日のこと、竹林に足を踏み入れた。地笹を払いながら進むと、ひときわ立派な、すっくと大きな竹に出会った。地面を青く染めるほど葉が繁り、胴も艶々と光っている。竹職人に見せればさぞかし喜ぶ、これをおっ割こうと斧を振り上げた時、背後で声がした。

「それだけはご勘弁を」

振り向くと、娘が立っている。頬にまだ幼さを残しているが、声が凛として涼しい。

「その竹は伐らないでくだせえ」

「何でだ」と訊ねたが、娘は「お頼み申します」と繰り返すばかりだ。

あまりに懸命な面持ちで手を合わせるので、迷った末、斧を足許に下ろした。

誰かにこんなふうに頼まれるなど、滅多とないことだ。無下にできないような気がした。

「わかった」

娘はほっとしたのか、頬を上気させて何度も頭を下げる。若者は今日はもう引き返すことにして、斧を肩に担いだ。すると娘はすうと笑みを拵え、右手で竹林の奥を指す。

「うちにお越しにならねえか。せめてもの御礼に、一休みしていってもらいてえ」

「そんな、礼には及ばねえよ」

辞退したが「それでも」と言うし、ちょうど咽喉が渇いている。結句、娘の後ろに従いて歩いた。地笹を踏み分けて進むと、やがて一軒の小体な屋敷が現れた。里では見かけぬような構えで、何となく風情がある。

娘は枝折戸から前庭に入り、縁側から上がるように勧めた。

座敷に腰を下ろせば、つくづくと立派な家だ。青畳の上に坐るなど生まれて初めてのことなので、尻がもそもそと落ち着かない。娘はいつのまにか姿を消している。どこかで物音がするので、湯茶の用意でもしているのだろう。庭に目をやると、鶯神楽がうつむき加減の花をたくさんつけている。

座敷を見回しても、「へえ」と声が洩れるばかりだ。黒漆喰の磨き壁には軸が掛かり、墨で何やら書きなぐってある。感心しながら手を畳につき、そのまま膝で床に近づいてみた。花入れや香炉、燭台も並んでいるが、どれも黒光りしている。

こんな鄙びた里外れにも、分限者がおるもんだなあ。

もとの席に戻って居ずまいを改めたけれども、どうにも尻が落ち着かない。首を後ろに回すと開け放した襖の向こうにも座敷があって、壁際に一棹の箪笥が置いてあるのが目についた。抽斗が四段ある。

あれも立派そうだ。

また四つん這いになって近づこうとすると背後で足音がして、慌てて坐り直した。

娘が静々と座敷に入ってきて、瞬く間に塗膳が並べられた。

「どうぞお上がりくだせえ」

勧めてくれるが、あまりの馳走に度胆を抜かれ、手をつけられない。緑の泡を含んだお茶を見るのも初めてなら、高坏に盛られた餅や菓子も信じられないほどどっさりだ。とまどっていると、娘は「あんれ、まあ」と呟いた。

「おら、忘れ物をしてきたみてえだ。少しばかり留守居を頼んでもええですか」

「ええけれども」

「その間に、ごゆっくり。座敷のどこでどう過ごそうと構わねえから、好きに気延ばししなせえ」

「そいつぁ、どうも」

娘はどう見ても若い。若いが、物言いがやけにしっかりとしている。もしや、おらに気を回して家を空けるのだろうかと気がついて、思わず顔が赫らむのがわかった。こんなもてなしに慣れていない身の上であることを見透かされ、気遣われたような気がした。

娘がつと、襖の向こうに目をやった。若者も首を捻って背後を見やる。

「あの箪笥ですが」

「うん」

「中を好きに見てもらって構わねえです。ただ、一番上の抽斗だけは決して見ないでくだせえ」

「そりゃ、むろんだ」

いくら行儀知らずでも、他人の家の箪笥に勝手に触ったりしねえ。

少しむっとしたけれども、正面切って物申す気構えは持ち合わせていない。若者は物心ついてからずっと、木を伐って暮らしてきた。喋る相手も木を買い取ってくれる村の家々だけで、「ふん」と「いんや」だけでほとんどの用は済む。

「では、ちっと行って参じます」

娘は丁寧に手をついて辞儀をし、障子の向こうへと姿を消した。

気がねが取れた途端に腹の虫が鳴った。膝を崩して膳の上にがぶりと屈み込み、両手で次々と口に入れた。酒を啜りながら甘い菓子をちぎり、茶を含みながら酒肴を齧る。

こんな馳走にありつけるとは、とんだ果報だ。村の者に話したら魂消るだろうなあ。他人の願いには耳を貸してやるもんだと、得意顔で顛末を話す己の姿が目に浮かぶ。誰かに喋りたいことがこの身に起きた、もうそれだけで上々の心地になった。

ふと、娘の面差しが過る。目鼻は小作りだが頰を仄赤く染めていて、何とも言えぬ愛嬌があった。

ひょっとして、おらを気に入ったのではあるまいか。婿になってくれと頼まれたら、どうすべえか。

あれこれと想像するだけで、口許が緩んでくる。すべてを平らげると、げっぷが出た。娘はまだ帰ってこない。耳を澄ませても、屋敷の中はしんと静まったままだ。腹をさすりながら仰向けになった。天井には細い青竹がびっしりと組んである。

寝転んだまま、ふと顔を動かした。隣の座敷の簞笥が目に入る。肘をついて起き上がり、敷居をまたいだ。及び腰で簞笥に近づく。退屈しのぎに見てみるかと、もう一歩近づいた。

中を見ても構わねえって言ってたもんな。

身を屈め、一番下の抽斗に手をかけた。若者は目を見開いた。抽斗の中に、冬の景色が広がっている。

木々は葉をすっかりと落とし、柿の実だけが寒空に色を添えている。男らは薪を割り、女らは川で大根洗いだ。何本も積み上げて、ごんごんと白が増えていく。やがて子どもらが走り出した。空から舞い降る雪を追いかけている。

己の額にも雪のひとひらを受けたような心持ちになって、若者は「へえ」と顔を撫でた。物持ちの家には、こんな不思議な簞笥まであるのか。

冬の抽斗を仕舞い、下から二段目を引いてみる。

今度は、一面が黄金色に実った秋だった。男も女も総出で稲を刈っている。鎌を揮い、稲を束ね、稲架に掛けてゆく。かなたには色とりどりの幟が翻って太鼓が鳴る。もうすぐ秋祭なのだろう、何度もおさらいをする笛の音（ね）も流れてくる。

若者の胸は高鳴った。

「すると、次の抽斗はきっと夏の景色だ。ん、そうに違いない」

引いてみれば、あんのじょうだった。素裸の子どもらが何人も川の浅瀬に入って、水浴びをしているではないか。

「やっぱりな。やっぱり、ここは夏だ」

何だか、富籤（とみくじ）で大当たりを引き当てたような気分だ。

馬や犬も一緒に川にいて、子どもらはきゃいきゃいとはしゃぎ回る。そして大人らは田で代掻き（しろか）だ。

若者は土と水と青葉の匂いを思うさま吸い込んで、抽斗を元に戻した。

簞笥の前で腕を組み、「恐れ入りました」と口の中で呟く。

「一番下が冬で、次が秋だろ。で、ここが夏。景色を遡る（さかのぼ）絡繰り（からく）とは、大したもんだ。……すると、ここは」

腕組みを解き、一番上の抽斗につと指を伸ばした。

「いや、いやいや。いけねえ」

指を曲げ、拳固（げんこ）に丸める。一歩後ろに下がり、腕をぶらりと下ろした。

膳の前に戻ろう。そう思いながら背後を振り返ってみれば、屋敷の中はまだ静かだ。娘が帰ってきたらしき気配はない。

なに、ほんの少し見るだけだ。ちっとだけなら、ばれやしない。だいいち、あの娘はおらを気に入っている。

簞笥にずいと近づいて肘を上げた。抽斗の把手（とって）を握る。ひと思いに引くと、「ちゃっ、ちゃ」と地鳴きが聞こえた。

——ほう、ほけきょう。けきょ、けきょ、けきょ。

鶯の声が響き渡って、若者は両の手を打ち鳴らす。

「春だ。やっぱりな」

雀躍（こおど）りした。へへんと鼻の下をこすりながら抽斗の中を見返すと、景色は一面が緑だ。時々、細い陽射しが揺れる。人の姿はどこにもなく、鶯が飛び回っている。巣があるようだ。

若者はやがて、その緑が竹の葉の重なりであることに気がついた。ふと目玉を動かして、

「あれ」と呟いた。

これは、さっきの竹じゃねえか。

その途端、若者は林の中に立っていた。

切り株ばかりの、薄い林の中だ。

「昔はそれっきり」

最後の言葉を吐き出すと、夏の風が珍しく耳打ちをした。

——人は禁じられたことをしたいのだ。見てはならぬものを見たいし、交わした約束は破りたい。

わしはまんじりともせずに、眼下の景色に眼差し(まなざし)を戻す。夏風は言いたいだけを言い、もう山を吹き下りている。それにしてもと、わしは目瞬き(まばたき)を繰り返した。

何ゆえこうも、さまざまな物語が立ち昇るのだろう。長いこと、頭の隅を過り(よぎり)もしなかった者らが次から次へと現れて、まるで身の裡から湧いてくるかのごとくだ。気がつけば口を開き、淀みもせずに語っている。

何が契機(きっかけ)であるかは、心当たりがある。

あの、要求の強い小童(こわっぱ)のせいだ。

しかしあやつが姿を消した後も、誰にせがまれずとも思い出している。水が水を呼ぶように湧き、溢れ(あふれ)て流れ出る。

わしはいったい、何を見聞きしてきた者なのだ。何ゆえ、囲炉裏端で子どもらに語って聞かせる文言まで知っている。わからぬ。

目を閉じた。陽射しがじりじりと降り注いで、これ以上は思考が続かない。しばし葉を揺らしているとようやく暑気(しょき)が散り、平穏な午睡に引き込まれてゆく。

夢とも現とも知れぬ境目で、つぼりと妙な音を聞いた。
里の田んぼの、土の濡れた匂いがする。

# 粒や

さほど若くはなく、ひどく年寄りでもない夫婦がいた。

よく働く夫婦である。朝は日の出前に起きて田畑を耕し、水を汲み、薪を割る。日が暮れたら亭主は囲炉裏端で莚や竹笊を編み、女房は豆を炒る。

起きている間はひたすら働くのが当たり前だと思って生きてきたし、長者どのでもあるまいし、手持ち無沙汰な日など一日たりともない。夫婦は背を丸め、黙々と手を動かす。

もう長いこと二人きりであるので、さして話すこともないのだ。夫婦の他には、土間の隅で長年飼っている痩せ馬がいるばかり。この馬が尿をひる音だけが時折、じゃあと響く。

村の中には口喧嘩の絶えぬ夫婦もいるが、二人は滅多と言い争いなどしない。しかし睦まじく語り合うこともない。ずっと一緒にいるのでわざわざ口に出さずとも、たいていは通じてしまう。春夏秋冬、夫婦は決まり切った仕事を黙ってこなし、時々溜息を洩らした。

子さえいたら、毎日、いろいろな話が尽きぬだろうに。今よりもっと貧しゅうても、子にさえ恵まれたら、他には何も要らぬのに。

　亭主も女房も、よもや自分たちが子のない夫婦になろうとは想像だにしていなかったのだ。

　あばら屋の軒先に燕が巣を作り、雛がひよひよと鳴いたりすると、二人は途端に話すことが増える。「やあ、めでたい」と笑みを交わし、肩を並べて軒を見上げる。

「生まっちゃ、お前さん」

「んだ。生まっちゃ」

　たったそれだけの会話であるのだけれど胸に光が差すような思いになり、しばらく燕の子に夢中になる。たまに雛が巣から落ちて死んでいたりすれば、夫婦はおんおんと泣いた。

「せっかく生まっちゃものを」

「いたわしや」

　燕に限らず、村の幼い子らもほんのちょっとしたことで、いともたやすくあの世へ帰ってしまう。その悔みに出かけた夜などは、夫婦は束の間、諦めをつける。

「あの嘆きを目にしたらば、いっそ子がなくてよがったと思う」

「んだ、いっそよがった」

　背負ったことのない肩の荷を下ろしたような面持ちで、互いにうなずく。

　それでも若い母親が畦道に坐って赤子に乳をやる姿を目にしたりすると、もういけない。女房は代掻きをしながらぼんやりと母子を見つめ、そしてまたうつむいて手を動かす。気丈にも唇を固く結んでいるが、鼻先が微かに赤い。

亭主は今日もその横顔に気づきながら、気づかぬふりをして自身も泥濘を掻き回す。かける言葉を持ち合わせていなかった。

やがて西空が赤く染まり、夫婦は畦道に上がる。腰までずぶりと泥にまみれているが、二人で小さな祠の前に屈んで手を合わせた。その祠には、田んぼの神様である水神が祀ってある。いつからここにあるのか亭主も知らぬほど古く小さく、粗末な祠だ。

ふと思いついて、女房に「なあ」と切り出した。

「子を授かれるよう、願をかけてみようでねぇか」

女房は「だども」と、口ごもる。

「おらたちが頼める神様が、どこにいなさる」

村の神社は長者が氏子総代となって、季節の折ふしに祭祀を催すのが慣いだ。信心深さで知られる長者は、白餅や酒など供物を立派に揃えねば機嫌をそこねる。夫婦は年貢を納めるのが精一杯であったので供物を用意するにも難渋し、この数年は顔を出しにくくなっていた。

「ここに、おられるでねぇか」

亭主は目の前の祠を掌で示した。女房が、ああ、ほんにと祠を見た。

「ここに、おらたちの神様がおらした」

この祠には毎日、手を合わせ続けてきたのだ。村の立派な神社には差し出せなかった草団子や胡桃餅（くるみもち）も捧（ささ）げてきたし、供える物がなければ畦道で摘んだ花を置いてきた。

「水神様に子が欲しいと願うは筋違いかもしれねぇども、頼んだからと言うて、べつだん、お怒りにもならねえべ」

亭主が珍しく陽気な口調で言うと、女房も頬を明るくした。いい思案を思いついた亭主を、頼もしげな目で見上げている。

二人で並んで、手を合わせた。

「尊い、尊い水神様。いつも有難うごぜぇます。この上に願いごとをするのは欲張りなことだども、どうか、おらたちに我が子というものを授けてくだせえまし」

それからはもう毎日、暑い盛りに草取りに入っても、女房は田を這いずり回りながらでも願い上げる。

「水神様。どうか子を授けてくだせえ。猿や狸（たぬき）みたいなのでも、かまいません」

美しい赤子でなくても、どんな猿面（づら）でも狸面でもいいという気持ちであるらしい。むろん、亭主も同じだ。しかしいっこうに授からない。

「田螺（たにし）でも蛙（びっき）でもええがら、どうかお授けを」

譬（たと）えとはいえ、ずいぶんなことを言うものだと亭主は苦笑し、背後の女房を見返った。すると女房も、腰を屈めたまま頭を後ろに向けている。

「今、水の音がしねがったか」

顔を戻して亭主に訊くが、青い稲苗がさわさわと揺れるだけだ。

数日の後、田で草を引いていると女房がまた声を上げた。振り向けば、腹を両手で押さえ、うずくまっている。

「大丈夫か」

女房のそばに駈け寄ってみれば、呻き声が洩れるばかりだ。ようやく、途切れ途切れに「腹が妙だ」と答える。亭主は女房を背におぶり、家まで駈けた。その間、声をかけ続けたけれども、女房はうんうんと唸り通しだ。

「腹が、どうにも割れそうだ」

どうやら、下腹が割れそうなほどの痛みであるらしい。家に帰り着いて板間に女房の躰を置いた途端、股から水が迸った。亭主はもう蒼褪めて狼狽するばかりだ。しかし女房は「あれ」と首を捻り、にわかに正気を取り戻した様子だ。そのうえ、板間に尻餅をつくような格好で、「ふん」といきみ始めた。よほど力を振り絞ってか、顔がみるみる色を変える。

亭主はおろおろとして、土間の隅を見やった。痩せ馬と目が合い、互いに目をしばたたかせる。

やがて、つぼりと音がした。

仰天して、口もきけない。

「これが……」

やっと願いがかなって授かった我が子は、小さな田螺だった。

女房は目の端を濡らして歓んで、己の願いが水神様に届いたのだと打ち明けた。

「田螺でも蛙でもええがらって、おらがお願いしただ」

田んぼで聞こえていたので知っている。だがそれは願いが嵩じての言いようであって、何もまことの田螺をお授け下さらんでもと思わぬでもなかったが、女房はともかく有難がっている。

「この子はきっと、水神様の申し子だべ」

とまどいながらも「んだ」とうなずいて返し、家の中で最も上等な、それは欠けやひび割れのないというだけのことなのだが、ともかく正月にしか使わぬ椀を取り出して水を張った。

そこに田螺を入れ、「粒」と名づけた。

「粒や、おはよう」

夫婦は朝、起きて、まず椀の中を覗く。

「粒や、おやすみ」

夜は鼠に喰われぬよう、神棚に上げた。

女房は小さな粒が気でないのか、片時もそばを離れたがらない。稲穂の青が黄色く膨らみ始めると、竹を胴切りにして作った筒に入れて田んぼに伴った。たまに村の誰かに出会っても不審がられない。粒が小さすぎて見えないらしかった。

亭主は苦笑いを零しながら、水神の祠に手を合わせる。今では心底から有難いと思っていた。毎日、夫婦でいろんなことを話すのだ。「めんこいなあ」と亭主が言えば、女房は「ほんに、めんこい」と目尻を下げる。そして、「今日こそ」と続ける。

「今日こそ、声を立てるような気がするのす」

「うん。そのうち、手が出てくるかもしれねえべ」

詮無い望みであることは亭主にはわかっているのだった。それでも、水神の前でひしと頭を垂れる。

「これからも粒を、大事にお育て申します」

するとその日の夜、粒は飯を喰った。女房が試しに椀の前に団子汁を置いてみると、椀から這い上がってぺらりと平らげたのだ。

夫婦は手を取り合って、泣き笑いをした。

粒が生まれて、七度めの秋が訪れた。

年貢米を納める日になって、亭主は痩せ馬を土間から前庭へと引っ張り出した。村の米はいったん長者の屋敷に集められ、検分を受けてから城の蔵に運び込まれる。

さあ、米俵を馬に結わえようと力んだが、腰や背中が痛んで思うように身が動かせない。老いた馬は気難しくなっており、荷をのせようとするたび、ぐずら、もずらと身をそらす。首につけた古鈴が耳障りな音を立てる。

その難儀を見かねてか、縁側に椀を置いて日向ぼっこをさせていた女房が前庭に下りてきた。頭には白いものが幾筋も混じっている。

「大丈夫か、お前さん」

「何の。こんくらい、わけもない」

意地を張り、痛みをこらえて俵を担いだ。しかし内心では、「やれやれ」と嘆息する。先が思いやられるのだ。いずれ躰がきかぬようになれば、誰が田畑を耕すのか。女房だけでは、とても年貢を納められない。

子さえ授かれば他に何も望まぬと思うていたのに、寄る年波は先々への不安を運んでくる。

粒はいつまで経っても生まれた時のまま、田螺なのだ。しかも飯は一人前に喰う。

「粒や、おっ父うが出かけなさるだよ」

女房は竹箒で藁屑を掃き集めながら、縁側の粒に話しかけている。亭主はやっとの思いで痩せ馬に俵を結わえ終え、嘆息混じりの声をかける。

「粒や。行ってくるでな」

馬の口縄（くちなわ）を取り、そろそろと歩き始めた。すると、背後で大きな声が聞こえた。

「おらが、その米を運ぼう」

亭主は振り返って、呆気（あっけ）に取られた。

「今、喋ったか」

声が掠（かす）れて出た。だが女房はまるで動じた様子を見せず、竹箒を持ったまま縁側に腰を下ろした。

「喋りましたとも。なあ、粒や」

亭主は息せき切って縁側に駈け戻り、椀の中を覗き込んだ。

胸の中で、どくんどくんと音がする。女房が産んだ子が田螺で、しかも一人前に飯を喰うて七年、もはや驚くこともない。しかし空耳であったらと思うと怖いのだ。若い頃ならまだしも、この歳になれば希（のぞ）みを持ったがゆえに落胆するのは堪（こた）える。

と、また声がした。

「おっ父ぅ、おっ母（か）ぁ。長い間お世話になり申したが、おらもそろそろ世の中に出てもいい時だ。長者どんへは、おらをやってくだされ」

右巻きの殻（から）が椀の中で動いて、小さな泡が浮かんでは消えた。粒の顔形はわからないが、発する声は若者のそれだ。亭主は目頭が熱くなった。

何と、たくましい申し出をしてくれることだろう。もうそれで充分だ。

「粒や、帰りに何か旨いものを買うてくるべ。楽しみに待っておれ」

すると、椀の中で粒がつぼりと跳ねる。

「おら、本気だ。馬に結わえたその米俵の上に、おらをのせてくだされ。さ、早う」

女房と顔を見合わせたが、女房は「本気だそうで」と、その気になっている。

「しかし、年貢納めだぞ」

長者は何かにつけて、うるさいことを言う。

「この子は、水神様の申し子でのす」

亭主はとうとう根負けをして、粒を米俵の上にのせてやった。

粒は、秋空に抜けるような声を発した。

「はい、どうどう」

すると気難しい老馬が見事に操られ、道へと出て行く。首の鈴をシャンシャンと鳴らしながら。

「気をつけて行っておいで」

女房の暢気な声が聞こえた。

粒に気づかれぬよう、亭主は往来沿いの木々の幹で身を隠しつつ後をつける。

ともかく心配でならないのだ。夫婦の家は村のはずれであるので、長者の屋敷への道のりには川の浅瀬や細い橋も渡らねばならない。ところが粒はその難所をちゃんと呑み込んでいて、しっかりと声がけをする。

「はあい、はあい」

老馬もまた合点してシャンシャンと進む。やがて粒は馬方節（うまかたぶし）をほうほうと唄い、馬も拍子を合わせて首の鈴を鳴らす。

田畑で働く者や往来を行く者は、目を丸くして爪先立ち（つまさきだ）になった。

「あれを見やれ。あの痩せ馬は、村はずれの貧乏家の馬でねぇが」

「んだ。間違いねぇべ。あんな年寄りの痩せ馬は、あの家にしかおらね」

「そしたらあれは、誰が唄う（うと）てるんだ」

首を傾げ、そして感心するのだった。

「それにしても、ええ声だなあ」

亭主は我が子が誇らしくて、少しばかり胸を張って歩く。見え隠れに粒の後をつけ、とうとう長者の屋敷に到着した。開け放した門からさっそく下男（げなん）の何人かが出てきて、「ありゃ」と眉根を寄せている。

「奇妙なことだべ。馬だけがやってきた」

もはやここまでと亭主が出て行こうとすると、俵の上にのっていた粒が大音声(だいおんじょう)で言った。

「年貢米を持ってきやんした」

下男らは魂消(たまげ)て、馬の背や俵を検分する。

「長者どんに、お取り次ぎを願いたい」

やっと粒に気がついて、反(そ)っくり返った。


下男らが馬の口縄を取り、裏庭へと引っ張っていった。

今日は何軒も年貢米を運んできているので、亭主は他の者らに紛れて一緒に入った。

蔵の向こうは背戸山(せどやま)で、木々が色づき始めている。亭主は何度も粒のそばに寄ろうとしたが、半裸の男らが次々と俵を馬から降ろし、裏庭へと運び込むのに前を阻まれた。俵に詰めた米は裏庭で出来(でき)具合を検分される。土の上を掃く者や世間話を始める者らもいて、大層な人山だ。

ひときわ騒々しい声がして、皆が一斉に頬被(ほおかぶ)りを取って頭を下げる。ここの主(あるじ)である長者だ。

「田螺が年貢米を運んで参ったとは、まことか」

下男の注進が母屋(おもや)に届いてか、滅多と足を運ぶことのない裏庭にやってきたようだった。

長者の背後には客人らしき立派な身形(みなり)の者らが何人もいて、中には女(おなご)らの姿もある。

「何と、めんこくなられたことよ」

村の者がひそひそと交わし合う話から察するに、若い方は長者の娘であるようだ。七草を縫い取った水色の小袖で、帯は渋い栗色だ。もう一人のやけに赤い小袖の女は、長者が数年前に娶った後添えだそうだ。こちらも娘と変わらぬほど若く見え、たいそうな別嬪だ。ふだんはすれ違うこともない晴れやかな面々が揃って、亭主は少々怖気づいた。

「頼もうっ」

ぼやぼやしているうちに、また粒の声だ。「おお」と、裏庭がどよめく。

「今年の米はええ按配にできました。おっ父ぅとおっ母ぁの丹精を、お納め申す」

堂々と口上を述べた。

「まことじゃ。まことに、田螺が物を言うておりまするぞ」

長者は客人らに手柄顔で言い立てた。粒は「長者どん」と、呼びかけた。長者はさらに上機嫌で、「何じゃ」と空に向かって答える。その目は粒の姿をまだとらえていないらしい。

「おらをここから降ろして、縁側の端にでも置いてくださらぬか。うっかり落ちて踏まれでもしたら、潰れてしまい申す」

「誰か、降ろしてやれ」

長者が命じたが、皆、互いに顔を見合わせるばかりでなかなか粒に近づけない。物珍しさと気色悪さが入り混じったような面持ちだ。亭主は「畏れながら」と、前に走り出た。すると、馬の鼻面の前で誰かと鉢合わせになった。水色の袖が翻る。

長者の娘が進み出て、俵の上に掌をかざしていた。

母屋の座敷に招き入れられた亭主は、身を折り畳むようにして坐っていた。長者は客人らに喋り通しだ。

「田螺とはいえ、まんず大したもんですじゃ」

粒は裏庭で娘の掌の上にのると、またも堂々と指図したのだ。

「この米俵から一粒たりとも落とさぬよう、用心して蔵に運んでくだされ。それと恐れ入りやんすが、馬に水と飼葉をくだされたい」

いつもは気難しい老馬がその言葉を聞くなり嬉しげに首を振り、すると裏庭にいた他の馬らも同様にした。すべての馬が澄んだ鈴の音を立てたので、客人らがまたも大いに感心した。それで気を良くしたらしき長者は、とっておきの干草と清水を与えるよう命じたのだ。

座敷でも、長者は上機嫌のえびす顔だ。亭主は上座を上目遣いで見ながら、まるで別のお人だと思った。いつだったか、神社への供物をようよう調えて持ってくれば、にべもなく突き返された。

――こんなみっともねえ物を、氏神様にお供えできると思うてか。安い信心じゃ。

もう随分と前なので思い出すこともなかったが、いざ当人の前に出るとその時の無念さが戻ってくる。つい、身が縮む。

粒は長者の娘が用意した大椀に入れてもらい、かたわらにいる。朱の漆(うるし)で塗られた椀で、粒の姿がよく映える。

「お疲れではねえか。さ、ゆるりとくつろぎなされ」

亭主と粒のそばに坐って気遣ってくれる娘は、おっとりと可愛(かわい)い顔立ちだ。亭主は「へえ」と頭を下げながらも、こんな気の張る場に長居はしたくない。隣の椀に向かって、

「粒や」と小声で呼びかけた。

「年貢も納めたし、そろそろお暇するべ」

すると粒は、これまた小声で返してきた。

「膳の匂いが勝手からしますゆえ、きっと馳走してくださるのでしょう。それをいただいてから帰りませぬか。おら、腹が空(す)いて空いて」

そうだったと、亭主は頰を掻いた。粒はともかく喰うのだ。田螺であるのに、一人前に喰う。果たして粒の見込み通り、何人もの女中が連なって膳を運んできた。上座に居並ぶ客人はむろんのこと、亭主と粒の前にも尾頭(おかしら)つきが置かれた。

宴が始まったが、亭主は気後れがして箸を持つこともできない。しかし粒は膳の縁(ふち)につ

かまって、悠々と喰い始めた。焼魚や茸の和え物、芋煮、豆腐汁、白く輝く飯も平らげてゆく。

客人らはそのさまを見てまたどよめき、亭主に次々と問いを投げかけてきた。問われるまま、粒は女房が産んだ子であることを答える。すると客の一人が、「それにしても」と鼻から息を吐いた。

「何がどうなって、お前の女房は田螺を産んだのであろうの」

「へえ。田んぼの神様に、子を授かりたいとお願いしましただ」

途端に、長者が眉間をしわめた。

「田んぼの祠なんぞを拝んだのか」

声を尖らせている。娘はいつのまにか姿を消していた。手ずから茶を淹れたりしてくれていたので、奥の台所に湯を取りに立ったのかもしれない。

上座に坐っていた若い女房が赤い袂を口に当て、「お前様」と上目遣いになった。

「ゆえに、田螺しか授からんかったんでしょう」

長者は我が意を得たとばかりに小膝を打ち、客人らを見回す。

「我が村の氏神様は違いまするぞ。五穀豊穣に心願成就、無病息災、それに子授けでも霊験あらたかですじゃ。まあ、こちらの信心も違いまするわ。御寄進はむろんのこと、まず我が身を慎んで暮らしておりまするでな。心身を浄め、嘘を吐かず偽りを働かず、年貢も毎年きっかりと、米一粒たりとも余すところなくお城の蔵にお運び申し上げております。これが、長者の務めにござりますれば」

女房が「さあさ」と、客人の一人に酒を注ぐ。

「ん。我が殿に、しかとお伝え申そう」

客人らはどうやら、年貢納めの立ち会いに城下から訪れた家臣のようだ。それで長者はこれほどの饗応をしているのだと、亭主は腑に落ちた。粒を座敷に招き入れたのもてなしの余興、家臣らの歓心を買うためではないかと察すると、また尻が浮く。

「なあ、粒。家に帰ろう」

しかし粒は膳をぺらりと平らげて、こう言った。

「お湯を所望いたす」

客人らは「あっぱれ」とばかりに、また笑った。

「いやはや、よき土産話ができた」

「殿は珍しき話がお好みゆえ、さぞお歓びになられよう」

長者はいっそう鼻を高くして、粒をねぎらった。

「今日はご苦労であった。褒美を遣わすゆえ欲しいものはないか。何なりとくれてやるぞ」

まるで殿様のような物言いだ。

粒が「では」と、声を上げた。

「長者どんの娘御さ、嫁にいただきたい」

座敷が冷水を浴びたように静まった。ようやく声を絞り出したのは長者だ。

「これはまた、豪気な田螺じゃの」

ともかく外聞が大事な御仁であるので、客人らの手前を憚ってか、怒るとも笑うともつかぬ面持ちだ。亭主は上座に向かって平伏し、「どうかお許しくださえ」と詫びた。そのまま顔を椀に向け、「これ、粒」と窘める。

「戯言もほどほどにしろ」

「いんや、おらは本気だべ」

長者がいきなり立ち上がった。

「田螺が、何を本気だと吐かす」

眉を逆立て、下座へ突き進んでくる。

「身のほど知らずが」

着物の裾が大きく開いた。右足を持ち上げ、椀を踏みつけようとしている。亭主は咄嗟に身を伏せ、粒を庇った。その時、声がした。

「足蹴にしてはなりませぬ」

顔を上げると、長者の娘だった。座敷前の広縁まで戻っていたらしく、手にしていた土瓶を敷居際に置いた。

　長者は片足を上げたまま、両の眉を弓なりにしている。

「娘や。この田螺風情(ふぜい)は、お前を嫁に欲しいと吐かしおったのだぞ」

　すると娘は座敷に入り、亭主と粒のかたわらに並んで腰を下ろした。

「それが、粒どのを足蹴にして良い理由になりましょうや」

「つ、粒どのだと」

　長者の額に幾本もの皺(しわ)が波打つ。

「田螺風情ではねえのす。父御(てご)はちゃんと粒という名をつけて、そうお呼びでがんす」

「親に向こうて口ごたえするか」

　娘を睨みつけた。客人らは黙って成行(なりゆき)をうかがうような面持ちだ。上座の端に坐っていた女房が、皮肉げに口の端(は)を上げた。

「水神様の申し子ならば、その子の婿(むこ)として申し分ねぇでしょう。お前様の信心深さに、まことにふさわしい縁組でがんす」

　着物の袂をまた口に当て、くすりと笑った。

「お前はこういう時に、なして底意地の悪いことを申す」

　女房を叱りつけたが、娘は「んだ」と背筋を立てた。

「おっ義母(かか)さんの言う通りでがんす。おっ父(と)さんは、褒美に何なりとくれてやると申されました。その一言（いちごん）を違（たが）えなさるか」

すると、後添えが「ほんに」と身を乗り出した。

「嘘を吐かず偽りを働かず、年貢も誤魔化さぬと、ついさきほど申されたばかりでねぇか」

長者は口を半開きにしたまま客人らに目を這わせ、たちまち蒼褪めてわめき立てる。

「我が娘はめんこくて賢（かしこ）うて、お城の奥に上げても恥ずかしゅうない子をと氏神様にお願いして、やれ、その通りにしていただいたと喜んでおったに。嫁入りの折には七棹（しちさお）の箪笥に七合（ごう）の長持（ながもち）、七頭の馬をつけてやろうと思うておったに田螺なんぞに嫁ぐなら何もつけてやらんじゃ。茶葉一斤（いっきん）も持たせてやらぬ。ええい、それでも嫁（ゆ）くか」

「くれてやると申されたは、おっ父さんでがんす。参りましょう」

客人らは気の毒そうな顔つきで、長者から目をそらした。長者は殻を剝（む）かれた貝のように、へなりと坐り込んでいたのだ。


七日の後、長者の娘が本当に嫁いできた。

「よう参られた。これから、よろしゅう」

粒は椀の中からいい声を出すが、亭主と女房は恐れ入って頭を下げるばかりだ。

「こんな貧乏家に申し訳のねぇことで」

「こちらこそ、何の道具も持たねぇ身でお許しくださえ」

亭主と女房は、これは夢ではないかと互いの皺深い頰をつねり合った。

「粒が生まれた時より、びっくりだ」

「お前さんもか」

「なに、お前もか」

こんな倖せは滅多とないものだ、たとえ三日で帰られてもいいと夫婦は思い決めて娘を迎え入れた。しかし娘はくるくるとよく立ち働き、秋の終わりになっても野良仕事から老馬の世話までしてくれる。

粒は相変わらず小さいままであったが嫁とはよく話をして、そしてちゃんちゃんと指図をした。

「嫁どの、雑作をかけるが、そろそろ寒の入りゆえ柴を束ねておいてくださらんか」

「かしこまりました」

寒風が吹く季節の前には柴を束ね、板壁の隙間を塞ぐのだ。老夫婦にはもはや躰にこたえるきつい仕事であったので、たいそう助かった。夜は囲炉裏端で一緒に大根汁を拵えたり、手仕事をしながらいろんな話をした。

長者の後添えは生さぬ仲である娘に冷淡で、娘の方も心から懐けなかったようだ。

「べつだん、意地の悪いことをされた覚えはねえども、好きか嫌いかと訊かれたら、おらもやはり好きじゃあなかったのす。だからたびたび台所に逃げ込んで、昔からおる女中らと一緒に過ごしておりました。したら、おらが台所で陰口を叩いていると思い込んで、えろう叱られたこともあるのす。それから何かと気まずうなりあんした」

亭主はなるほどと、得心した。あの女房は事に乗じて、体のいい厄介払いをしたのだ。そのおかげで粒は嫁をもらうことができた。若嫁も、しみじみと呟いたものだ。

「縁とは、不思議なものでがんす」

粒が「んだ」とたくましい声で応えたので、皆で顔を見合わせて噴き出した。

やがて、老夫婦の楽しみが増えた。粒と嫁が揃って唄うのである。囲炉裏端であろうと畦道であろうと、気が向けば二人はすぐに拍子を合わせる。

若嫁は艶々と美しい髪を一つにまとめ、そこに粒を簪のように留めて、どこにでも出かけるのだ。村の者らはその姿を見るたび「ほう」と目を瞠るが、長者の機嫌を損ねるのが怖さに親しく交わろうとはしない。長者はまだ娘を許しておらず、若嫁は里帰りを一度もせぬままだ。しかし若嫁の声には翳りも差さない。粒に負けず劣らず清らかで伸びのある声だ。

二人は息もぴったりで、粒が拍子を変えても若嫁は難なくそれに合わせ、幾人もが同時に唄っているような響きになる。目を閉じて耳を傾けていると、人間の夫婦が野良仕事をしながら唄っているように思えて、亭主は胸が一杯になる。

　春になったある日、縁側でそのことを女房に打ち明けた。粒と若嫁は田仕事に出かけていて、留守だ。

「お前も、目ぇ閉じて聴いてみるがええ」

　すると女房は、白くなった眉を下げた。

「もう充分でがんす。これ以上、望んではいけねえべ。分(ぶん)が過ぎる」

「んなこと、わかってる。何も高望みをしておるわけではねえ。ちと、そう思えることがあると言うただけだ」

　そこに若嫁が帰ってきたので、女房は相好(そうごう)を崩した。亭主も「お帰り」と言いつつ腰を上げたが、若嫁の総身が泥まみれだ。

　めんこい顔からは、血の気が引いていた。

　若嫁と共に、老夫婦はよろけながらも駈けた。若嫁は声を湿らせながら詫びる。いつものように田を耕し終えてから、あの祠の前に屈んで手を合わせていたらしい。

「したら烏が一羽飛んできて、おらの肩に留まったかと思うたら粒どのを突(つっ)いて落としてしもうたのす」

　動転して捜したが、どこにも姿が見当たらない。田の中にも入ったが、春のことで田螺はごろごろといる。

「どれが粒どのか、おらには見分けがつかねえのす。呼べども呼べども、何の言葉も返ってこない」

「そう案じなさるな」

若嫁に手を取られた女房は、慰めつつ懸命に足を運んでいる。

「そうだべ。粒のことじゃ。あの声で、ここぞと応えてくる」

亭主も励ますのだけれど、息が切れてほとんど言葉にならない。ようやく畦道に入り、亭主と女房はあらん限りの声を上げた。

「粒や、粒やぁ」

老いた声は伸びもせず、春の夕陽に吸い込まれていく。

「こんな消え方があるべか」

女房が膝から崩れ落ちた。亭主はそれを支え、背中をさする。何も言えなかった。目の前の風景が滲(にじ)んで揺れるばかりだ。若嫁は田の中に入って、這いずり回っている。

「粒どの、粒どの、我が夫(つま)や」

その声はやがて、唄になった。

「これから苗を植え、共に丹精しようと言うたはお前様ではなかったか。代掻き、田ならし、田植えに草取り、おら一人ではとてもまかなえねえ。共に唄うて働けばこそ、虫送りや鳥追いもできようものに。今年の年貢納めには、共に里に顔を見せようと言うたはお前様ではなかったか。シャンシャンと鈴を鳴らして、堂々と」

若嫁は啜り上げ、もう唄えなくなった。夫婦も畦道で、ほろほろとむせび泣いた。

「もし」

誰かに声をかけられた。振り向けば、旅姿の武家だ。

「何事が出来いたしたのだ」

「倅が行方知れずになりまして」

答えると、男は田圃を見返した。

「あれは村の長者の娘御ではないか」

「いかにも、さようで」

「わしもあの座敷におったのだ。そういえば、その方は田螺の父親であったか」

「へえ……」

「今日は領地の見回りに参ったのだが、ふと、昨秋のことを思い出しての。その後、如何相成ったかと思うて、この村に足を延ばしてみたのだが」

よくよく見たが、上座のご家臣の顔などろくに憶えていない。だいいち、その大事な倅がいなくなってしまったのだ。

「粒やあ。なして、馬鹿烏なんぞに突かれて落ちてしもうた。せっかく、かほどにええ嫁をもろうたに」

肩を落とし、畦道に手を突いた。背後にはまだ武家の気配がある。武家は何かを口走り、「ヤッ」と足を踏み鳴らしている。しかしもう、構う気力も残っていない。ところが武家はなお騒ぐ。

「顔を上げよ。見よ」

女房が身を動かし、「え」と叫んだ。

「お前さん」

肩を揺するので、ようやく顔を上げる。田の真ん中に、若嫁の後ろ姿がある。その前に一人の若者が立っていた。

「なして、泣くか。お前が捜してくれた亭主はここにおる」

めんこい嫁は、なお泣き声を上げた。若者はその肩に手を置き、そしてこっちを向いた。髪の毛が右巻きに渦を巻いて頭の上に乗っている他は、まったく尋常な姿形だ。いや、これを立派と言うのだ。胸がすくほど立派な若者だ。

「おっ父ぅ、おっ母ぁ」

その声は確かに粒の声だった。いい声なのだ、粒は。

「水神様が、おらにこの姿になれと命じられました。烏は馬鹿ではねえ。水神様のお遣いで、おらの殻を打ち砕いてくれ申した」

亭主は声も出せず、若者の顔をぼんやりと見つめるばかりだ。女房はよたよたと田に入り、倅と若嫁に抱き寄せられた。

粒や、お帰り。

そんな声が聞こえた。


粒は骨惜しみをせず、それはよく働いた。畦塗り、田植えもぐいぐいとこなし、夏になれば「稲の育ち具合が違う、群を抜いてるべ」と、噂になった。やがて村の若い衆が何人か連れ立って、家に訪れた。

「稲作りの秘策を教えてくれねぇべか」

すると粒は涼しげに眉を上げ、頭を振る。

「おらの手柄じゃねえ。田螺上がりゆえ、皆の助けがわかるだけのす」

粒は虫が田の水を綺麗にしてくれるのだと言い、草を引き過ぎぬよう、そして虫や鳥も追い過ぎぬようにと教えた。若い衆らは腑に落ちぬ面持ちだったが、ともかく粒の言う通りにやってみたようだ。

三年後の秋には、いずこの田んぼもそれはよく実った。決まりの年貢を納めても余剰ができ、それは少なからず日々の暮らしを楽にした。

粒と若嫁は畦道に並び、若い衆らと共に唄い、踊る。

「粒どの、粒どの、秋の稲穂が粒々と、あァ、そりゃびっしりと、鈴が鳴るほどに」

老夫婦はその姿に目を細めながら、拍子を取った。長者が見物に訪れて「三国一の婿じゃ」と褒めてくれたが、そんなことはどうでもよかった。

二人が手足を振り上げながら踊る姿が、ただ誇らしかった。


翌春、山で遅桜が咲いた頃、粒はまた消えた。その日も若嫁と田仕事に出ていた。

「もはや、おらの寿命はこれまで。捜すでねえぞ。そなたは心を残さず再嫁（さいか）するがよい。おっ父ぅとおっ母ぁに、世話になり申したと伝えてくれ。お達者で、と」

若嫁はやがて去った。城の奥から望まれて、御殿奉公（ごてんぼうこう）に上がったのである。

老夫婦はもう泣かず、嘆かなかった。粒との想い出が胸を満たしていた。そして畦道の祠の前で村人らが手を合わせ、心ばかりの物を供えてくれるからだった。

それらはいつしか、小さな木椀に盛られるのが慣いとなった。

＊

里の田畑から目を離し、空を見上げた。

大きな青に向けて、雲が叶（うん）、叶と湧いていく。季節の中で、最も力が強いのは夏雲だ。

瞬く間に、高々と立ち上がってゆく。そのかなたを眺めていると、ふいに懐かしいような心持ちにとらわれた。

なぜだろう。飽くほど目にしてきた景であるのに、何ゆえこうも慕わしい。

雲の峰は陽射しを受けて、なお輝く。そっけないほどの白さだ。

目をそらし、長い息を吐いた。近頃、わしらしゅうもない。拍子が狂い通しだ。己のことは何一つ思い出せぬままであるのに、数多の者らの物語が溢れて出てくる。

訝しみながら、ゆっくりと葉を動かした。風に揺られながら大樫の洞に目をやる。森からのただ一つの通り道だ。いつのまにやら夏蔦がびっしりと蔽い、垂れ下がり、その奥は深い翳を孕んでいる。

洞を見つめるうち、「草どん」という声が耳の奥で響いた。黄色のかたまりがそこから飛び出してくる。無細工な短尾を立て、跳ねるように走ってくる姿が目に泛ぶ。根許の数歩手前で止まると、四肢を揃えて「やあ」と言う。

——ご無沙汰しました。その後、お変わりねえか。

どこで習うてきたものやら、こましゃくれた挨拶をしてのけるだろう。わしは幾千の葉を反らし、重々しい声で返してやる。

——見ての通りぞ。

——うん。相変わらず、不機嫌そうだ。

長い間、顔を見せんで何をしておったと言葉を継ぎそうになって、とんでもないと口の端を下げる。わしともあろう者が、子狐なんぞにおもねって如何する。足許を見られ、ここに居つかれでもしたら事ぞ。たちまち疎ましゅうなって手を焼いて、辟易させられる。そうなるに決まっておる。

葉の向きを動かして、ちりちりと降り注ぐ陽射しを躱した。

寝よう。目も耳も閉じておれば、己に「なぜ」と問わずに済む。

わしはいつから、ここにおるのか、ここから一歩たりとも動けぬ草であるのはなぜなのか。なぜ、あんな小さき者の訪れが待ち遠しいのか。

そんな、答えの出ぬ問いを己に投げかけずに済む。何もかもから解き放たれる。

ゆらゆらと微睡んで、眠って、そしてわしは薄く目を開いた。

蕺草の臭いがする。気配がして大樫の洞に眼差しを落とせば、夏蔦が動いて波打っている。

「ああ、もう、鬱陶しいのう。もう」

洞の翳で、ぎょろんと大きな目玉が動いた。ひきちぎった蔦の葉を蓬髪に絡ませたまま、こちらに向かってくる。ずけずけと近づいてきて、草原の真ん中で足を止めた。

山姥だ。

頭の鉢がそれは大きく、胴と手脚は寸詰まりだ。面構えは蟹の腹に似ており、山中に慣れぬ旅人が出会うたりすると、一睨みされただけで肝を潰す。声を出せぬまま気を失し、たちまち塒に引きずり込まれる。

　血肉が腐ったような臭いが辺りに漂って、わしは息を詰めた。

　いつだったか、天狗相手に語っていたことがあった。

　――里の娘は旨いぞ。ことに、まだ毛の生え揃うておらぬ小娘が無上じゃ。いや、膚や骨は柔らかいが、味は今ひとつ。最も美味なるは、生きたまま剝いだ皮にくっついておる肉じゃ。これを歯でせせって喰ろうたら、もう他のものでは物足りぬ。足りぬ。

　上唇をめくりあげて、何度も唾を啜る音を立てた。口の端が濡れていた。

　山姥は足を広げて身を反らし、こっちを見上げた。目が合う。

「まだ、くたばっておらんかったか」

「何用だ」

「ご挨拶だの。久方ぶりに訪ねてきてやったのに。かれこれ百五十七年ぶりだわな。久方ぶり」

「過ぎた歳月を憶えておるのか」

　呆れると、山姥は乱杭歯を剝いた。

「近頃はさすがに物覚えが悪うなった。しかし、塒には骨が山とある。それを使うて、新しい歳神が訪れるたび井桁に積み上げておるのよ。都の寺の卒塔婆よりも高うなって、そのうち雲を突き破るじゃろうて。雲を」

山姥は谺（こだま）のように、言葉を重ねる癖（くせ）がある。しかも言うことが逐一、大仰だ。天狗などは「あれもこれも、己の上辺を飾る法螺（ほら）じゃ」と陰で嗤っていたものだ。

「天狗は息災か」

「死んだ。五十七年前、頭領の代替わりを巡って内輪揉めになった。鼻を折られ、身を八つ裂きにされおったわ。仕方あるまい。負けた者は生きてはおられぬが定めじゃ」

山姥は大きな頭を重そうに揺らし、さばさばと言った。

今さら何を耳に放り込まれても驚かぬ。珍しゅうもない。争いはいつの世も尽きず、人は時に勝者の勝鬨（かちどき）に胸を躍らせ、敗者の無残に涙を絞る。しかしいかに心を寄せたとて、殺し合いは殺し合いだ。勝ち続けた者ほど、血腥（ちなまぐさ）い。

「それにしても」と、山姥は目を上げた。

「お前さんは相変わらずじゃの。誰も彼をも見下げて、小馬鹿にしくさって」

「わしは何も言うておらぬ」

「いや、わしを見るなり、うんざりと厭（いや）な顔つきをした。うんざりと」

山姥はそう言いざま短軀（たんく）をよじるようにして、胸の前に手をやった。よくよく見れば背中に包みを負うているらしく、肩越しに回した布の結び目に指を入れて解（ほど）いている。

山姥らしからぬ色柄の布だ。鮮やかな朱色地に、大きな雲形文様（くもがたもんよう）が白抜きで散らしてある。里から盗んできたものか、それとも捕（とら）えて喰った者の持物（もちもの）であったか。ただ、ところどころが煮しめたように汚れている。

山姥こそ相変わらずだと、わしは肚の中で吐き捨てた。綺麗な物を欲しがるくせに、必ずそれを汚してしまうのだ。都から落ち延びてきた貴人の薄衣(うすぎぬ)も、蜻蛉(とんぼ)の翅(はね)のように美しい衣もひとたび山姥の掌中(しょうちゅう)に納まればたちまち薄汚れ、腐臭を放つ。おそらく清涼な物を身にまとうと落ち着かぬのだ。わざと汚しているに違いない。

「ほれ、この通り、届けにきてやったに」

恩着せがましく言いながら、山姥はどさりと草の上に包みを放り投げた。「何を」と返しかけて言葉を呑み込んだ。目を押し開くようにして確かめたが、間違いない。

布包みの中には黄色の毛のかたまりがあった。四肢は薪ざっぽうのように動かず、目を閉じている。口は半開きで、小さな犬歯が見える。

「何があった」

我知らずわめいていた。山姥は「ほう」と、腕を組む。

「嘘ではなかったのか。この小童(こわっぱ)と見知りであるというのは。小童と」

「おぬし、こやつを手にかけたのか」

すると「ふふん」と、嬉(うれ)しそうに上唇を動かす。

「かような子狐、筋と皮ばかりで旨(うも)うないわ。だいいち、こやつは死んでおらぬ」

短い足の爪先で、子狐の尻を突いた。

「いつまで気を失うておるのじゃ。ほれ、起きろ、起きぬか。まったく、弱っちいの。口だけは達者じゃが、あの体たらくではやられるに決まっておる。ほれ」

「誰にやられた」

山姥は子狐の前に屈み込み、汚い指で鼻面をぱちりと弾く。

「同じ歳頃の子狐どもよ。そうさな、十二、三匹はおったか。最初は口争いで、こやつ、嘘じゃないとむきになっておった。きんきん声での、草どんの葉先はそれは鋭うて武者の大刀より恐ろしいが、おらはその切っ先を躱しおおせたのだと言い張っておった。さような与太話、誰も信じぬわな。何せ、親狐にさんざん言い含められて育っておる。あの大樫の洞だけは潜るでない、あの原地に棲む草にだけは近づくなと」

わしはむうと、鼻から息を吐く。

「こやつは皆を腰抜け呼ばわりした挙句、たちまち山を駈け下り、谷に逃げた。足は速うて沢の小石も踏み渡ったが、しょせんは多勢に無勢よ。とうとう囲まれての。臍を固めて闇雲に向こうていったはよいが、したたかにやられおったわ。喧嘩の仕方をまるで弁えておらぬのじゃ。これではとても、山で生き抜いていけぬ」

「しかし傷は見えぬぞ」

「そりゃあ、手当てしてやったからよ」

山姥は「手当て」と、手柄顔で繰り返した。

「まさか、そなたが介抱したというのか」

「近頃の子狐は手加減というものを知らぬゆえ、血塗(ちまみ)れであったわ。それを川水で洗(あろ)うて、秘伝の妙薬を塗ってやったのよ。ここ、それからここも嚙(か)まれて、肉が見えておった」

「奇特なことよ。何ゆえ助けた」

「退屈しのぎじゃ。近頃は山中でも天狗が飛んでおらぬし、蟒蛇(うわばみ)も沼に沈んでおとなしいもんじゃ。どいつもこいつも泰平(たいへい)に慣れて、とんと面白いことをせぬようになった。じゃから、子狐どもの喧嘩沙汰(けんかざた)など久しぶりに目にする。最初から最後まで、とくと見物したわ」

　よっこらと腰を上げる。ふいに、山姥の頭の蔦葉(つたば)が揺れた。一陣の夏風が吹いてきて、通り過ぎる束の間に囁いた。

――算盤(そろばん)ずくのくせに。

　山姥は痰(たん)の絡んだ声を洩らし、両手を振り上げて嚙みついた。

「口を挟(はさ)むな。ええい、あっちへ行け」

――臭う臭う、山姥の損得勘定(そんとくかんじょう)が臭う。

　風に嬲(なぶ)られて、山姥は「あっちへ行けと言うに」と両の足を踏み鳴らす。

「お前らの息の音を止めるなんぞ、わけもねえんだぞ。お前らが湧く峰々の天辺(てっぺん)を、泥と塵芥で塞いでやる」

かような大口を叩くから、夏風なんぞに肚を見透かされるのだ。それよりもこっちだと、布包みに目を戻した。山姥も「お」と前のめりになる。

子狐の瞼が微かに動いている。息を凝らし、様子を窺った。うっすらと目を開いた子狐は、何度か目瞬きをした。

「小童、目を覚ましたか」

山姥が声をかけたが、どうとも答えない。子狐は前肢をひくりと動かし、頭を揺らし、身を起こす。不思議そうな面持ちで辺りを見回した。と、「あ痛」と顔の半分を歪めた。左目の上が、ざっくりと斜めに切れている。一寸半はあるだろう。

山姥が「おっと」と、肩をすくめた。

「傷が残っておるの。わしとしたことが、そこだけ薬を塗り忘れたか」

子狐は右の目玉だけを動かして山姥を見返したが、たちまち口を尖らせた。

「痛え」

山姥は「ほうか」と身を屈め、傷を検めている。

「これはさしずめ、川原の石か何かで切ったのだろう。嚙み傷ではないゆえ、膿むことはあるまい。そのうち治る、治る」

すると子狐は、おもむろにこっちを見た。

「ねえ、草どん。この婆ちゃん、誰だ」

答える前に、山姥が白眉を逆立てた。

「命の恩人に向こうて、何たる言い草」

「ふうん」

「そなたを介抱したのは、この山姥様ではないか。このわしが、そなたを助けた」

「だって、目ぇ覚ましたの、たった今だ。憶えてるわけがねぇだよ」

「わしの塒に運んで、秘伝の薬をたっぷりと奢ってやったであろう。由来を語って聞かせたらば、うん、うんと答えておったではないか」

それはおそらく、うなされていたのだ。山姥は欲が深いぶん、何でも己の都合のいいように物事を捉える。つまり脇が甘い。

「恩知らずめが。その傷に指を入れてこじ開けて、額を二つに割ってやろうか」

山姥が汚れた歯を剝いた。子狐はそれを恐れもせずに聞き流し、こちらに近づいてきた。後ろ肢をひきずり、左目も半分ほどしか開いていない。

しかし何とも誇らしげに鼻面を上げた。

「草どん、おら、闘ったよ」

小さき者よ。何ゆえ、笑みを泛べてわしを見上げる。誰もが面倒がり、厭い、近づきたがらぬ草ぞ。

面喰らっていた。だが口からついて出たのは一言だった。

「闘ったか」

「ああ」

「無茶をするでない」

しょせん、子狐同士の諍いだと承知しつつ、そんな言葉が口をついて出た。

「うん。わかってる」

山姥が「はん」と目を尖らせた。

「闘った、だと。散々な目に遭わされおったくせに」

すると子狐は肩をそびやかす。

「負けるとわかってる闘いでも、やる時はやらないといけないものだって、おっ母さんは言ってた」

いつになく、むきになっている。

「それが、勇ある者だって」

山姥は「言うは易き」と頭の蔦の葉を揺らしつつ、「おっ母さん」と呟く。「そう、そう」と、やにわに相好を崩した。

「子狐や。そろそろ塒に戻って、傷を母に舐めてもらわぬとな。送ってってやろう」

朱色の布を畳みながら猫撫で声だ。ふと、何かに行き当たった。

「山姥、こやつの母を知っておるのか」

「お前さんは知らぬのか」

「知らぬ」

山姥は目玉をぐるりと動かして、「なら、わしも知らぬ」と口をつぐんだ。

山姥め、やはり酔狂で子狐を助けたのではなさそうだ。何か、謀でも巡らせておるのか。

子狐は小首を傾げ、山姥とこちらをきょろきょろと見ている。

「さあさ、帰ろうぞ。おっ母さんが待つ塒に」

いや、いかんと止めかけた時、子狐が頭を振った。

「待ってねえもん」

「母は子を待つものじゃろう。母は」

「お留守」

「え、お留守か」

山姥の手の中から、ばさりと布が落ちた。子狐は身を返し、さらに根許に近づいてきた。行儀よく四肢を揃える。

「草どん、おら、しばらくここに泊まるから」

山姥はぶるりと背中を震わせながら、ぼやき通しだ。

「何じゃ、ここの夜は。冷えてかなわぬ」

色布を肩に回し、躰に巻きつけている。

「去（い）ねと言うたに、そなたが勝手に居残（いのこ）ったのであろう」

「あやつの傷が心配じゃ。夜更けに痛みが出ても、お前さんでは手当てができぬだろう」

何ぞ目論見（もくろみ）があって子狐にへばりついているくせに、ねっとりと恩着せがましい。

「傷は膿まぬと、診立（みた）てたのはおぬしぞ」

「お前さんも甘（あも）うなったの。そうも易々（やすやす）と他人（ひと）の言（げん）を信ずるか」

山姥はせせら嗤（わら）いつつ、かたわらで丸くなっている子狐を覗き込む。更待月（ふけまちづき）も越えた夜であるので、子狐の顔は片影だ。しかし右目はしっかりと開いているのが見えた。

山姥は「やっ」と、子狐の背中をこづく。

「まだ起きておったのか。何じゃ、そのらんらんとした眼（まなこ）は」

「草どんのお話を聴きながら寝るんだ。それが、いつものお約束」

山姥は「へえ、お話か」と、こっちを振り仰いだ。

「随分と手なずけたものよのう、草どん」

子狐の口真似をして、さらに語尾を尻上がりにした。むっと肚が煮える。

「せがまれて仕方なくだ」

「そうだろうて。お前さんの声音など耳に心地よいはずがない。宵っ張りを寝かしつける話なら、わしの方が千倍も上手い」

「なら、おぬしがやれ」

　こっちも手間が省ける。

　すると山姥は「どうしようかのう」と、勿体をつけた。

「わしの話は、三日三晩かかるぞよ。それでも聴きたいか」

　子狐は気のない声で「ええ、まあ、別に」と曖昧な返事だ。が、山姥はやにわに張り切って、色布を翻すように立ち上がった。

「なら、取って置きを披露して進ぜよう。その代わり、山姥のご親切を母にきっと伝えるのじゃぞ。よいか、忘れるな。山姥はご親切」

　子狐は頭を上げ、見返った。少し困ったように口を尖らせている。わしの苦笑を見て取ってか、「仕方ねえな」と言わぬばかりにうなずいてよこす。

　山姥は「では、始めるぞよ」と、両の足を広げた。

「昔、むかぁし、ある村に、法螺吹きの子どもがおったそうな」

　わしからは子狐の後ろ姿しか見えないが、殊勝にも両耳をちゃんと立てている。

　そういえば、わしは子狐のことを何も知らぬのだなと思った。

　山姥が気にしている母狐はむろんのこと、どこに棲んでいるのかも知らぬ。そしてこやつの尾が、こうも無様に短い理由も。

「嘘ばかり吐いて周囲を騙すもんじゃから、遊び仲間にもだんだん相手にされんようになって親も手を焼く。で、寺に預けたんじゃな」

と、子狐が前の右肢を上げた。

「婆ちゃん、ちょっと待って」

「何じゃ、途中で口を挟むな」

「どんな法螺を吹くのかを話さねえと、そこんとこが最初の山だろうに」

山姥は「どんなと言われたって」と、面倒そうに皺深い額を掻いた。

「法螺は、法螺」

「取って置きとか言いながら、うろ憶えじゃねえの」

「いいから、最後まで黙って聴けい」

山姥は子狐を睨みつけ、「ええと」と話を続けた。

たしか子どもは、「昨日、天竺の象を生け捕りにしてやった」とか、「山が傾きそうになったもんで、おらがつっかえ棒をして助けてやった」などと、荒唐無稽な法螺を吹く性質だ。つまり、誰にでもそれが嘘だとわかるので小馬鹿にされる。ところが本人は得意満面、寺でもそんなことを言い暮らしたので、観念した和尚はこう言い渡す。

——いっそ、日本一の大法螺吹きになれ。

そこで子どもは、法螺吹き修業の旅に出る。

ところが山姥は話の山をさらにいくつも飛ばし、「さて、そこからどうじゃったか」と首を傾げて筋運びを止める。

子狐は懸命に我慢しているふうだったが、とうとう「婆ちゃん」と噛みつくように言った。

「こんなに苛々するの、おら、初めてだ」

「お前のせいじゃ。途中で茶々を入れるから、調子が狂うた」

「ひとのせいにしねえでよ。大人のくせに」

「うるさい。わしを、並みの大人と思うてか」

赤い声と茶色く煮しめた声が、口争いを始めた。

わしはそっと目を閉じる。賑やかさの中で眠りに落ちるとはこうも安気な心地であったかと、今さらながら気がついた。

森の木々の葉擦れが遠くで聞こえ、それが潮鳴りにも思える。寄せては返す波の音だ。

「ねえ、草どん」

目を開くと、子狐が心細げに見上げていた。

「婆ちゃん、怒りながら寝ちゃった」

朱色の布をまとった山姥が大の字になり、すかすかと鼾をかいている。

「おら、我に返り通しで、ちっとも眠くならねえ。何だか、傷も痛む」

甘えてきているとわかりながら、わしの口からあの言葉がするりと出た。

「昔、むかぁしなあ」

すると子狐が「あい」と、合いの手を入れてきた。再び目を閉じ、夏の波間の中にわしは潜っていく。

そこには、龍宮(りゅうぐう)がある。

## 亀の身上がり

南の海に憂鬱が訪れていた。

龍王の愛娘である乙姫が、重い病で臥せってしまったのだ。家臣である亀は、心配でならない。

龍王は偉大にして慈悲深く、后は夢幻のごとく美しい。ゆえに亀は気圧されて、遠目に仰ぎ見るだけだ。むろん、御目見得を許されている身分でもない。

しかし乙姫は、亀のように身分の低い者にも心安く声をかけてくれる。

「亀、いつかその甲羅に乗せておくれ」

そう言う時、輿からはみ出た尾びれをぴたぴたと楽しげに、朗らかに跳ねさせている。

王の一族は半人半魚であるので銀色に輝く尾びれを持っているのだが、姫のそれはまだ若々しい薄桃色だ。

姫には専用の輿があって、鱶の一族が代々、その輿を担ぐ誉ある任を担っている。一方、亀は王の一族や貴人を乗せることは許されていない。海に限らず陸にも行き来できるので、客人の送り迎えや荷運びが主な勤めだ。

ゆえに、すれ違いざまに姫から言葉を賜っても、ひたすら恐縮してひれ伏す。そして輿が行き過ぎてから、束の間、垣間見た姫の尾びれの美しさを反芻する。

だが、姫は病に侵された。龍宮の医官が介抱の手を尽くしたが、いっこうに快癒しない。やがて王の命で南海じゅうの医者が龍宮に招かれ、亀はその送り迎えに日々を費やしている。名医を甲羅の上に乗せては龍宮に連れてきて、そしてまた送り届けるのだ。しかし誰も確たる診立てができず、いかなる薬を処方しても治らない。何日か前、裏木戸で下女の甘鯛と出会った時、大きな目を真っ赤にしていた。

「姫はもはや、枕から頭が上がらぬご様子。おいたわしゅうて夜もろくろく眠れませぬ」

難渋した龍王は、とうとう医者に見切りをつけたらしい。

「祈禱師を呼べい」

亀が上役である穴子の命を受けたのは、昨日の夜更けだった。すぐさま龍宮を出立し、息も継がずに暗い海を十里泳ぎ、祈禱師を叩き起こした。寝惚け眼の爺さんを甲羅の上に乗せ、すぐさま十里を引き返した。さすがに息が切れた。

王の側近らは待ちかね顔で門前に居並び、着到した祈禱師を抱きかかえるようにして龍宮に招じ入れた。亀は奥には入れない身分だ。祈禱が済めばまた家まで送らねばならぬので、いつものように門前で控えて待っている。

毎日、大変な数の民が参集して姫の快癒を願っているが、今は夜明け前のことで、魚影(ぎょえい)も静かだ。門柱の脇に身を寄せると門番の二人が近づいてきた。海月(くらげ)と、魚の愚痴(ぐち)だ。

「姫様の具合は、どげんな」

心配げに愚痴が訊ねたので、亀はむなしく頭(かぶり)を振る。愚痴はぐうと、妙な音を立てた。

「姫が身罷(みまか)られたら、この南海はどうなる。皆々、生きる張り合いを失(うしの)うてしまうで」

縁起でもないことを口にして、ぐうぐうと目の下を鳴らす。愚痴はそもそも鱸(すずき)の仲間なのだが、言うことがとかく悲観的だ。浮袋(うきぶくろ)を鳴らして立てる音が、これまた愚痴っぽく聞こえる。

「また嘆き節が始まった」

海月が冷めた口調で嘲笑した。

「まったく興醒めなことよ。近頃は盛り場が自粛なんぞしおるから、どこもかしこも灯(ひ)が消えたごとく不景気じゃ。勤めの後に一杯ひっかけて帰るんだけが楽しみじゃったというに、くそ面白うもない」

「おい。姫様が病で苦しんでおられるというとに、不謹慎ぞ」

「門番風情(ふぜい)がここで神妙にうなだれておったとて、姫様がようなるわけでもなかろう。いかにお慕いしようが病を案じようが、身分違いも甚(はなは)だしい。姫がおぬしのものになる目は、寸分もあるまいに」

「畏れ多いことを吐かすな。さように不埒な料簡で姫様の御身を案じておるのでは、なか」

しかし海月は愚痴に取り合わず、「つまらぬのう」と手にした槍にもたれかかった。

「世が世であれば手柄の立てようもあるが、こうも泰平続きでは一生しがない門番のままではなかか。なら、楽しまんと損じゃ」

亀はこの海月が苦手だ。洒落者の皮肉屋で、しかも腕が立つ。何せ猛毒を持っているのだ。ゆえにできるだけ海月には逆らわぬことにしている。亀の武器は噛みつくことぐらいなのだ。ひとたび嚙めば決して口を放さぬ自信はある。だが生まれてこのかた、その技を使った例がない。

「何を言うとるのか、さっぱりわからん。亀どん、おぬし、わかるか」

愚痴に訊ねられたが黙っていた。

南の海はもう随分と長いこと、大きな戦がない。亀が奉公を始める際、上役の穴子にこう言い渡されたものだ。たしか、今の穴子の先々代だ。

「王の命に背いたり、あるいは勤めに重大な落ち度があらば、厳しい仕置が下されるけんな。覚悟してご奉公いたせ」

いざとなれば王は怖いぞと、釘を刺された。死んだ曾祖母ちゃんにも、恐ろしい話を聞かされたことがある。遠い昔の「蟹騒動」だ。

蟹の先祖はそもそも、自在に泳ぎ、目端のきく者であったらしい。だが悪い料簡を起こし、龍宮の御膳所で奉公する女中に流し目を使って誑し込んだ。食材の横流しで裏稼ぎをしたのだ。

ほどなく事が露見して、王は激怒した。

「二度と流し目ができぬよう、目玉の位置を変えてしまえ」

以来、蟹は妙な位置に目玉がつき、海底で横歩きしかできなくなったそうだ。

だが、亀が奉公してからは誰も罰せられていない。

海月はおそらく、乱世であれば出世もできようものをと言いたいのだろう。腕に覚えのある者にとって、戦場こそが「身上がり」する絶好の機会なのだ。しかし今の世では門番は生涯、門番であり、亀も送り迎え番のままだ。

海月と愚痴が頭を下げた。背後を振り向くと、穴子が急かすように身をうねらせている。

「亀、王が御召しじゃ」

「王が」と、とまどった。直々に召されるなど滅多とあることではない。

「おぬし、送り迎えで何ぞ粗相をしたがか」

愚痴の言葉を背にしながら、ともかく穴子に従って龍宮の中に入った。

粗相をしでかした覚えはなかったが、進むうちに不安が募ってくる。夜更けに叩き起こしたことが祈禱師の不興を買ったのだろうか。いや、昨日の医者を乗せている時、急に流れが変わって甲羅の上から振り落としそうになった。その咎めを受けるのだろうか。

このところ、ほとんど飲まず食わずで、むろん身を横たえることもせずに奉公に励んできた。三日前に誰を送り迎えしたか、まるで思い出せないほどだ。

ただただ、姫のことが胸にあった。海月が口にしたような、不埒な希みを抱いているわけではない。だいいち、姫はまだ幼さの抜けぬ歳頃だ。亀は、そしておそらく愚痴も姫の明るさを慕うているだけだ。

いずれあのお方が女王として、この南の海を統べられる。

そうと決まっているだけで、日々を安穏に送ることができた。姫に万一のことがあればと想像するだけで、途端に不穏な予感が過る。

亀にとって、乙姫は泰平そのものだった。

龍宮は途方もなく広く、回廊の柱は幾列も永遠に続くかと思われる。ますます不安になった。やがて大広間に入って肝玉がぎゅうとすくみ上がった。家臣がずらりと、平素は口をきいたこともない重臣、鯛や鰹らが参集して、こっちを見ている。剣呑な目つきだ。いかなる仕置を受けるのだろうか。まさか、水掻きを裂かれるとか。いや、甲羅を剝がれるのかもしれぬ。

「つれて参りました」

誰かが大声を張り上げ、さらに大波のような声がした。

「もそっと、近う参れ。皆、亀が進む場を空けてやれ」

龍王だ。玉座の前にまで招じ入れられると、重臣の列に混じって祈禱師の姿が見えた。恐る恐る平伏する。龍王がまた直に、言葉を発した。

「苦しゅうない。面を上げよ」

束の間、逡巡した。亀は己の風体がむさいことを、痛いほど自覚している。ゆえにいつも俯いている。

けれどただ一度だけ、顔を上げて堂々と泳いだことがあった。

もう随分と昔だ。その日、乙姫は乳母らに伴われて遊山に出かけたのだが、輿から滑り落ちて迷子になった。龍宮は上を下への大騒ぎとなり、家臣は血相を変えて姫を捜した。

「乙姫様、乙姫はいずこにおられまするか」

亀は珊瑚や藻の群れに顔を突っ込み、頰を切るのも構わずその名を呼び続けた。海の底土を浚うように這い回り、また泳ぐ。そして、見つけたのだ。もしやと思って水面に顔を突き出してみると、浦島の砂浜の波打ち際でぐったりと倒れた姿があった。

姫の躰は灰色を帯びている。水気が抜け、涸れかかっていた。無我夢中で砂浜に上がり、姫の口許に鼻を寄せてみた。まだ息がある。頭と前びれを使って姫を動かし、海の水に身を浸して介抱した。やがて息を吹き返した姫は、亀の首にしがみついて泣いた。

まだ幼いゆえ、自らの命が危うかったと察していたかどうか、亀には判じられない。おそらく迷子になったことが、よほど恐ろしかったのだろう。

途切れ途切れに姫が打ち明けたことには、輿から滑り落ちた後、気の向くまま方々を泳いでいたらしい。そのうちに潮目が変わり、波に呑まれ、砂浜に打ち上げられたらしかった。

亀は甲羅の上にしっかと姫の身を置き、首に両腕を回させた。

「安堵なされませ。それがしが必ずや龍宮にお帰し申します」

それでも姫はぐずぐずと泡のような泣き声を立て、亀にしがみついていた。しかし白い波濤の間を進むうち、徐々に様子が変わった。姫の尾鰭が甲羅をぴたぴたと打つ。

「空じゃ。空がこんなにも近い」

その声があまりに弾んでいて、己の胸まで躍るような気がした。

「雲が流れてゆくぞ。あれを追いかけよ」

「おとなしゅうしてくださらぬと、また落ちまするぞ」

窘めながらも、亀は空と海の合間を泳ぎ続けた。潮風に向かい、顔を上げて。何もかもが青々と染まるような気がした。

少しばかり遠回りをして龍宮に戻ると、皆にたちまち周囲を取り囲まれた。

「乙姫様がご帰還、御身ご無事にござりまする」

上級の家臣が声を引っ繰り返して、方々に触れ回る。目を吊り上げた鱶の一族がかたわらに寄ってきて、瞬く間に姫を亀から引き剝がし、奥へと連れ去った。

「乙姫様、ご帰還」

回廊で銅鑼が鳴るのが聞こえた。その場に取り残された亀はぽつりと所在なく、やがて家に帰った。姫をお助け申したという晴れがましさはなかった。ご無事で良かった。胸の中を満たすその安堵だけを抱いて、眠りに落ちた。

翌朝、勤めに上がると、龍宮は平静を取り戻していた。朋輩らと共にその日の送り迎えの予定を確認し合っていると、上役の穴子に呼ばれた。

「此度の一件は看過できぬ」

切り出された途端、どきりと心ノ臓が波打った。

遠回りをして帰ったことが、早や露見したか。

しかし奇妙なことに、上役は辺りを憚るように声を潜めた。

「本来であれば、ひれを削いで蟄居閉門を仰せつけられてもおかしゅうない仕儀じゃ。じゃが、あの者らは気位が高い」

「あの者ら、にござりまするか」

「言わずと知れたこと。姫を輿からお落とし申し、そのうえ行方知れずにおさせ申すという、前代未聞の失態を働いた者らじゃよ」

ようやっと、次第が呑み込めた。咎められているのは鱶の一族である。

穴子は「じゃが」と、声を低くした。

「今でこそ輿を担いでおるが、乱世の頃には武勇で知られた名門での。その昔は龍王の一族と争ったこともある。ゆえに貴人と接するという栄誉ある職を信任いたし、その力を牽制してきたのだ」

今さら何を説いているのだろうと、不思議に思った。上役の言うことは、龍宮に仕える者なら誰もが承知していることだ。

「我が龍王の御世は、さような配慮、根回しによって保たれておる。罪を問うて罰するは易いが、事と次第によっては一族に遺恨が残らぬとも限らぬでの。それは避けておかねばならぬとの、ご側近らの叡慮じゃ。ついては、姫をお助け申したのは鱶だということに致して王にご報告申し上げた。よいな、わかったか」

わからぬまま、「はッ」と答えた。

「幸か不幸か、姫は医官の介抱を受けられた後、薬がよう効いての。迷子になった顚末は、何も憶えておられぬ。よって、此度の一件は忘れよ。乙姫をお助け申したのは鱶じゃ。よいな」

何もかもなかったことにせよとの、命だった。

以来、黙々と奉公に励んできた。緘口令が敷かれたのか宮中や市中で噂になることもなかったし、亀に比べれば寿命の短い魚も多いので、奉公人の大半は代が替わった。今の門番の海月や愚痴など、姫が迷子になったという事件自体を知らぬだろう。それはよい。そもそも、手柄欲しさに姫を助けたわけではない。ただ、乙姫に声をかけられるたび、亀の胸の中は少しばかり疼く。

——亀、いつかその甲羅に乗せておくれ。

いいえ。あなたが幼い頃、それがしはお乗せ申したことがあるのですぞ。ご一緒に、雲を追いかけたのです。

時々、口の中でそう呟いてみたりする。

鋭い声で、我に返った。満座の中で、皆の注視が己に集まっている。

側近の鯛に叱咤された。

「王の御前であるぞ。しっかり致さぬか」

亀は「はッ」と、床に這いつくばる。

「かような送り迎え番なんぞが、果たして猿を調略できましょうや」

方々で訝しげな声が上がる。はてと、亀は目瞬きをした。

「恐れながら、猿にござりまするか。あの、浦島に棲む」

訊き返すと、別の鯛が「そうじゃ」と、八の字に髭を動かした。

「猿をこの龍宮に連れてこいと、今しがた、王がお命じになったではないか」

厚い唇をへの字に曲げている。

「いやはや、かような鈍物では心許のうていけませぬ。やはり、鱶どのの手下を遣わした方がよろしいのではござりませぬか」

玉座の王は「ううむ」と、盆の窪を掻いた。

「その儀は、さんざん詮議を尽くしたではなかか」

偉大なる龍王をこうも間近で拝するのは初めてだ。髪と鬚は白金で、目も鼻も大きい。貝細工のごとき光を帯びた広袖を身につけていて、しかし衣の裾からは大きなひれがはみ出ている。亀の身幅ほどもある大きさで、深い緑を孕んだ銀色だ。

「鱶はなるほど頼りになるが、陸には上がれんのやぞ。海におびき出す知恵は持っとろうが、あの鋭い歯では死なせてしまうのがおちじゃ。それでは元も子もなか」

風貌は峻厳だが、市中の者のように気安い物言いだ。側近らの方がよほど尊大ではないか。

「なあ、祈禱師どの」

白髪の祈禱師が「仰せの通り」とうなずく。亀が叩き起こした爺さんだ。

「猿の活き肝をお呑みにならねば、姫は早晩、寿命が尽きることになりまする。ともかく亀を行かせるしか手はござらぬ。陸と海を行き来でき、かつ生きたまま運んでこられるのは、亀を措いて他にはおりますまい」

姫の寿命が尽きる。猿の活き肝を呑ませる。

恐ろしい言葉が頭の中を渦巻いて、慄然とする。

龍王は玉座から立ち上がり、ひれを使って滑るように動く。わざわざ亀の前にまで下りてきた。そして亀に向かって噛んで含めるように言った。

「頼んだぞ、亀。浦島の猿を生きたまま龍宮へ連れてこい。后も心痛のあまり寝込んでしもうてな、もはや進退窮まっておるんじゃ」

亀は「はッ」と、再び平伏した。

浦島に向かって泳ぐうち、いかに重大な任務を任されたか、ひしひしと身に沁みてきた。

これは、それがしにしかできぬ御用だ。

他に何の取柄もないが、祈禱師の言う通り、陸と海を行き来できる。海に棲む者の中には砂浜に上がれる者もあるが、時間はごく限られている。海から遠ざかればたちまち総身が乾き、息ができなくなる者が大半だ。それに比べれば、亀は一日くらいはゆうに陸に留まることができた。甲羅は頑丈で、その気になれば岩をも積める。

ただ、猿をどうやって島から連れ出すか、だ。

四枚の強靱なひれを動かしながら海中を進み、進みながら思案を巡らせる。木から木へと自在に飛び移り、知恵もあれば口も達者な猿は人を相手にしても物怖じ一つしない。それがしの誘いなんぞに、うかと乗ってくるだろうか。

亀の先祖は昔、あの島で暮らす太郎という男を龍宮に連れてきたことがある。ひとたび亀の甲羅の上にまたがれば、その者は溺れることも息が苦しくなることもない。亀甲にその力が宿っているらしいのだが、詳らかなことは知らない。とにもかくにも珍しい客人を王の先祖はたいそう喜び、それを機に家臣に取り立てられて今の御役を任ぜられたらしい。それも、死んだ曾祖母ちゃんに聞いた。

しかし浦島の太郎の際は、亀の先祖が助けてもらった。その礼として龍宮に招いたのだ。此度は理由が違う。

首尾よう運ばねば、姫は死ぬる。

浜辺に上がり、亀はぐいと頭を擡げて辺りを見回した。浜の白砂を陽射しがあっけらかんと照り返している。

「亀じゃ、大きな亀が上がってきちょる」

村の子どもたちがわッと近づいてきたが、取り合わなかった。

おぬしらに用はない。猿だ、活きのよい猿はどこだ。

浦島は人よりも猿の数が多いような小島である。木の枝で遊ぶ群れを何度も目にしてきたので、海から上がれば難なく会えると思い込んでいた。だが今日は一匹も姿が見えない。蟬の声が降る中で、さらに目を上げた。浜沿いに漁師の家らしき小屋がぽつぽつと並んでいて、その向こうに石と貝殻で作った登り道や段々畑が見える。夏空の下の山影は椀を伏せたように丸い。

仕方あるまい、山に入ろうと意を決し、再び歩き始めた。

登り道に向かうと、そこにも一軒の小屋がある。板壁沿いに粗末な小舟が置かれ、黒糸で編んだ網が干してある。と、黒網が動いて大波のごとく膨らんだ。咄嗟に、後ろに飛び退いた。網はまだ波打っている。懸命に息を整えながら身構えると、「ふわあ」と甲高い声が聞こえた。

長い指が網を払いのけ、小舟から身を起こしている。

「やれ、暑うていかんわ」

金茶色の毛に縁取られた赤い顔が見えて、亀は大息を吐いた。

猿だ。

昼寝をしておったのか。さっきは網に打たれるような気がして、総身が縮み上がった。

猿は首筋を掻いてから小舟の縁に手を置き、「よッ」と飛び降りた。

「あちち、砂も焼けとる」

右足と左足を交互に持ち上げるさまは剽軽で、まだ若猿のようだ。そのさまを見ながら、亀はごくりと息を呑み下した。

若猿は手足を躍らせ、頭まで振りながら「あんた」と言った。

「砂浜に腹ばくっつけとって、熱うないがか」

亀は後ろを振り返る。誰もいない。

「おぬし、それがしに問うたのか」

訊ね返すと、猿はようやくこっちに顔を向けた。瞳がつぶらで、やけに睫毛が長い。

「おぬし、それがしって」

肩を揺らした。どうやら笑っているようだが、亀には理由がわからない。とまどいながら、努めて神妙に問うた。

「猿どの。懸念があらば申されよ」

「今度は猿どのか。おら、そげん丁寧に呼ばれるの初めてじゃ。こそばゆか」

言葉遣いが珍しいのかと、腑に落ちた。猿はさらに近づいてきて、亀の前に屈み込む。

「あんた、ひょっとしてお武家か」

亀は「いかにも」と首肯した。

「龍宮に仕えておる」

「龍宮って、今もあるんね」

猿は興味深げに、目を丸くしている。

「あるとも」

「どこに」

「海の中に決まっておろう。現にそれがしはつい今しがた、龍宮から参ったばかりよ」

「驚いた。昔、この島の漁師が龍宮に招かれて玉手箱をもろうてきんしゃったって、聞いたことがあったけど」

「さよう。浦島の太郎どんを龍宮にお連れ申したのは、それがしの先祖じゃ」

猿は「へえ」と感心しきりだ。

「えらい亀どんと行き会(お)うたもんや。皆に話したら、さぞ羨(うらや)ましがる。そうや、ちと待っててくれんか。皆を呼んでくるけん」

足を踏み出す猿を、亀は慌てて呼び止めた。

「いや、ちょうど海に帰るところだったのだ。あいにくだが」

知りたがりの猿どもに囲まれたら、こやつだけを連れていけなくなる。

猿は残念そうに、肩を落とした。

「もう帰るがか」

「帰る。陸は暑い」

本当は、焼けた砂浜をいかほど歩いてもさほど暑さを感じない。海生まれの海育ちなので、躰の水分が多いのだろう。

「龍宮に戻って、ゆっくり涼むことに致す」

「海の中はさぞ涼しかろうね」

「むろん。ここは天と地ほど違う。しかも龍宮はまことに煌びやかぞ。目が覚めるほどに」

「よかなあ」

猿は満面に笑みを泛べ、目尻をとろけさせた。

こやつの肝は活きがよさそうだ。歯がやけに白いのも、若い証拠ではないか。

「見物にくるか」

誘いの言葉を口にしていた。己でも驚くほどさりげなく、すんなりと。

「おらみたいな山猿でも見物できるがか」

「歓迎する」

皆、待ちわびておるのだ。おぬしの肝を。

「ああ、けど、おら、泳げねえ」

「心配ござらぬ。それがしの背中に乗って目をしっかり閉じておれば、溺れぬ」

「ほんまか。いやあ、龍宮を見物できるなんぞ夢みたいや。おら、ええ所で昼寝しとったもんや」

猿は喜んで、躰を縦横に揺らす。

「では、参ろう」

海へと誘うように歩き始めた。海の中に入ってしまえばこっちのものだ。猿はあれこれとはしゃぎ通しで歩いていたが、波打ち際でふいに足を止めた。

見れば、目玉が上に寄っている。

「そういや、亀どん。あんた、ちょうど海に帰るところじゃったと言うてなさったが、山の方角に向こうてなかったか」

「え」

「ほれ、おらが舟ん中で起きた時、あんた、あっちの方に」

猿は半身を捻(ひね)り、山への登り道を指差している。

「いや、命じられた御用があったのだが、それはもう良いのだ。済んだ」

「この暑いのに、お武家様はご苦労なことや。して、龍宮のお武家が山に何の御用ね」

若猿は何でも知りたがる。

「乙姫様の内密の御用であるゆえ、それは申せぬ」

本当の用なんぞ、口にできるわけがない。

「乙姫様、ほんまにおるがか」

「おらすとも」

「やっぱ、麗(うるわ)しいがか」

「拝謁(はいえつ)するまでの愉(たの)しみに取っておくがよい」

亀は甲羅をずいと猿に向けた。

「両膝で甲羅を挟むようにして、腰を下ろされよ」

「ほしたら、よろしゅう頼んます」

猿の躰の重みを背中でしっかりと確かめてから、亀は両手を左右に大きく動かす。

海の中に一気に入った。


浦島から猿を連れてきて、もう五日目になる。

今夜も宴が開かれて、龍宮の大広間は大変な賑わいだ。楽師による太鼓と鼓の音が途切れず、舞や曲芸、手妻が次々と披露される。

あまりの賑やかさに、末席に坐る亀らは互いの頭を寄せ、大声で話さねばならない。門番の海月と愚痴は今日は非番で、亀の左右に坐っている。海月が皮肉げに上座に目をやり、何かを言った。愚痴がまた、「あん」と訊き返した。

「猿にも衣裳だと申したのよ」

「ああ」と、愚痴も顔を上座に向けた。

龍王と后が並び、その横に金襴緞子の衣裳を着せられた猿が悠々と坐っている。その脇には重臣や祈禱師、鱝や穴子も居並び、順繰りに立っては猿に酒や馳走を勧める。猿はたいそう酒が好きであるらしく、頭に手をやりながら「や、どうも」と盃を受け通しだ。

馳走も朝晩残さず平らげるので、御膳所の者らは忙しさで目が回っているらしい。

「豪勢な客間に逗留させて、下にも置かぬもてなし方らしいの」

海月が続けて言うと、愚痴は「ええのう」と上座に羨望の眼差しを投げる。

「一生に一夜でよいから、あんな贅を極めてみたか」

「ああやって鼻毛を抜かれて、肝を取られたいのか」

猿をこうももてなしているのは、祈禱師の助言によるものらしい。存分に喰わせ機嫌よく酔わせることで、効き目の高い、いい肝が取れるようだ。

実際、龍宮に来てからの猿は艶々と肥え太り、皆は日ごとに笑い声を増している。

「おぬしはすぐに他人の揚げ足を取る」

愚痴はぐうと洟らし、酒を呷った。

華やかで残酷な宴は、まだ当分続きそうだ。


それからさらに二つ、夜を重ねた。

宴の後、いつものように祈禱師を送り届けて戻ると門の陰から呼ばれた。振り返れば、虎魚が手招きをしている。

虎魚は胸びれの紅色が美しい魚だが、背びれの棘になかなかの毒を持っている。ゆえに乙姫付きの女護衛を仰せつかり、姫のそば近くに仕えている。当然、亀よりも身分が高いので、畏まって近づいた。

「猿どのがお呼びじゃ」

「猿どのにござりまするか」

「私は今、猿どのの護衛を特別に承ってておる」

「さようでしたか。して、猿どのがそれがしに何用でござりましょう」

あまり会いたくはない相手だ。姫の容態は小康状態を保っているとの噂だが、そういつまでももてなしてはいられないだろう。今夜、祈禱師も亀の背中の上で、「やれやれ、龍宮通いもあと少しで放免されるじゃろうて」と独り言を洩らしていた。

虎魚はさらに声を潜めた。

「何用かはわからぬのじゃ。亀どんでないと申さぬと言い張られて、手こずっておる」

「今夜も酔うておられるのですか」

亀は毎晩、宴席に招かれる身ではないので、様子が摑めていない。

「鱶どのが遠方から取り寄せたとかいう、強い酒を勧められての。あれではかえって肝を壊すのではないかと、医官らも案じておる」

「ともかく、伺いまする」

虎魚に従って龍宮の奥へと入った。珊瑚のひしめく奥の回廊には、そこかしこに貝殻や真珠がちりばめられている。いくつもの扉の前を通り過ぎ、最も奥の扉を虎魚が開ける。

亀だけが客間に通されて、中を見渡した。

「よう来てくれた」

寝台から床に転がり落ちるように降り立った猿は、たちまち駈け寄ってきた。

顔が満月のように丸くなっている。いかほど呑み喰いしたものやら、肩から背中、腹も膨らみ、寝衣（ねぎ）がはちきれそうだ。

「なあ、亀どん。おら、そろそろ帰りたか」

酒臭い息を吹きかけられて、猿を見返した。今や、龍王夫妻の大切な客人であるので、丁重かつ本意を悟られぬように声を繕う。

「まだ七日ではありませぬか。龍宮が楽しいのは、これからにござりまするぞ」

「もう充分や。乙姫様には全然会わせてもらえんし、呑めや唄えやの宴にも飽（あ）いてしもうた。明日の朝、出立するから、こっそり送ってくれんね」

「こっそり」

鸚鵡返しにすると、猿は扉の方に目をやりながら声を潜めた。

「あんただけが頼りやけん。な、頼む。おらを島に帰してくれ」

よくよく見れば、満月のごとき顔が蒼褪めている。何ぞあったなと察したが、「まあ」といなしにかかった。

「乙姫様もそのうち、お出ましになりまする。それとも、誰か無礼を働きましたか。お気に染まぬことはそれがしから奥に伝えて、何なりと改めさせましょう。そういえば、市中見物をまだなさっておられぬのではありませぬか。そうじゃ、明日は魚棚の芝居小屋にお連れ申しましょう」

「そげん暢気な話や、なかよ」

猿は半身を屈め、己の腹を押さえた。

「ここにおったら、おら、肝を取られる」

どきりと心ノ臓が鳴った。早鐘を打ち始めるが、落ち着けと己に言い聞かせる。

ここは海の中ぞ。猿はどうせ逃げられぬ。

猿は亀に縋りついて離れなくなった。泣いている。柔らかな金茶色の毛が首筋に触れて、ふと憐れを催した。

いかん。それがしは何ゆえ、こうも柔弱なのだ。甘言を弄して猿を連れてきたのは、それがしではないか。

殺すために連れてきた。もはや、我が手を汚している。

「猿どの、ここは四海のうちでも最も永き繁栄を誇る南海、その龍宮ですぞ。さように恐ろしきことが、行なわれるはずがあり申さぬ。案ずることなく、ゆるりと過ごされよ」

子どもをあやすように説きつけた。だが猿の嗚咽は収まらない。

「ほんまなんや。おら、そのうち活き肝を取られる」

「誰がかような世迷言を申したのです」

「鱶どのじゃ。今日、大広間で酒を酌み交わした時に、そうっと耳打ちしてくれた」

「鱶どのが、何と」

「早う逃げられよ。でなければ早晩、腹を搔っ捌かれて肝を取られ申すぞ」

鱶め。乙姫様の輿を担ぐ重責を担いながら、いかなる料簡だ。

「鱶どのはああ見えて酒が弱い。酔うておられたのでありましょう」

軽く笑ってみたが、猿はいっそう背を丸める。

「死ぬるのは厭や。あんな馳走や酒より、おらはやっぱり里や山の物が口に合うけん。暑いとかだるいとか、もう金輪際口にせん。そのうち、放っといても朝晩が涼しゅうなって当たり前に秋がくる。そしたら柿の実を腹一杯に喰らう。喰らうんじゃ」

この窮地にあって、猿はまだ喰い物に頓着していた。

「おぬし、柿が好きなのか」

猿は泣きじゃくりながら、「大好物」と答えた。

柿の実と聞いて、亀の目の中にふと泛ぶ風景がある。秋風が吹く浜辺で、色づく木々を見上げたことがあった。中でも目を瞠ったのは柿の木だ。まるで、里と山の間に赤い幕を張るように実っていた。

そういえば、「柿が赤うなったら、医者が蒼うなる」と耳にしたことがある。死んだ曾祖母ちゃんが言っていたのか、それとも村里の女房らがそう口にして、子どもらに食べさせていたのだったか。

それはすなわち、万病に効くということではないか。

まだ幼い頃の、乙姫の愛らしい姿を思い返して、亀は小膝を打ちそうになった。海の者には海で採った薬しか効かぬが、姫は半人半魚なのだ。海が駄目なら、山や里の物で治るかもしれぬ。

一縷の望みを見出したような気がして、亀は猿の目を覗き込んだ。

「猿どの、柿を手に入れられるか」

猿は亀から身を離し、洟を啜った。

「今は真夏じゃ。柿は秋と決まっとる」

「なら、柿の代わりになる物はないか」

「代わりって」

「万病に効く物をそれがしが持って帰れば、助けられるやもしれぬ」

乙姫様を。そしておぬしを。

「ほんまか、亀どん」

「万病に効く物はあるか、ないか」

「し、知らんよ。おら、病になんぞ罹ったことなかもん」

「猿は、病に罹らぬのか」

「馬鹿にするな。猿も木から落ちるし、病に罹る者もおるわ。皆、薬草を煎じた茶で治しとる。おらの妹なんぞ、ようわからぬ病で寝込んで医者にも匙を投げられたが、母ちゃんが干した蓬草やら桂皮やらを煮込んで、その薬湯で治したけん」

「それだ。おぬしの母上に、薬草を煎じてくれるよう頼んでくれぬか」

猿は返答をせず、また「ああ」と嘆く。

「母ちゃん、心配しとるやろうなあ。ようわからんけど、母ちゃんには何でも頼んでやるけん、早うここから出してくれんね。明日の朝まで待っとられん。今すぐ出立や。な、頼む」

猿は中腰になり、よらよらと扉へと向かう。

「待たれよ」

亀は声を張り上げた。

「大切な客人をこげん夜に、それがしの一存でお出し申すわけにはいかぬ」

扉の外には、毒を持った虎魚らが張りついているに違いないのだ。迂闊に飛び出せばたちまち龍宮じゅうに法螺貝が鳴り響き、警護の兵に捕えられる。運良く回廊を突破できたとしても、門前には海月と愚痴がいる。

猿を庇いながら、あの者らと闘えるだろうか。

「亀どんの一存で、ええやなかか。何を悩んどるんね」

苛立ってか、猿が急(せ)かしてきた。

「ちと静まっておられよ。今、ここを堂々と出る口実を思案しておる」

上役に事の次第を報告して説得する、それが真っ当な方法だ。しかしとてもではないが、医官でもないそれがしの言など取り合ってくれぬだろう。猿が気づいたと知れれば、即刻、腹を割いてしまう可能性もある。

いや、龍王だ。重臣らはいざ知らず、あの王なら耳を傾けてくれるかもしれない。

猿が「そうや」と扉の前から引き返してきて、亀の面前で長い人差し指を立てた。

「亀どん。ここを出る口実なら、ええ思案を思いついた。おらが活き肝を木の枝に干し忘れてきたんで、ちょっくら、それを取りに戻ってくるわというのはどうじゃろ」

「笑止千万(しょうしせんばん)」

即座に却下すると、猿は丸い肩を落とした。

亀はその姿を睨みながら、また考えを巡らせる。

そうか。それがしが猿の母親を訪ね、薬草を煎じてもらえばよい。その間、猿は人質としてここに留(と)め置く。

客間の奥で、微かな音が聞こえたような気がした。はっとして首を伸ばす。息を凝らし、部屋の中をそろりと見回した。寝台に張り巡らされた薄布(うすぬの)の向こうに、確かに影がある。

「亀どん。えらい形相(ぎょうそう)して、どげんした」

「しっ」と声を潜め、猿の前に出て身構えた。

「おぬしはここにおれ。動くでないぞ」

ひれを踏み出し、寝台に近づく。ゆらりと薄布が揺れた。

「誰だ」

いざとなれば曲者(くせもの)に飛びかかり、相手の咽喉許に噛みつこうと総身に力を籠める。

「案ずるな、亀。私じゃ」

薄布の向こうから現れた姿を見て、唖然(あぜん)となった。

しばらくぶりに間近で仰いだ乙姫は、面変(おもが)わりしていた。

頬や口許から幼さが抜け、かつては薄桃色だった尾びれも真朱(まそほ)に色を変えている。部屋じゅうにともされた蠟燭(ろうそく)の灯で、広袖の衣がちらちらと真珠色を帯びる。その背後には、ここに亀を招いた女護衛の虎魚が従っていた。

「ご快癒なされたのでござりまするか」

嬉しさよりも、とまどいが先に立った。乙姫の双眸(そうぼう)は生き生きと輝き、しかも涼しげな目をして頬笑(ほほえ)んでいるではないか。

「猿どのの思案、なかなかの妙案じゃ。活き肝を木の枝に干し忘れてきたゆえ、取りに帰る。うん、それで行こう、虎魚」

虎魚は乙姫に「かしこまりました」と一礼して、亀を見た。

「明日の朝、猿どのを浦島にお帰し申せ」

「よろしいのでござりまするか」

「諸方には私から話を通しておく」

頭を下げつつ困惑は隠しようもない。何が何やら、事の次第が呑み込めない。

乙姫が寝台の前に進み出てきた。

「私はまだ臥せっておることになっておるゆえ、ここで会うたことは内密ぞ」

そこで言葉を切り、じいと亀に目を据えた。片頰に、ぽこりと笑窪が見える。

「その方の忠心、身に沁みた」

平伏した。

乙姫はまことに快癒されたのだ。

胸がようやく晴れてくる。

「あの、おら、本当に帰ってええですか」

猿が己の鼻先に指を置き、きょときょとと姫に近づいた。

「怖い思いをさせて、すまなんだな。龍宮を悪う思わんでくれ」

その途端、猿の顔にも喜色が漲った。

「いんや、乙姫様にこうしてお会いできて夢がかないましたわ。生涯の自慢になりますけん。あ、そうや。土産に玉手箱を下されるんなら、白い煙が出ぬやつで願います」

虎魚は目を尖らせ、「図に乗るでない」と一喝した。乙姫は「構わぬ」と、苦笑している。

猿は嬉しそうに、肥った躰をよじらせた。

明朝に出立できると安心してか、寝台の猿は大鼾をかいている。

乙姫も自室に引き取ったが、虎魚に客間に残るよう命じられた。華麗な彫りが施された調度に囲まれて待っていると、まもなく虎魚が戻ってきた。

虎魚の息が整うのを待って、亀は問うた。

「乙姫様はいつ快癒されたのでござりまするか」

「祈禱師どのをお招きした日の夜には、解毒が済んでおった」

「解毒」

虎魚は「じつは」と、さらに声を潜めた。

「姫様の召し上がり物に、毒が盛られておったのだ」

あまりのことに言葉を失った。

「最初は夏負けのような軽い症で、見た目にもお変わりがなかったゆえ、よもやこの龍宮の奥で毒が盛られておるとは誰も疑わなんだ」

奥ということは、下手人は女官であるのかと、亀は推量した。

「だがまもなく頭が枕から上がらぬようになられて、しかも何の病であるのか、医官らも皆目見当がつかなんだ。下手人が用いておったのは、どうやら異海渡りの毒であったようだ」

「もしや、御禁制の」

問うと、虎魚は黙って首肯した。

王国は龍王の治世に入ってから、海禁政策をとって久しい。異海と交易すれば、それに乗じて武器が入ってくるためだ。ゆえに交易は、王国の許しを得た商人にのみ託されている。

「むろん奥にはお毒見役が何人もおるし、その者らには何の異変もなかった。姫様だけが日ごとに息が細うなっていかれて、あのさまは今思い出してもぞっとする。まるで何者かが姫様の枕許に坐り、首筋から生気を吸い取っているかのごとくであった」

これは物の怪のたぐいの仕業ではないかと虎魚は龍王夫妻に進言し、それで祈禱師が招かれたという。

「姫の寝所に足を踏み入れるなり、祈禱師どのは物の怪などはおりませぬぞと断言した。そして寝台の姫様に近づくや、お口許に鼻を近づけたのだ。病の因、ここに見つけたりと、小さく叫んだ」

祈禱師は古今東西の薬の蒐集を道楽にしているらしく、姫の口から洩れる微かな臭いで峻別したという。

「薬は毒、毒は薬にもなるゆえ、蒐集家にはさほど区別がないものらしい。祈禱師どのが言うには、この毒を解く手立てはただ一つ。猿の活き肝を呑ませるしかないと申された。どうやら、肝が海綿のごとく毒を吸い取って外に出してしまうようだ。だが、陸の生きものの肝を入手するなど、大難儀じゃ。王と后は頭を抱えられた」

虎魚は「私も進退極まった」と目の下を曇らせた。

「すると祈禱師どのも呻吟し始めた。しばらく苦悶の様子が続いて、そして告白したのだ。その昔、商人への注文の手違いによって、異海渡りの解毒剤が届いてしまったことがある。それを返品せぬまま、まだ手許に置いている。効くかどうかわかりませぬが一か八かお試しになられるかと、王に上申された」

祈禱師が告白をためらったのは、御禁制の品を届け出もせずに隠し持っていたことで罰せられるかもしれぬと恐れたからだろう。しかし虎魚は、王に否やはなかったと言った。異海の小さな文物が市中に流れるのは防ぎようがなく、しばしば禁令が発せられるものの、たいていは目零しされている。

「王は、祈禱師どのの勇気やよしと感服されたようだった。祈禱師どのは、すぐさま家に取りに戻られた」

そういえば、一日に何度も祈禱師の送り迎えをした日があった。

「その解毒剤によって、姫様は生気を取り戻されたのだ」

いつも寝惚け眼の爺さんがと、亀は内心で見直すような気持ちになる。

「して、その異海渡りの毒は何に盛られておりましたのか」

「お茶だ」

「は」

「真珠の粉を、陸の蓮葉に溜まった露で溶いたお茶であるらしい。お后が取り寄せられて、姫にも勧められた。お后も姫も美しく若々しくあられることは務めの一つであるゆえ、お手入れが欠かせぬのだ。そのお茶は朝晩飲むだけで皺が伸び、お肌が弾むと、お后は大層、お気に召していた」

無骨一辺倒、女っけもなく野暮に生きてきた亀には不得要領な話だ。黙っていると、虎魚はすぐさま真顔に戻した。

「じつは、そのお茶だけはお毒見をしておらなんだ。お后が姫にお渡しになる物をお毒見申すのは畏れ多いとの配慮だった。そこに、下手人の女官はつけ込んだようだ」

やはり女官だったかと、亀は唸った。

「今、下手人は」

「捕えて、牢に入れておる。しかし何ゆえかような真似を働いたのかを問いつめても、どうにも吐かぬ。私は責め道具を用いてでもと思うたが、姫様に手荒なことはするなと止められた」

ご自分が殺められるところであったのにと、亀は嘆息した。虎魚も複雑な面持ちで言葉を継ぐ。

「姫様も内心では衝撃を受けておられるのよ。ごく身近な女官に裏切られておったのだからの。だが下手人の黒幕を炙り出すことが先決じゃと判断され、一芝居打つことになった」

亀は頭の中を懸命に巡らせた。

「では、猿を連れて来よとの、あの命も」

「誰が黒幕であるのか不明であったゆえ、姫のご快癒も毒の一件も、下手人を捕えたことすら重臣らに明かしておらぬ。龍王ご夫妻と祈禱師どの、私を含めた古参の女官だけで事を運んでいる」

そうか、それで龍王はかくも残酷な命を気安く下されたのかと、腑に落ちた。

虎魚はふと、寝台の方を振り返った。

「いかなる存念があってかはまだ知れぬが、姫様のお命を奪わんとする奴ばらだ。猿どのの肝によって解毒されるのは、不都合極まりないはず。必ず猿どのに接触を試みるだろう、危害を加える恐れもあると姫様が仰せになり、私が護衛を務めてきた」

猿は寝返りも打たず、大口を開けて寝入っている。

「今宵の宴の後、猿どのが血相を変えて亀どんを呼んでくれと申された時、姫様は何かあったはずだと察しをつけられた。そして御自ら薄布の陰に潜まれたのだ」

お転婆だった幼い姫は、亀の知らぬ間に、自ら考えて動く姫に育っていたらしい。

「あとは知っての通り、鱶一族の長老が猿どのに耳打ちをしたことが知れた。果たして、姫様の読みの通りであった」

海の者の中でもひときわ大きな躰を持つ鱶の一族は遙かかなたの海と行き来があり、禁じられている密貿易で相当な財を蓄えているとの噂も根強かった。もしかしたら、武器も備えているかもしれない。しかし鱶一族は、重臣らも一目置く名門だ。その昔、乙姫を迷子にしてしまった一件でさえ配慮して、「なかったこと」にするほどに。

亀はそこまでを考えて、虎魚に言った。

「猿どのが証言しても、鱶どのはいくらでも抗弁できましょう。今のままでは確証が足りませぬ」

虎魚が少し笑みを泛べたので、慌てて頭を下げる。

「出過ぎたことを申しました」

「違うのだ。先ほど、お部屋にお送り申した際に、姫様が囁かれたのよ。亀には情と理がある、あの者は信用できるとな。なるほど、姫様は家臣の目利きにも優れておられると、得心致したまで」

亀はなぜか己の鼻の穴が濡れていないかと気になって、そっと息を吸い込んだ。周囲に見下げられることには慣れているが、褒められることには不慣れだ。

「ついては明日の朝、もう一芝居打つ。助力してくれるか」

居ずまいを正し、首肯した。


あくる朝、猿は大広間で龍王夫妻に拝謁を許された。

「おら、浦島に忘れ物をしてきたもんで、ちょっくら取りに帰ってきますけん」

猿は教えた台詞(せりふ)を、一言も間違わずに言ってのけた。しかもお調子者らしく、いつもの剽軽な物言いだ。亀は猿の真後ろに控えている。危うい事態が出来(しゅったい)すれば猿の身を守るよう、虎魚から密命を受けていた。

龍王は眉を寄せ、しかめ面を作った。

「忘れ物とな。そりゃ、ご不便じゃろう。亀、送ってさしあげるがよか」

亀に向かって鷹揚(おうよう)にうなずいたが、龍王は芝居が少々下手(へた)にあらせられる。そういえば猿を連れてくるようにと命じられた際も、こんな棒読みだったような気がする。

玉座近くに並んだ側近らは唖然として、重臣の鯛がぐいと髭を下げた。王のかたわらに進み出て口許を衣で覆う。

「姫様の……万一、亀がしくじって……よろしいのでございまするか」

当の猿が目の前にいるので、小声で諌めているのが洩れ聞こえてくる。これで、鯛は鱶の一味ではないことが知れた。他の重臣らも同様で、眦を決して説得にかかる。そこには上役の穴子の姿もあって、亀は少しばかりほっとした。

薄笑いを泛べて高みの見物を決め込んでいるのはあんのじょう、鱶の一族だけだ。今日は姫の輿を担ぐ五人が大広間に出ており、皆、肩が瘤のごとく盛り上がっている。

猿は頭を掻きつつ鱶のひとりに目配せをした。最も尊大な面貌で、たしか一族の長老だ。

「忘れ物さえ取ってきたら、また戻ってくるんやけど」

すると鱶は、ぐいと身を乗り出した。

「猿どの、忘れ物とはいったい何でござるか」

「活き肝ですわ。木の枝に干したまま、うっかり取り込むのを忘れとりまして」

その台詞で真夏の大広間が凍りついた。龍宮の魂胆を猿は知っているのではないかと、重臣の誰もが狼狽える。

「活き肝と申したぞ」

「陸では、肝を干すものなのか」

「阿呆、猿の言を真に受けて如何する。龍宮の企みを知っておると、我らに告げたのよ」

「誰じゃ、猿に洩らしたのは」

鱶の長老が重臣らをかき分けるように進み出て、玉座に向かって片膝をついた。

「龍王様、申し上げたき儀がございまする」

「よかよ。申せ」

「かような者の肝に頼らずとも、我ら一族に秘薬がございまする」

王は一拍置いてから膝を打った。

「何、秘薬とな。それは有難か」

重臣らを見回したが、皆、事の成り行きについていけぬような面持ちだ。

「じゃが、そんな物があるんなら、何でもっと早う申し出てくれなんだ」

「遠方より取り寄せておりましたもので、時がかかりました次第。姫様のお命はその秘薬で必ずやお救い申しますゆえ、猿どのは放免して差し上げてはいかがにござりましょう。いかに姫様の御為とは申せ、腹を掻っ捌いて肝を取るとは酷きに過ぎましょう。龍王様の御威光にもかかわりまする」

亀は「さすが、鱶どの」と持ち上げた。

「仰せの通り、それがしもずっと苦渋しておりました。猿どのにも親きょうだいがおりますれば、活き肝を頂戴するのは忍び難く」

「各々がた、今の言葉を聞かれたか。こんな、取るに足らぬ下郎にもわかることが、何ゆえおわかりにならぬのであろうの」

鱶は並み居る重臣を睨め回し、「血も涙もない」と吐き捨てる。

「その秘薬も異海渡りでござりまするか」

「そうよ」と言いざま、鱶は目を剝いた。己が口を滑らせたことに、気がついたようだ。

するとき「異海渡りの秘薬とな」と、玉座の背後から声が響いた。現れた人影を見上げて、后はぷるぷるの唇を開いた。

「ご機嫌よう」

大広間が騒然となった。鯛は「よくぞ、ご無事で」と乙姫の腕に取り縋り、穴子など洟を盛んに啜っている。

鱶の一族だけが棒立ちだ。青灰色の顔から血の気が引いている。

姫は歩を進め、長老の真正面に立った。

「あいにくだが解毒してもろうた。祈禱師のおかげじゃ」

長老が、「馬鹿な」と頰を歪めた。

「祈禱なんぞが効くものか。あれを解毒する手立ては、猿の活き肝以外にはござりませぬぞ」

語るに落ちた。

大広間の扉という扉が一斉に開く。龍宮の護衛兵が雪崩れ込んできて、鱶の一族を取り囲んだ。なぜか、門番である海月と愚痴の姿も見えた。

「腕が鳴るぜい」

亀に向かって、海月が口の端を上げた。

龍王は落ち着いた声音で、鱶どもに命じる。

「歯向かうでないぞ。神妙に致さば、裁きにちゃんとかけてやるけん」

長老は、「はん」と怒鳴り返した。

「半人半魚の裁きなど願い下げじゃ。皆、いつまで、この生ぬるい龍王の政に甘んじておる。この南海を、我ら海の者の手に取り戻したいとは思わぬのか。腰抜けどもが」

すると乙姫は鱶と対峙するように、間合いを詰めた。虎魚がその背後に、ぴたりと張りついている。亀も猿を庇いながら、鱶の咽喉許に噛みつける構えを取った。

「私は解毒されて、何もかもを思い出したのだ。幼い頃、遊山の道中、輿の上でうとうととしていた。ふと目を覚ませば、その方らは見たこともない異海の者らと何やら書状を交わしていた。今から思えば、あれは法度破りの現場だったのだろう。だが、あの頃の私にはそうとはわからなかった。何やら不穏な臭いがして、すぐに目を閉じただけだ。口もきつく閉じた。あの日の帰りだ。私が輿から振り落とされ、置き去りにされたのは。その方ら、私が見たことに気づいておったのだろう」

長老は乙姫を喰い殺さんばかりに睨み据えている。しかし姫は目をそらさない。

「一族の遠謀深慮には恐れ入る。何世代もかけて密貿易で富を蓄え、この南の海の覇権を奪わんとしておった」

長老は無遠慮に嗤い、鋭い歯を見せた。

「戦を仕かけられんかっただけ、有難いと思うていただきたいものですな」

「私はそれが不思議であったのだ。何ゆえ武力を使わなんだのかと、考えた」

「ほう。姫は父王に似ず、思索がお好きか。これはお見それした」

凄んで見せても、姫は一歩も引かない。

「おそらく、槍刀より権謀術数を用いる方が金子がかからぬ。遙かに安上がりだ」

図星であったのか、鱶は頬を強張らせた。

「戦で海が荒れれば、勝利を収めた後も復興に時と金子を費やさねばならぬ。それよりも、私という後継者を亡き者に致す方が事は易しい。父王と母上は悲嘆に暮れ、龍宮も少なからず混乱をきたそう。重臣が意気阻喪しておる隙を突いて流言飛語を撒けば、半人半魚の王朝を難なく打倒できる」

「姫、ご名答にございまする」

長老は猛々しく、挑むように笑った。

すると龍王がやにわに玉座から立ち上がり、乙姫の横に並んだ。大広間の誰もが固唾を呑んで、そのさまを注視する。

「その方らの罪状は、向後、裁きの場でとくと吟味致す。しかしこれだけは今、申し渡しておくけん」

　王の顔は猿よりも赤く染まり、腹から胸が大きく波打った。

「我が家臣を腰抜け呼ばわりする義ば、その方のどこにあるがか。この者らこそが知恵を絞り、互いに忖度し、根回しも辞さずに泰平を守って参ったんやで。詫びよ。今、ここで皆の者に詫びねば、ここから一歩も外に出られぬと覚悟せえ」

　王の声が龍宮に響き渡った。

　亀は背中の上の重さが妙に嬉しかった。猿を浦島に送り届ける際、乙姫も「同乗する」と言い出したのだ。

　門前で、愚痴は「おぬしばかり、ええ役じゃ」と、うらめしげだった。

「みごとに、身上がりしたのう」

　海月も珍しく素直に、羨望を滲ませる。

「何も変わらぬよ。それがしは生涯、送り迎え番を全うする」

　そう言うと、二人ともほっとしたような面持ちで見送っていた。

「すまぬな、亀。我儘を申した」

　甲羅の上で乙姫は気遣ってくれるが、重いのはみっしりと肥った猿のせいである。しかも大広間での顛末がよほど気に入ったらしく、乙姫に喋り通しなのだ。

「おらの台詞回し、どうでした」

「立派であったぞ。役者になれる」

「やっぱりなあ」

しかし亀の心に最も残るのは、龍王の言葉だ。海月と愚痴も、ひどく感じ入っていた。

「しがない門番のままじゃと不貞腐れておったが、あの王あっての南海だの」

亀も、龍王の覚悟に触れたような気がした。戦にならぬように知恵を絞り、罪を犯した者は法に照らして裁く。世の泰平を保つことは、戦場で闘うよりも遙かに難しい。

白い波濤の続く水面に出た。乙姫の尾びれが、跳ねては甲羅を打つ。

「空が近いのう。なあ、亀。私を助けてくれた日も、この風景を見せてくれたな」

亀は空と海の間を泳ぎ続ける。

目の前が少し滲むけれど、堂々と顔を上げる。

やがて浦島が見えてきて、猿が甲高い声を上げた。

「おらの、ふるさとや」

白砂に青い松林、そして夏の山々も龍宮に負けず劣らずの美しさだ。

今年の秋には柿の実を猿に採ってもろうて、姫に差し上げよう。

そう決めて、泳ぎ続ける。

猿がもらった玉手箱に何が入っているかは、亀には知る由もない。

＊

今日は雲一つない晴れ空で、蜩の声が澄み渡る。

いくつもの夜と朝、昼をも費やしてようやく語り終えたわしは、子狐と顔を見合わせた。

子狐は満足げにうなずき、前肢で左目の上を掻く。

「痛むか」

子狐は「ううん」と掻きながら答える。

「もう痛くねえよ。それより、何だか痒い」

「傷が治ってきた証ぞ。かさぶたが取れてはいけぬゆえ、あまり触るでない」

「うん」

夏風が「ふうん」と言いながら木々の梢を揺らし、子狐の黄色の毛を光らせてゆく。

「ふたりとも、何をのんびりとくつろいでおるんじゃ」

早口で突っかかってきたのは、派手な雲形文様の布を首に巻いた山姥だ。

何か目論見を持っているらしい山姥は、「こんな所で遊んでいる暇はない」とぼやきつつ、一向に立ち去らなかった。もっとも、わしが話をしている間は鼾をかいて寝ているか、起きていても退屈そうに頭の毛をいじっていただけだ。

山姥は短い脚を大きく広げ、わしを見上げて睨みつける。

「婆ちゃん、どうしたの」

「話の続きじゃよ。早う続きを聞かせんか」

子狐が「あれえ」と小首を傾げた。

「今ので終いだよ。ねえ、草どん」

「いかにも」

すると、山姥が「そんな馬鹿な」とわめいた。

「もう終いなのか、あれで終いなのか」

「さよう」

「亀どんはどうなる。さんざん悩んで苦労して、龍王から何の褒美ももらえんのか。亀どんは骨折り損か」

子狐は含み笑いをしながら、わしに目を合わせてきた。山姥はそれにたちまち気づいてか、「やい、小童」と肩を怒らせる。

「何が可笑しい」

「だって、やけに亀どんの肩を持つから」

「まったく。近頃の子狐は何もわかっておらぬ。いいか、よう聞け。働きのあった家臣には相応の褒美を渡す、これが世の慣いではないか。龍王も姫もうまいこと言うて、亀をただ働きさせただけか。猿は玉手箱をもろうたに、亀には何もなしか」

山姥が詰れば詰るほど、子狐の目つきは醒めてゆく。

「だって、亀どんは身上がりなんぞ望んでいねえんだから」

子狐は鼻の穴を膨らませ、わしににかりと笑ってよこした。

「亀どんは万年も生きるから、姫が女王になっても仕え続けるね」

こやつ、少し幼さが抜けたかと、子狐を見返した。頼もしいような、少し淋しくもあるような、不思議な心持ちだ。

しかし山姥はますます両脚を広げ、腰に手を当てた。

「ともかく、骨折り損のくたびれ儲けは御免じゃからな。ご近所から餅をもろうたら茶葉の一摑みでも包んで返す、それがおつきあいというもんじゃろう。な、子どもが世話になったらば、親が何がしかの礼を持って馳せ参じるのが当たり前じゃ。そりゃあ、相手は胸の前で手を振るわな。いやいや、お返しなんぞ結構、お気遣いくださいますなと。じゃが、はい、そうですかと好意に甘える親がどこにおる」

「話がどんどんそれてゆくね」

子狐は呆れ顔で、肩をすくめる。

山姥はおそらく、子狐の母親から何かをせしめることで頭が一杯なのだ。

「亀の報酬が少ないことが、そうも気に入らぬか」

「少ないどころではない、何もないではないか。そんな理に合わぬ話があるか。せめて一生、喰うに困らぬ金子を月々貰える（もら）とか、何とかならんのか」

子狐は大人みたいに鹿爪（しかつめ）らしい面持ちになり、溜息を吐いた。

「損得勘定ばかり」

「甘い、甘い。さように甘いことを言うておったら、たちまち喰い詰めるわ。龍王だけでないぞ。乙姫にもいいように顎で使われて、歳を取ったら、はい、ご苦労さんじゃ。使い捨てにされる」

「婆ちゃん、相当、苦労してきてねえか」

「そうじゃ、その通りじゃ。そこのところを、母にもちゃんと伝えるのだぞ。山姥様は見かけによらぬ苦労人だとな。わかったか、わかったな」

山姥の声はにわかに機嫌が良くなり、ふいに空へと目をやった。

「もう三日月が上がっておるぞ。なあ、今日こそ塒（ねぐら）に帰らぬか。母ももう帰ってきておろう。送ってってやる」

「ううん。まだ大丈夫」

「まだここに留（とど）まるか」

「おらのことは気にしてくれなくていいから、どうぞお引き取りください」

「ここで引き取って何とする」

山姥は口を尖らせ、「やれやれ、また夜露に濡れるか」と不平顔だ。首に巻いた布をほどき、草の上に広げている。子狐は山姥のかたわらに身を横たえて、せっせと毛づくろいを始めた。

わしもそろそろと葉先を仕舞う。その最中に、ふと思いついた。

明日は、山姥の心慰（こころなぐさ）みになるものを語ってやるとするか。

# 猫寺

障子越しに朝の陽射しが入って、穏やかに明るい。和尚(おしょう)は寝床(ねどこ)の中で「さあて」と両腕を伸ばし、半身を起こした。

「今日もしっかり、お勤めさせていただこう」

掻巻(かいまき)の裾の上では、三毛(みけ)がまだ丸まって寝ている。

「起きるぞ」

声をかけたが申し訳程度に尾をちょっと動かし、なお丸くなる。白地に黒と赤茶の模様は肩の辺りから尻へと広がっているが、ひくりとも動かない。

「昔は早う起きよとせっついて頭をすりつけてきたもんじゃったに、近頃は寝坊じゃのう」

和尚は苦笑しつつ、寝床を抜けた。

由緒(ゆいしょ)こそ旧(ふる)いものの檀家(だんか)の少ない、貧しい寺である。先代の隆盛時には城の殿様もしばしば参詣(さんけい)されたものだったが、今は代替わりをして、とんと御成りがない。

ごくまれに、家来衆が知行地の検分で庄屋の屋敷を訪れることはある。しかし和尚は長年、家来衆のもてなしの席にすら招かれていない。べつだん、庄屋と仲違いしているわけではなく、塗膳が足りぬと下男が走ってくれば庫裏から出して貸してやる。やがてもてなしの準備で村じゅうが大わらわとなるさまをぽつねんと眺めながら、たぶん、わしは貫禄が足りぬのだろうと、得心する。

和尚は喰うや喰わずの家の生まれで、今もうらなり瓢箪のごとくなのだ。境内を竹箒で掃いている折にちと強い風が吹けば、「あやや」とよろけてしまう。大した説教ができるわけでなし、場を賑やかに盛り上げる術も持たない。法要の後、振舞いの席で汁を啜っていれば、「和尚、まだいなさったか」と驚かれるほどだ。

おかげで、先代までは城下にもあった檀家とも疎遠になり、今はこの村の家々からしかお呼びがかからない。由緒ある寺をかくも零落させて申し訳ないような気はするが、何をどうしようとも思わないのである。

隆盛があれば寂れることだってあるだろう。この世の長い移り変わりに比べれば束の間の、泡ほどのできごとだ。

むろん小僧一人とて置いていないので、水汲みから本堂、境内の掃除まで和尚が黙々とこなしている。ふだんの話し相手は猫の三毛だけだ。

先代が年老いたという理由で和尚がこの寺に招かれたのは、二十年前のことだった。三毛はその頃から居つくようになり、最初は掌に乗るほどの仔猫だった。ところが今や狸も遠慮するほどの大猫に育ち、寝ている最中に胸の上に乗られでもすると、ぐっと息が詰まる。

「さ、身支度、身支度」

和尚は部屋の隅に置いた広蓋の前に、膝をついた。衣をつけて衣桁の袈裟に手を伸ばし、

「はて」と首を傾げた。掛け方がいつもと違っている。

「おかしなことがあるものよ」

振り向くと、なぜか三毛と目が合った。顔だけでこっちを見返っている。

「なあ、妙じゃのう」

すると三毛は杏形の目をそらし、ふいに横を向いた。翌朝、そしてさらに次の朝も、和尚は首を傾げた。

「ちゃんと掛けておいたのに」

和尚にとっては箸の上げ下ろしから身支度、身仕舞いまでも修行であるので、常の慣いを変えることの方が難しいのである。にもかかわらず、朝起きれば掛け方が変わっている。

「ん。何か臭うような」

袈裟に鼻を押し当てた。目だけを動かすと、三毛がまたこっちを窺っている。

「腹が減っておるのか。しばし待てよ、お勤めが済んだら用意してやるゆえ」

寺の朝餉は読経を済ませた後と決まっている。飯も自ら火吹き竹を使って用意するのだが、その際、三毛にも汁かけ飯を出してやるのだ。三毛はしじゅう村の田畑や家々にも出かけるので、おそらく方々でいろんな物をもらっているはずだ。でなければ、こうも躰が大きくなるわけがない。それでも朝餉は必ず和尚が差し出すものをちょこなんと坐って待っていて、旨そうに頬を動かし、綺麗に平らげる。

ところがこのところ、どうも様子がおかしい。朝からそわそわと落ち着きがなく、飯を喰いながら時々上目遣いでこっちを見ている。現に今も、和尚と目が合った途端、ふいに目をそらした。

「袈裟といい三毛といい、どうなっとる」

不審に思いながら本堂に入り、香華を手向けて経を詠む。鈴を鳴らし、ぽくぽくと木魚を叩いてお勤めし、数珠を擦り合わせてご本尊に頭を下げた。立ち上がりしなに何気なく前を見下ろすと、袈裟の裾裏がめくれている。

「これは」

所々がうっすらと汚れているではないか。思わず背後を振り向いた。すると濡縁に三毛が坐っていて、急に立ち上がった。たちまち丸い背を見せて尾を立て、地面にどすんと飛び下りた。

奇妙なことが起きるようになって、三日目の夜のこと。

和尚は床の中で狸寝入りを決め込んでいた。三毛はいつもの通り、掻巻の裾の上で丸くなっている。それはわざわざ起きて確かめずとも、足許の重みでわかる。和尚は目を閉じ、すすすと寝息を立てた。

やがて夜も更けた頃、己の鼾で目が覚めた。何やら頬がこそばゆい。どうやら三毛が和尚に顔を近づけているようで、長い髭の先がちくちくと当たる。三毛はなかなか立派な顔貌(がんぼう)を持っていて、数少ない檀家の連中がお施餓鬼会(せがきえ)などで集まると、「和尚より、よほど貫禄がおありじゃ」とからかわれる。

和尚はじっとしていた。よほど念を入れているのか、三毛の鼻息がかかる。まるで、本当に寝入っているのかどうかを確かめているかのようだ。ようやく枕許から離れてくれたかと思えば、どすどすと掻巻の上を斜めに渡った。重い。思わず声が洩れそうになるのを堪(こら)え、片目だけを薄く開いて足許を見やった。

月の光が障子から差し込んで、三毛が部屋の隅に向かうのが見えた。と、衣桁の袈裟に前肢をかけて落とし、ひらりと肩に着けるではないか。そしてずるずると裾を引きずりながら寝間(ねま)を出てゆく。

呆気に取られた。

三毛め。袈裟なんぞつけて、どこへ行くのじゃろう。

驚きよりも好奇の心が勝って、寝床から起き出した。そっと後をつけると三毛は境内を横切り、本堂に入ってゆく。和尚は本堂の裏から中を覗いて仰天した。いつもは滅多と賑わうことのないその場に、何十匹もの猫たちが集っているのだ。茶猫や白猫、黒猫、ぶちや雉猫も畏まって肢を揃え、尾も躰にきちんと巻きつけている。

月の光が堂の中に満ち、やがて袈裟を着けた猫が厳かに現れた。

三毛だ。

皆、恭しく一礼している。三毛は和尚と同じ所作でご本尊の前に腰を下ろし、鈴を鳴らした。

「にゃにゃ、ほんにゃあ、ほらみったあ」

読経が始まった。

門前の小僧、習わぬ経を詠むと言うが、三毛のやつ、門前の猫になりおったか。

「ええ、ふんぬう、ほんにゃあ、ふんぎょう」

しかし悲しいかな、何とも珍妙な経である。和尚は何度も噴き出しそうになったが、本堂に集う猫らは有難そうな面持ちで頭を垂れている。そして三毛も大真面目だ。木魚までぽくぽくと鳴らし、一心に勤めているのがわかる。和尚は緩む口許を掌で押さえ、抜き足差し足で寝間に戻った。

長年一緒に暮らしているが、あんな神妙な三毛を見るのは初めてじゃ。

思い出し笑いをしながら眠りに落ちた。

翌朝、目を覚ますと、三毛はいつものように掻巻の裾の上で寝ている。そっと床を抜け、衣桁に掛かった袈裟を手に取った。すばやく振り向くと、あんのじょう、三毛はこっちを凝視している。和尚は思わず、「呵呵」と大笑した。

「昨夜はご苦労じゃったのう」

三毛が口を半開きにした。和尚は笑いながら近づき、「よしよし」と頭を撫でてやる。三毛はそそくさと身を躱し、寝間を出て行った。

秋の陽射しが降り、田畑の実る匂いがする。

和尚は境内を掃きながら、何度も門の外に目をやった。しかしどこにも三毛の姿はない。

「知らぬ振りをしてやれば良かった」

悔いが募り、手にしている竹箒までがずしりと重い。「昨夜はご苦労じゃったのう」と頭を撫でてやった朝、三毛は姿を消したのだ。裏山か村にでも遊びに行ったのだろうと思っていたが、そのまま帰ってこない。かれこれ、ひと月になる。

「あいつはあいつなりにわしを真似て、懸命にお勤めしておったものを」

落葉を掃き寄せながら、肩を落とした。

「可哀想なことをした」

猫なるものは皆、そうなのかもしれないが、気随気儘に振る舞うのが常だったのだ。構って欲しい時には何が何でも膝の上に上がってくるし、書を繙いて学んでいる際もわざと悪戯をしかけてきて邪魔をする。それでいて、己が面倒な時は何を話しかけても尾をぱたりと動かすだけだ。好き放題だ。ゆえに、和尚が笑ったくらいで出て行くとは想像だにしていなかった。

「袈裟を汚したと叱ったわけでもあるまいに、何も出ていくことはなかろう。手前勝手なんじゃ」

手に力を籠め、せっかく掃き寄せた枯葉を混ぜっ返してみる。しかし思い返すのは、三毛がそばにいた時の気配だ。柔らかい手触りだ。和尚の独り言にまるで耳を傾けでもしているように目を細め、口角を上げていたりする。時には、「しっかり、しにゃされ」とでも言うように長い髭を動かすこともあった。

「三毛」

これから風が冷たくなるというのに、三毛がいない。そう思うだけで首筋が寒くなって、くしゃみを落とした。

和尚は村に出掛けて三毛を捜し回り、村の者らにも訊ね歩いた。

「そういや、近頃、姿を見ませんなあ」

村のはずれで猫と出会うと、腰を屈めて顔を寄せた。

「もし、あんた方は当寺の本堂にお集まりの猫さんではなかったか。うちの三毛の行方をご存じあるまいか」

するとどの猫もたじたじと後ずさりをして、野兎のごとく走り去る。

「あいや、待たれよ。咎め立てしようというのではない。待ってくだされ、待って……」

田畑で働く者らが心配げに顔を見合わせるのがわかったが、猫を見るたび話しかけずにはいられないのだった。

諦めがつかぬまま冬になったある日、村の者が数人で寺を訪れた。痩せた子どもが一緒だ。

「行き倒れになっておりました子で、聞けば山一つ向こうの村の生まれで、親きょうだいを山火事で喪うたらしいですのじゃ。突然のお願いで恐れ入りますが、この子を引き取ってやってはいただけませぬか」

和尚は子どもの姿を見下ろした。薄い肩をすくめ、思い詰めたような目をしている。

むろん否やはなく、即答した。

「お引き受けいたしましょう」

年季の入った貧乏寺だが、この子一人くらいは養える。何とかなると思った。

和尚も幼い頃に流行り病で親きょうだいを喪い、寄る辺のない身の上だ。朋輩の中には厳しい作務に音を上げて逃げ出す者もあったが、和尚に帰る家はなかった。縁があってこの寺に招かれた時は、心底、有難かったものだ。

ましてこの二十年は、共に暮らす三毛がいた。貧しい寺の独り暮らしにともる、一点の温もりだった。

あの不思議な夜のお勤めも、そろそろ想い出にする頃合いなのかもしれない。

「これから、よろしゅうにな」

そう言うと、子どもは黙って目瞬きをした。

文机の前で文をしたためていた和尚は、筆を持つ手をふと止めた。

開け放した障子の向こうは境内の前庭で、小坊主の林念が竹箒で枯葉を掃いている。

青々と剃り上げた頭はつるりと小さく、手足もまだ薪ざっぽうのように細い。

しかしこの寺に身を寄せて一年、二年が過ぎ、また秋が訪れた今では箒や雑巾の持ち方も板についてきた。口数が少なく愛嬌にも乏しいが、することに裏表はない。山育ちであるので最初は行儀もひどいものだったが辛抱強く教えるうちに、正しい所作を徐々に身につけ始めた。

ただ、時々、掃除の手を止め、ひっそりと山々を見ていることがある。今も掃く音が止まったので和尚は障子の外に目をやったのだが、あんのじょうだ。

門前に、小さな後ろ姿が佇んでいる。

この寺は小高い山の中腹にあるので、今日のような夕暮れともなると村里の家々から細く白く煙が立ち昇り、田畑の合間では薄の銀波が揺れるのもよく見える。しかし林念は眼下の景色ではなく、そのかなたにある山々の懐を見ているのだろうと和尚は推している。亡くなった親きょうだいのことがしきりと思われて、ことに秋の夕暮れともなれば淋しくて堪らなくなるのだろう。

和尚自身にも覚えのある心持ちなので、こればかりは見て見ぬ振りを通している。まだ九つなのだ。たった独りでこの世を渡る覚悟をつけるまで、時がかかる。

文机に顔を戻し、筆の穂先に墨を含めた。そういえばと、気がつく。

近頃、わしは三毛のことを忘れるともなく忘れているではないか。

林念を教え、養ううち、村の猫らに三毛の行方を問うこともしなくなっていた。歳を取るのも悪うないものじゃ、時薬が早う効くと思いながら筆の軸を立てる。

「和尚様、お客様がおいでです」

顔を動かすと、濡縁の前で林念が小腰を屈めていた。

「どなたじゃ」

「それが見たこともない、立派な身形のお武家様で」

「はて、珍しい。お武家が何用じゃろう。ともかく座敷にお通ししなさい」

林念に命じると、「それが」ととまどうような面持ちで答えた。

「まずはご本尊を拝ませていただきたいと、本堂に上がられまして」

何となく腑に落ちていないようだが問い質す暇もなく、腰を上げた。袈裟をつけながら茶を命じる。

「慌てずともよい。心を籠めて淹れるのがよい」

林念は「はい」と頭を下げてから庫裏に下がり、和尚は本堂へと向かった。

林念が告げた通り、なるほど、立派ないでたちの武家が坐って本尊を拝んでいる。小袖は紬の白地に墨流し、袴は渋い錆茶色だ。歳の頃はよくわからない。若者にも壮年にも見える風情だ。

和尚の気配を感じてか武家はゆっくりと肘を下ろし、下座に移った。

「お久しゅうござります、和尚様」

両手をつき、丁寧な辞儀をする。昔ながらの見知りであるかのような物言いだが、とんと思い出せない。久しいということは、わしがかつて修行した寺でお目にかかったお方と見える。和尚はともかく手を合わせ、一礼を返した。

「よう、お詣りくださりました」

ところが武家は本堂の中を見回すのも懐かしげな、しみじみとした顔つきだ。

「変わりありませぬなあ、ここは」

ということは、やはりここで出会っている御仁か。内心で首を捻っていると、林念が盆を捧げ持って入ってきた。静々と足を運び、客に茶を差し出している。

「恐れ入りまする」と、武家は林念にも丁重だ。林念はそのまま膝で退り、おもむろに顔を上げた途端、「あ」と半身をのけぞらせた。腰が砕けたようにぺしゃりと坐り込み、顎をわななかせている。

「ね、ねねねねね」

呂律が回っていない。近頃の林念にしては、珍しく無作法だ。

「これはご無礼を」

「いいえ、お気遣いは無用にござりまする」

武家は鷹揚な人柄らしく、口の両角を人懐こそうに持ち上げる。

ん。何やら、臭う。

和尚は、すんと鼻を動かしていた。

さては、村の猫が縁の下で仔を産んだか。

「いえ、おそらく私の臭いでござりますよ」

武家が奇妙なことを言った。しかも笑みを含んだ目が何となく、杏形に見える。いや、鼻の先がたちまち桜色に変じるではないか。口の周囲が膨らみ、左右に長い髭が何本も伸びる。顔が白い毛でおおわれ、耳が三角に立った。

小袖と袴はそのままだが、そこに坐しているのはまさしく懐かしい姿だ。

「三毛」

　和尚は腰を上げ、飛びつくように取り縋(すが)った。

「よう無事でおった。ますます大猫になって、立派になったもんじゃ。よう帰ってきた」

　何を口走っているのか己でもよくわからぬままで、けれど目の中から熱いものが溢れて流れて止めようがない。

　三毛は、深く沁(し)み入るような声で語る。

「その節は、大事なお袈裟を拝借したことが露見した恥ずかしさ、申し訳のなさで動揺いたし、後先もなく逃亡致してしまいました。長い間、可愛がっていただいたものを。どうかお許しください」

「何を言う。そなたのお勤めを笑(わろ)うたわしが悪かった」

　和尚はなお力を籠めたが、腕の中には何の手応えもないのだった。

　三毛はもうこの世の者ではないのだなとわかりつつ、その猫臭さごと抱きしめた。

　和尚は本堂で、ぼんやりと坐していた。

　何度も目瞬きを繰り返したが、三毛の姿はもうどこにもない。

「夢を見ておったのだろうか」

　けれど林念も同じように茫然(ぼうぜん)として、天井を見上げている。客用の茶碗(ちゃわん)は床に確かに残っていて、触れればまだ掌に温かい。和尚は茶碗を持ち上げ、茶を含んだ。

三毛、わざわざ詫びを言いにきたのだな。さても律儀なことよ。わしはもうほとんど、思い出さずにおったのに。

嘆き悲しみにさほど執着しなくなっていることに、己でも満足していたのだ。心に波風を立てず、静かに暮らせていることに。しかし三毛が帰ってきたと思った瞬間、心の底から湧き立った。たとえ束の間でも、何と有難い時間であったことか。

湯呑みを茶托に戻して、林念に呼びかけた。

「うまいお茶じゃった」

「和尚様」

「何じゃ」

「あの猫さんは、このお寺においでの方だったのですね」

「そうじゃよ。一緒に暮らしていた」

「貫禄がおありでした」

「そうとも。わしより、よほどな」

すると、林念がくすりと笑った。

和尚もつられて肩を揺らす。無性に可笑しくなって、そして少し泣いた。

翌朝、林念が「お客様です」と呼びにきた。

「どなたじゃ」

「それが見たこともない、立派な身形のお武家様で。急ぎお目にかかりたいと仰せです」

「本物か。それとも」

「猫臭くはございませんが」

和尚はふぅむと首を傾げながら腰を上げた。本堂に入れば林念が告げた通り、立派な身形の武家が坐っている。訝しみながら腰を下ろすと、面前の武家はさっそく口を開いた。

「突然、申し訳ございませぬ」

丁重に頭を下げてよこす。

「いいえ。かように鄙びた寺に、ようお詣りくだされました」

挨拶をしながら、和尚はそっと様子を窺った。

ふむ。臭いはせぬな。

しかも前庭に目をやれば供侍が数人蹲踞しており、門前には黒塗りの駕籠や馬も待っているではないか。身分のあるお方と見えるが、何用だろう。

「こたびは急ぎお願いがござって、罷り越した次第にて」

黙って先を促すと、「じつは六日前」と武家は顔を曇らせた。

「大殿が身罷られたのでござる」

「何と」

先代の殿様が亡くなったようだ。当代に藩主の座を譲られた後は隠居屋敷に移って暮らし、来年には白寿を迎える齢であったという。

「じつに穏やかな最期であられました」

武家は長年、隠居屋敷で仕えていた家臣であるようだ。

「大往生にございました」

「それは、それは」と和尚は悔みを述べ、手を合わせた。

「殿様はかつて当寺にもお詣でくださったことがあると、先代の和尚から聞き及んでおりました。さっそく当寺でも香華を手向け、菩提をお弔い致しましょう」

「それが」と、武家は何とも苦しげな面持ちになった。

「お棺がまだ屋敷を出ておりませぬ」

和尚は思わず訊き返した。

「ご逝去されたのは六日前だというに、まだにございまするか」

武家はひしと頭を下げた。

「和尚、たってのお頼みにござる。これから当家にお越しいただき、大殿の葬儀を営んでくださらぬか」

蟀谷には冷や汗らしきものが浮かんでいる。

「それはやぶさかではございませぬが、貴家には立派な菩提寺がおありにございましょう。

拙僧などを招かれてよろしいのか」

「たしかに、菩提寺に葬儀をお頼み申しました。が、いよいよ出棺となると、ある者らが騒ぎ、すると秋晴れの空にたちまち黒雲が湧いて大荒れになるのでござる。嵐のさなかに出棺できるわけもなく、翌日に日延べを致しましたが、またその者らが騒いで嵐になる。思い余って他の寺にお頼みしたが、やはり大荒れになり申した」

「ある者らが、騒ぐ」

「猫さんらにござりまする」

何やら妙な話になったと、和尚は身構えた。

このお武家、やはり三毛なのではあるまいな。また何か、悪戯でもしかけてきたか。

「猫が嵐を呼びますのか」

「亡くなった大殿は無類の猫好きであらせられまして、屋敷にはそれは大勢の猫さんがおり申した。ご近所からは猫の殿様と呼ばれるほどで」

そこに林念が茶を運んできた。林念も上目遣いになって武家の様子を盗み見ているが、武家の鼻の頭は何色にも変わらず、口の周りから髭がにゅうと生えてくるわけでもない。

「それで」と和尚が先を促すと、武家は懐から手拭いを出して顔や首筋の汗を拭った。

「出棺ができぬとは一大事にて、当代の殿からも早う葬儀を営まねば父上がお気の毒とせっつかれまするし、しかし先ほどお話し申した通り、城下の高僧にお越しを願うても猫さんらが嵐を呼ぶのでござる。昨日もほとほと困り果てており申したところ、旅のお方が当家に立ち寄られまして」

和尚は思わず、脇に控えている林念と顔を見合わせた。

「旅のお方とな」

武家は茶を啜ってから、また言葉を継いだ。

「人品卑しからぬ風体の御仁で、そのお方が、さぞお困りでありましょうと案じてくださりましてな。かような事情であればと、こちらのお寺をお教えくださった次第にござる。和尚は徳の高い僧侶であられるゆえ、あのお方であれば必ずや無事に葬儀が営めるだろうと申されました。ただ、山をいくつも越えねばならぬお寺とのことで、それがしも迷い申した。ともかく急いておりましたゆえ」

「お察し申し上げる」

半日もかけて和尚を招かなくても、城下には立派な寺がいくつもある。

「ただ、猫さんらが」

武家はそこで口ごもった。

「畏れながら、猫さんらが何か」

そう訊ねたのは林念だった。見れば、興味津々の目をしている。

「その旅のお方の背後に、大殿の猫さんがずらりと並びましてな。それがしに向かって顎をしゃくったのでござる。早う、和尚をお迎えに行けと言わぬばかりに、ずいっと」

「なるほど」

するると武家は不思議そうに眉を上げ、和尚と林念を見返した。

「お笑いになりませぬのか」

「はて、何ゆえ」

「いいえ、そのことを周りに話しますと、しっかり致せと叱責されるか、笑われるのでござる。たわけ、猫がかような真似を働くわけがなかろう、と」

「笑うわけはござりませぬよ。それより、亡き大殿をこれ以上、お待たせしてはなりませぬ。すぐに出立致しましょうぞ。林念、そなたも支度じゃ。供をしなさい」

蹲踞していた供侍らが一斉に立ち上がり、黒塗りの駕籠が境内に入ってきた。

彼岸の施餓鬼会に集まった村の衆が口々に礼を言い、引き上げていく。

「和尚様、朝夕は冷えますでな。養生してくださいましよ」

「はいはい、有難う」

「林念さんもお世話さまでした」

「よう、お詣りでした」

和尚と林念は門前に出て、皆を見送る。

「そういえばうちの婆ちゃんの三回忌、来月ですから、またよろしゅう願います」

「かしこまりました」

林念は、村の者に丁重に辞儀を返している。林念の声は若僧のそれになっていて、近頃は和尚の名代を務めることが増えた。武家の檀家が増えたので城下に足を運ぶ日も多く、和尚も林念もなかなかに忙しい。

七年前のあの日、和尚は大殿の葬儀を無事に営みおおせた。見事なほど晴れ上がった空の下を、棺を担いだ葬列は粛々と屋敷を出たのである。内心では冷や冷やし通しだったが、隠居屋敷の猫らは鳴き騒ぐことなく、嵐も呼ばなかった。迎えにきた使者はむろん殿様にもそれは有難がられて、それで檀家も増えた。

林念と共に境内を引き返すと、何匹も足許に寄ってくる。いつのまにかまた猫が棲みつくようになり、もはや数え切れぬほどだ。茶猫や白猫、黒猫、ぶちや雉猫、むろん白地に黒と赤茶の模様を持つ三毛もいる。

「よしよし、すぐご飯にしてやるからな」

林念は猫らに声をかけながら、「和尚様、お足許にお気をつけて」と手を差し出した。近頃、足腰が少々弱ってきたので、起き伏しや歩く際にはさりげなく気を遣ってくれるのだ。

「大丈夫じゃよ。年寄りを甘やかしてはいかん。つい、頼りにしてしまうでな」

「また、さようなことを申されて。小坊主らが聞いたら、たちまち怠けまするぞ」

今は修行に励む小坊主も三人いて、林念が手を焼きながらも何とか仕込んでいる。竹箒の持ち方から薪割り、水汲み、雑巾のかけ方まで、なかなか厳しい師だ。

林念は歩きながら、しみじみと言った。

「和尚様」

「ん」

「随分と賑やかになりましたね」

二人の後を「みい」「にゃあ」と猫らが従いて歩き、頭や躰をすり寄せてくる。

「私をここに引き取ってくださった時分は、心細いほど寂しいお寺でしたものを」

「そうじゃな」と、和尚は苦笑する。

そういえば、林念は小坊主の頃、夕暮れともなると郷里の山をぼんやりと見つめていたものだった。淋しくて堪らぬような後ろ姿だった。

「この寺がかほどに栄えるなど、村の者の誰ひとり思うておらなんだろうて。まあ、当のわしがいちばん思うてなかったがの」

和尚は笑いながら本堂を見上げた。本堂の背後の大銀杏は金色の葉を無数に繁らせて、甍の波を照らしている。数年前、殿様の寄進を受け、朽ちた屋根も葺き替えることができた。

「三毛さんのおかげです」

「寂れる一方の寺と頼りないわしを、見るに見かねたのじゃろうか。わしは寺の隆盛になんぞ、頓着しておらなんだゆえなあ」

目先の欲を捨てて何もかもを受け容れる、諦念することが仏の道だと信じて生きてきたし、それは今も変わらない。ただ、寺が賑わうようになったことで、山間の小さな村も変わった。城下のみならず遠方からの参詣客が増え、門前下には茶屋が何軒も葭簀を並べ、旅籠もできたのだ。

「三毛さんはこの寺が、そして和尚様のことがただただ好きだったのでしょう。ゆえに、己が逝った後を賑やかにしたかった。猫は己の死期を察すると申しますゆえ」

和尚は黙って目をしばたたかせた。そっと洟を啜り、歩を運ぶ。林念に肘を支えられて本堂の階段を上り、「よっこらせ」と濡縁に腰を下ろした。

かなたの山々は色とりどりに色を変え、錦を広げたようだ。そして門前下の茶屋からは「いらっしゃいませ」の声が沸き立っている。

「猫寺へのお詣りはこちらですよ」

誰が呼び始めたものやら、寺はいつしか「猫寺」と呼ばれるようになった。いつだったか、説法の合間に三毛の話を面白おかしくしたら、それが広まったようだった。

「夜な夜な、わしの袈裟を持ち出して本堂で経を上げておりましたのじゃ。檀家は村の猫さんたちでしてな、それは神妙な面持ちで坐っておられましたな」

今も時々、和尚の真似をする三毛の真似をしてみせる。

「にゃにゃ、ほんにゃあ、ほらみったあ」

するとかしこまって正坐していた者らが、揃って目尻を下げるのだ。年寄りも若者も互いに打ち解け合い、話が弾む。

庭に再び下りた林念が、小坊主らに茶を言いつけている。

「和尚様にお茶をお持ちしなさい。慌てずともよい。心を籠めて淹れるのがよい」

「あぁいぃ」

足音を立てて庫裏に向かう。

「これこれ、一杯の茶を用意するのに何ゆえ三人が一緒なんだ。静かに歩きなさい」

林念は「まったく、三人で一人前にござりまする」と眉間をしわめながら、和尚に頭を下げた。

三毛や。

胸の中でそれだけを呼びかけて、和尚は仔猫を膝に抱き上げた。ごろごろと咽喉を鳴らす音を聞きながら、空を行く秋雲を眺めた。

# 章ノ二　勇の者たち

## 通り過ぎる者

星が動いて、森の梟どもが、ほっほうと啼く。

夜の深さを測るかのような声の響き方で、森に迷い込んだ者は不安げに木々の翳を見上げる。背後に迫る闇の冷たさに背筋を震わせ、なぜ、あの時、右ではなく左の道を選んでしまったのかと悔いながら、ひたすら朝を待つ。

今夜も一人、樅の木の根許に蹲って森の闇をやり過ごしているようだ。途方に暮れている。

わしは毎夜のようにその気配を察するのだが、何をどうしようとも思わぬ。その道を選んだがゆえに命を落とすこともあれば、探し求めていた何かに出会えることもある。

人も獣も草木も、そしてそのいずれでもない者も等しく、常に選ばなければならない。

あるいは常に選ばされる。

右か左か、引き返すか、あるいは道なき道を行くか。

心ある者が耳を澄ませば、梟どもは不安を煽るために啼いているわけではないことに気づくだろう。彼らは迷い人なんぞに頓着（とんちゃく）していない。話の大半は他愛のない噂話（うわさばなし）だ。

ほっほう、ほろっこ、ほっほう。

猫が檀家（だんか）を増やしたとな。

互いに「ほっほう」と、胸の毛を膨らませ合う。つまり笑っている。

山姥（やまんば）のかたわらに身を横たえて話を聴いていた子狐（こぎつね）は、いつのまにやら寝息を立てている。時折、ひくひくと口の周りの髭（ひげ）を動かし、寝言を繰り出す。

「あともう一口、そっちも一口」

おめでたい奴（やつ）だ。団子を喰（く）う夢でも見ているらしい。ところが山姥は、ぺかぺかと目を光らせ通しだ。

「草どん、遅いぞよ」

山姥は草の上に寝床がわりの布を敷いており、その上で片膝を立てている。わしは「さよう」と受け流しつつ、欠伸（あくび）を洩（も）らした。

「今夜も遅うなった。おぬしも、もう寝（やす）め」

「違う、違う。遅いと言うておるのは、今の話のことじゃ」

「何だ、また気に入らなんだのか」

「当たり前じゃ。七年も経ってから檀家が増えて、寺が栄えただと。まったく、その合間に和尚がぽっくり死んでおったら如何（いかが）する。何も受け取れんではないか。お礼に恩返しなるものは、さっさとするもんじゃ。ささっと」

物語の細部までよく聴き取っているではないか。少し意外だ。熱心に耳を傾けているのはいつも子狐で、山姥は頭の毛をいじったり鼻の穴をほじったりと、たいていは落ち着きがない。

わしは葉先を揺らして、山姥をからかってやった。

「さては、わしの語りに聞き惚れたか」

山姥は驚くほど話が下手だ。筋道が縺れ脇道にそれ、そのうち己で苛ついて、子狐にも呆れられる始末だった。

「おぬしの話は悠長が過ぎると言うておるのよ。わしは短気なんじゃ。待つのは厭じゃ」

語尾はやがて尻すぼみになり、片膝を抱えた。

「もう金輪際、待ちぼうけはごめんなんじゃ」

額を膝頭に押しつけている。

また星が流れ、草叢で虫がちろちろと鳴く。梟どもはしんとして、山姥の次の言葉を待っているかのようだ。

山姥の剣幕で目を覚ましたのか、子狐が尻を持ち上げ、前肢を「うぅん」と伸ばした。尻尾は相も変わらずちぎれたような短さで、山犬でももうちっとましな尾を持っているだろう。その不格好な尻尾を立て、総身をぶるんと震わせてから山姥に顔を寄せた。

「誰を待ってるの、婆ちゃんは」

山姥は顔を伏せたまま、くぐもった声を出した。

「誰も待っとらん」

「でも、待ちぼうけはごめんだって言ってたでねえか」

「大人の話に首を突っ込むんでないわ」

子狐は肩をすくめ、わしを見上げた。

「こじらせてるね。婆ちゃん、苦労人だから」

いつもの山姥ならそう言われると上機嫌で「苦労自慢」を始めるのだが、そのまま顔を上げなかった。


清澄な空気が辺りに漂い、夜を押しのけてゆく。

やがて今日の朝陽が、遠くの山々を照らし始めた。

わしは欠伸を嚙み殺しながら、のろのろと葉を開いてゆく。昨夜、山姥は何も語ろうとせず、気がつけば寝転がって鼾をかいていた。子狐はしばらく起きていて毛づくろいをしていたが、またすぐに丸まって寝てしまった。

わしは妙に目が冴え、まんじりともせずに夜風に吹かれていた。何がどういうこともないのだが、想念が途切れないのだ。

山姥は誰かを待ちわびているのではないか。

そんなことをふと考えている己に、またたじろいだ。他者に思いを寄せれば、巻き込まれる。名もなき醜き草がいかに思いを寄せたとて、何ひとつできぬではないか。かような深山の奥に根を張ってしまっているのだ。自らは一歩たりとも動けぬ。ゆえに誰ともかかわりを持たずに生きてきたというのに、この草原の上はどうしたことだ。朝陽が増すたびに子狐の毛が黄金色に輝き、山姥の寝姿は見事なほどの大の字だ。

いかん、寂しくなるぞと、わしは己を戒める。

この景色にひとたび馴染んでしまえば、この者らが去った後、ひとしおの寂寥が訪れる。まるで、あの手触りを考える時のように。

餅のごとく柔らこうて、乳房のごとくたっぷりとしていた耳たぶ。

わしはかつて、そんな耳たぶを持っていたはずなのだ。近頃、己の葉先を目にするたび、しきりとそのことを考える。しかし記憶にかかった靄は晴れぬままで、胸底が苦しくなるばかりだ。

どこかで、かさりと音がした。

耳を澄ませば、大樫の洞で何かが動く気配がする。目を凝らすと、やはり間違いない。赤や黄に色を変えた蔦の葉が微かに揺れ、枯葉を踏む音が響いてきた。

大樫の洞は、森からのただ一つの通り道である。

そうかと、わしは気がついた。昨夜、感じた気配だ。誰かが森で迷い、梟どもの啼き声に怯(おび)えながら夜を過ごしていた。なるほど、狼(おおかみ)や蟒蛇(うわばみ)に取って喰われずに済んだらしい。そして喰った者の骨を積み上げて暦代わりに用いる山姥は、ここで鼾をかいている。

山姥が「ん」と大きな頭を擡(もた)げ、布の上に肘(ひじ)を突いて半身を起こした。鼻先を動かしている。

「人臭いぞ。人じゃ。人間がこっちに向かってくる」

そう言いざま、立ち上がっていた。子狐もたちまち身を起こし、こちらを振り向いている。

「何ごと」

わしは「迷い人だ」と答えてやった。

「構うでない。山姥も、手出しをするでないぞ」

すると山姥はすかさず、醜い歯を剝(む)く。

「わしに指図するな。わかっとるわ、どうせ鶫(つぐみ)よりも旨(うも)うない、貧相な男の子の臭いじゃ」と言い、「それにしても」と続けた。

「珍しいよの。昨今、森に迷い込む人間がとんと少のうなっておったに。このまま減り続けたら、わしら、おまんまの喰い上げじゃ」

また話をそらしつつ、目玉を上に寄せる。

「いや、これは」

山姥が鹿爪らしい面持ちで立ち上がった時、洞の蔦葉が大きく動いた。

蔦の幕を寄せるようにかけたその手は薄く小さく、山姥が見通した通り、十二、三とおぼしき子どもだ。刺子の衣の下は股引で、手甲と脚絆を着けているところを見ると、茸を採りに山に入ったのではなく、旅支度をして出立したものらしい。

それにしても、こんな子どもが一人で迷い込むとは。

当人も目を瞠って山姥と子狐を見つめ、そしてわしを見上げた。黒目の大きな、勝気そうな瞳だ。目尻はきりりと切れ上がり、口許にだけあどけなさが残っている。

「もし、お訊ね申します」

どうやら、わしの姿がはっきりと見えているらしい。人によってはわしに気づかぬ者も少なくなく、見えていてもこうしてためらいもなく声を発する者は珍しい。

「西南のかなたに大きな湖があるはずだけども、ここからどの道を行けばええだか」

「迷うたのか」

子どもは大人のように眉根を寄せ、溜息を吐く。

「高い山をいくつも越えてきただに、一向に辿り着けねえ」

「連れと、はぐれたか」

「いんや。おら、独りで旅をしてる」

よくよく見れば、刺子の衣はそこかしこに破れがあり、手甲と脚絆も土泥に塗れている。よほど長い旅であるのか、それとも険しい山道を延々と踏み越えてきたのか。山で拾ったらしい枯木を手にしているが、それも手脚同様、何とも頼りない細さだ。

山姥が、にわかに嗄れ声を出した。

「その湖に何がある」

「わからねえ。ただ、おらはおっ母さんに会いたいだけだに」

「母がいるのか。西南のかなたに」

「そう教えられただ」

「もしや、底知れぬ青い沼に囁かれたのではないか」

するとと、はっと眉を上げた。

「どうして知ってるだね」

山姥は鼻をひくつかせながら、子どもにずんずんと近づいてゆく。と、いきなりしゃっと横ざまに飛んだ。子どもの衣の裾に手をかけたようだ。脇腹が露わになっている。子どもは息を呑んだまま棒立ちになり、声も出せない。

山姥とわしは目を合わせ、同時に唸った。

子どもの左の脇腹に、蛇の鱗のような模様が広がっていた。火傷や怪我の痕ではなく、あざでもなく、かような肌を持って生まれてきたとしか言いようがない。おそらく、徴と呼ぶべきものだろう。それは陽光を受けて、濡れた銀色に光りさえする。

山姥は唸った直後に、また唸り声を洩らした。

「これはどうしたことじゃ」

眉間に皺を集めてこなたを見上げるが、わしが思案する暇もなく徴は目前から消えた。当の本人が衣の裾を引っ張り、それを隠したからだ。

「いきなり何をするだね」

怒りの余りか、目の周囲を赤く染めている。山姥を詰ったが、山姥が口を開く前にわしが答えていた。

「そなたが道を訊ねたゆえ確かめたのだ。無礼は詫びる」

子どもはまだ頬を強張らせている。すると、わしの根許にいた子狐が「何を」と訊いてきた。

「草どん。山姥は何を確かめたの」

「素性だ」

「素性って、この子が何者かってこと」

「いかにも」

「で、察しはついたの」

わしは黙っていたが、山姥が「ああ」と首肯した。子狐はごくりと息を呑み下し、前肢を上げて揉むような仕草をする。

「婆ちゃん、早業」

子狐は山姥の機嫌を取りにかかる。あんのじょう、山姥は埒もない褒め言葉に相好を崩した。

「こやつはの、母を探して旅をする者じゃ。母を」

子狐は山姥の言に不満げだ。

「それは、この子が自ら口にしたことじゃねえか。婆ちゃんが今みたいな無礼を働いて察しをつけた素性じゃない。だいいち、おっ母さんを探して旅をする子どもなんて、この世に五万といるよ。おら、おっ母さんからそんな話を幾度も聞いたし、山中で見かけたこともある」

いつものようにやり込めにかかったが、山姥は平然としている。

「じゃが、青い底無し沼に導かれて西南のかなたの湖を目指す子どもは、そうはおらぬ。まして脇腹にかような模様を持つ子は、わしが知る限り一人じゃ。ただ一人」

子どもの顔から怒りの色は引いているが、まだ訝しげだ。そして山姥から目を離し、わしに問うてきた。

「あなた方は、おらの素性の何を知っていなさるだね」

山姥が「何もかもぞよ」と、子どもの面前に短い人差し指を突き立てた。

「お前は川の上流にある岩の上に、置き去りにされた赤子じゃったろう」

子どもが眉を上げ、目を見開いた。黙って山姥を見つめ返す。

「岩の上に仰向けに転がされたまま取り残されての。それでもすうすうと眠り、起きれば己の指をしゃぶって乳の飢えを紛らわせておった。三日三晩もの間じゃ」

子狐はいつのまにか子どものかたわらに移っており、山姥と対面する格好で耳を立てている。いつになく神妙な面持ちだ。

「しかし三日目の夕暮れのこと。それは恐ろしい雨になった。辺りが煙って見えぬほどの、降りぶりじゃった」

川はごうと水嵩を増し、岩を浸し、赤子は水に流されて川を下った。が、次の日の夜明けは嘘のように晴れ渡り、村の女が赤子を見つけた。子のない、もう婆さんと呼んでもおかしくない女が、川を流れてきた赤子を拾い上げたのだ。

山姥は腰を屈め、抱き上げる仕草をした。

「まあず、魂消たもんだ。この赤子は川の中を生きて流れてきただに。こりゃあ、神様からの授かりものかもしれね」

女は濡れそぼった赤子を大事に抱きかかえ、家につれ帰って育てた。

子狐は子どもを見上げ、「本当なの」と尻上がりに訊ねた。

「山姥は口から出まかせを語るよ。違ってたら違うってはっきり言わねえと、どんどん図に乗るよ」

すると山姥が、「小童」と足を踏み鳴らす。

「わしがいつ、出まかせを語った。え、何月何日の何刻じゃ。え」

「婆ちゃん、ちょっと黙ってて。ねえ、本当なのか。山姥が言ったこと」

子どもは伏し目がちに、「たぶん」とうなずいた。

「おらが赤子の時のことだからよく知らねども、大雨がやっと上がった朝に川を流れて拾われたことは、おらを育ててくれたおっ母さんが話してくれた」

子どもは顔を上げ、ゆっくりと言葉を継ぐ。

「おら、自分でも妙だと思うことがあっただよ。魚獲りをしても、村の子らとは全然違う。いくらでも川の中に潜っておられるし、山ん中じゃ誰よりも速う木の上に登れる。するすると、苦もなく梢に手が届く。それに」

己の脇腹に手を当てた。

「おらにだけ、こんな模様がある」

恥じているわけではなさそうだ。しかし、どことなく切なげに見える。

「おかげで仲間外れだったども、そんなことは平気だっただに。おら、とっくみ合いじゃ負けねえ」

周囲と違う者、とりわけ飛び抜けた力を持つ者を人は決して見逃さない。幼子らは、ことにそうだ。いたぶることで、その者の力を試しにかかる。畏怖するに足る、まことの力を持つ者か。それとも、排除すべき異端の者であるのか。

「子どもは残酷じゃからの」

山姥は含みのある言い方で、子狐を見やった。今はもう乾いて蚯蚓のようなかさぶたに過ぎぬが、子狐の左目の上には一寸半ほどの傷痕がある。子狐はわしのことが契機で、仲間と喧嘩沙汰を起こしたらしかった。山姥が布に包んでここに運んできた時には、襤褸のごとく痛めつけられていた。

山姥は子どもに向き直り、また問うた。

「それで、育ての母が打ち明けたのか。赤子のお前がどうやって、己の腕の中に来たのかを」

子どもは「んだ」と、首を縦に振った。

「そうしたら、生みのおっ母さんに会いとうてたまらなくなったんだに。それが目的で旅に出たわけではねえけれども、今は一目でもいいからと思うてる」

何で生計を立てているにせよ、育ての母にしてみれば、今からようやく役に立つ歳頃であったはずだ。しかし、旅の支度を調えてやったのだろう。古い衣を仕立て変え、山越えに耐えるよう何度も縫い目を通した。

子狐が「草どん」と、わしを見上げる。

「この子の生みのおっ母さんの居どころ、知ってるんでねえか」

わしは黙したまま子狐を見返した。

「教えてあげて。この姿から察するに、相当な旅をしてきてるよ」

空を朝雲が流れ、秋風が「さてさて」と思案げに吹いてゆく。秋風なんぞに案じられずとも、わしは先からずっと考え続けている。山姥も、「どうする」とでも言いたげな顔をしてこっちを振り仰いだ。

わしは目で制した。

迷うまでもない。いかにすべきか、答えははっきりしている。

「草どん、どうしたの。この子のおっ母さんの住む里を知ってるんだろ。だったら、教えてあげたらいいでねえの」

子どもの大きな瞳も、わしをひしと見つめている。杖代わりに手にしていた枯木は、とうに足許に落としてしまっている。

わしは頭を振った。

「ならぬ」

子狐の前でこの子どもの素性を語っただけでも、余計だったのだ。これ以上は埒外だ。断じて手出しをしてはならない。

山姥は言い訳のように、愛想笑いを泛べた。

「教えてやりたいのは山々じゃが、草どんがならぬと止めるでの。仕方あるまい。母御に、よろしゅうにな」

「婆ちゃん、何で今朝だけ草どんの言うことをきくわけ」

子狐は、目の上を斜めに這うかさぶたを歪ませている。

「馬鹿たれ。この山姥様は誰の指図も受けぬわ」

「だったら、教えてあげてもいいでねえか。けち」

「他人に頼みごとしかできぬ小童の分際で、偉そうに非難するでないわ」

山姥は声を荒立てたが、子狐はわしに向かって前肢を揃え直した。

「草どん。せめて、その湖への道だけでも教えてあげてくれねえかな」

「ならぬ」

我知らず声を凄めていた。子どもに目を移して、わしは告げた。

「ここを去るがよい」

己の葉を大きく動かした。秋の大気を持ち上げるかのように、常磐の緑を動かす。ざあと葉擦れの音が立ち、やがて耳たぶの形をした葉先が一斉に揺れ始めた。

辺りが鈴を振るような音で満ちた。子どもと子狐が、そして山姥までが口を開いて天空を見つめている。

わしは総身の葉を使って、空を指し示した。

「己の目で判ぜよ」

天道の位置によって、西南のかなたを見定めよ。

と、子狐がいきなり草原を駆け出した。短い尻尾を精一杯、振り立てている。ややあって足を止め、辺りを見回してから振り返り、大声で呼ばわった。

「わかった。西南はこっちだ」

子どもがつられるように一歩、二歩と前に出た。駆ける。子狐の隣に並び立ち、下を見下ろした。ややあって、こっちを振り返った。心なしか蒼褪めている。

そこは切り立った崖だ。数多の者が身を投げ、あるいは足を滑らせて落ちた。遺骸は一度たりとも目にしたことがない。木々の枝に裂かれ、鳥や獣に喰われ、やがて木の葉に埋もれる。髪の毛も肉片も、木々に吸われてしまう。

「それでも行くか、小太郎」

わしは子どもに、その名を発して問うた。子どもの眦に赤みが走る。

「行きます」

その隣にいる子狐もわしをじいと見上げていたが、意を決したように口を開いた。

「おらが道案内する」

「何じゃと」

わめいたのは山姥だ。

「その崖がいかほど手強いか、知らぬのか。身のほど知らずめが」

「知ってるよ。だから、おらが道案内する」

子狐は一気にそこまでを言い、「ええと」と子どもを見上げた。

「何てぇ名だったっけ」

「小太郎」

「小太郎、崖の中腹に一本、獣道があるんだ。あの道がきっと、西南の方角に通じてる」

子狐は尻の穴を見せたかと思うと、いきなり崖から飛び下りた。小太郎はわしらに、小さく辞儀をした。そして瞬く間に身を返し、飛び下りる。

深い木々の間に、刺子の背中が吸い込まれた。

その後を追いかけた山姥は、崖の上でしばらく佇んでいる。

「おお、おお。小さき者二人が、走っておるのやら落ちておるのやら、わからぬさまじゃぞよ」

「おぬしには見えるのか」

「見えるわけがないわ。しかし、わかる」

山姥は大きな頭を振りながら、わしの根許にまで引き返してきた。

「それにしても、あの小童、道案内なんぞ買ってでよって。大丈夫なのか」

珍しく心配げな声色だ。わしも嘆息した。

「子狐は知らずにかかわったのだ。致し方あるまい」

「それにしても、あの小太郎が何ゆえ、ここに現れたんじゃろう」

山姥は「わからんのう」と首を捻りながら、布の上にばさりと腰を下ろした。

それは、わしにも解せなかった。


秋の暮は早い。やがて日が傾き、風さえも赤く染まっている。

「遅いのう」

山姥は崖の下にまた目をやった。

「肌寒うなってきたではないか」

洟を啜り、布を肩に羽織っている。

山姥がここを訪れた頃はまだ陽射しが強く木々の緑も濃かったので、雲形文様を散らした朱色地は奇妙なほど鮮やかに映えていたものだ。それは山姥には不釣り合いなほどの若々しさで、当人は少々自慢げであった。己でもわからぬほど長う生きているはずであるのに、稚気が抜けないのである。

しかし毎夜、寝床に使って夜露をしのいできたからだろう、布の朱色は赤みが去った上に汚れが相俟って、白茶色に成り果てている。白抜きの文様ももはや曖昧だ。正直に申せば、今の色柄の方が山姥にはお似合いだ。

「子狐め。どこまで道案内しておるのじゃ」

　山姥は大きくいびつな形をした頭を振っている。すると蓬髪から、はらはらと屑が落ちる。頭に絡んだ夏蔦の葉も、今では枯れて乾いてしまったようだ。ぶつぶつとぼやきながら崖上まで歩き、しんと暗い木々を見下ろす。布の端を首の前で結んでいるので、背中で白茶色の布が風をはらんで翻る。

「暗うなる前に、とっとと戻ってくればよいものを」

　子狐が小太郎を伴って崖から飛び下りて以来、山姥はこうしてずっと落ち着きを失っているのだ。独り言を零し、崖の上に立ってはまた戻ってくる。

「まさか、小太郎の母親探しに従いていったのではあるまいな」

「案じても始まらぬ」

　すると山姥は苛立ってか、声を荒らげた。

「薄情よのう。草どん、草どんと、ああも懐かれて、おぬしもまんざらでもなさそうであったのに、はッ、子狐一匹がどうなろうと構わぬか。平ちゃらか」

「何度も言うたであろう。あやつは必ず帰ってくる」

　まともに取り合うのも面倒になって、わしは葉仕舞いを始めた。

　子狐が旅に同道すれば、あの顚末は変わっているはずなのだ。違う物語になる。

幾千もの葉を次々と内側に閉じながら、ふと大樫の洞に目を投げた。森に通じる、ただ一つの洞だ。小太郎はあの翳（かげ）から現れた。陽が届かぬ、その深い翳を見つめる。

いったい、何が起きているのだ。

山姥が「やッ」と大声を出した。

「戻ってきたぞよ」

すぐさま振り向いた。葉先の耳たぶが鳴る。

「帰ってきたか」

崖から駈け上がったばかりの子狐は肩で息をしていて、頭から背筋にかけての毛が総立ちになっている。夕陽の中で、そこだけが黄金色に光る。

無事だ。

その姿を認めて、わしはほうっと胸を撫で下ろしていた。帰ってこぬはずはない。そう信じていても不安であったのだと、長息した。

子狐に向かって、山姥がわさわさと走り寄る。

「遅かったではないか。何があった、どこまで行っておった、獣道まで案内したのか、それとももっと先までか」

短軀（たんく）を折り曲げるようにして訊ねている。

「婆ちゃん、立て続けに訊かれたって答えられねえよ。ちょっと待って。おら、走り通しに走ってきたんだ」

「何じゃ、その言い草は。わしがせっかく、ねぎらってやっておるものを」

山姥は責め立てている。嬉しげに口許を緩めながら。当の子狐はゆっくりと息を整え、肢や腹の汚れを舐めている。悠々と身づくろいを済ませてから、わしの根許にまでやってきて顔を上げた。

「草どん、ただいま」

「ん」

互いの目が合った。左の目の上の傷痕に薄く毛が生え始めていることに、気がついた。

「ちゃんと案内してきたから」

「行ったのか」

「行った」

子狐はしかとうなずいたものの、崖の向こうに目を移した。その横顔は、少し心細げな面持ちだ。

「小太郎、おっ母さんに会えるかな」

「会える」

「なぜ、そう言えるの」

子狐は不思議そうに目の玉を動かす。

「草どんは、これから起きることが見えるの」

「いや、さようではない」

わしは迷いつつ、再び大樫の洞を見やった。子狐もその眼差しに沿うように、背後を振り返る。山姥がそのかたわらに立ち、洞に向かって手庇をかざした。夕風が山姥の背中の布を、ひらりと揺らす。

「小太郎は、わしや山姥が古くから耳にしてきた、言い伝えの子どもなのだ」

「言い伝えの子」

子狐が口の中で繰り返す。

「ゆえに、名と素性を知っておったまで」

「古くからって、どういうこと。あの子、まだ旅の途中だよ。おらが道案内して、今頃、やっと山を抜けたかどうかという頃でねえか」

子狐は不服も露わに、言葉を継いだ。

「小太郎が西南のかなたの湖に辿り着くには、まだまだ日数がかかる」

「そうだ。小太郎が母と会えるのは、雪が解けた春だ」

子狐は「え」と、訊き返してくる。

「何でそんなことまでわかるの」

山姥が苛立って、短い腕を振り上げた。

「さても、頭の巡りの鈍い小童よ。じゃから、草どんはさっきから言うておろう。小太郎は言い伝えの子じゃと」

「さっぱりわからねぇけど」

「お前が毎晩、草どんに話をしてもろうて眠りにつくように、土地の子らはの、小太郎の言い伝えを聴きながら育つのじゃ。おっ母さんの背中であやされながら、囲炉裏端で夜を過ごしながら。牛を牽いて野良仕事を手伝うようになったら、また親は話して聞かす。見渡す限りの田畑を指差して、遠い昔、小太郎という子どもがおった、と」

「昔って」

　子狐は鼻の穴を膨らませた。

「おら、小太郎と一緒に崖を下りたんだよ。足を滑らせねえように何度も振り向いて、そしたらあの子、大丈夫だって言った。人間にしては随分と身軽だけど、それでも枯木の枝が引っかかって、腕や肘や向こう脛にもかすり傷を負ってたんだ。ここにも、ここにも血を滲ませてた」

　子狐は己の躰や顔の方々を、前肢で指し示した。

「じゃあ、小太郎ぞ」と、あの子はいったい誰」

「小太郎ぞ」と、わしは答える。

「どうなってんの、草どん」

「わからぬ」

わかっているのは、大樫の洞から現れ、そしてここを通り過ぎたということだけだ。人々が忘れず、我が子に語り継いできた小太郎が。

## お花

谷川に飛び込むと水を突き刺すように潜り、総身をうねらせる。

そのまま潜っていけばたちまち水の色が変わり、深緑の川底に近づく。目を焼くほどに陽射しがきつい真夏でも、川の中はまるで違う季節のような冷たさだ。躰の火照(ほて)りが、たちまち水に洗われる。

流れに沿って泳ぎながら、すいと右手を伸ばした。岩魚(いわな)や山女魚(やまめ)はいつも掌(てのひら)に吸いつくようで、難なく摑める。魚を横ざまに、丸ごと口に咥(くわ)えて泳ぐことだって本当はできる。尾で頬を打たれるので少しばかりこそばゆいけれど、決して口から取り落としたりしない。むろん、歯で傷つけることもない。

何尾かを獲り、静かに躰の向きを変えた。脚だけを動かして川を遡(さかのぼ)る。山際の谷川には大小の岩が多いので、その上の一つに魚籠(びく)を置いてある。

顔を川面(かわも)から出した。険しい山に囲まれた谷であるので、見上げる空は頼りないほど細長い。そのぶん色は、里で見るのよりも幾分か濃いような気がする。

あれは山の木々の緑を映しているのだろうかと、小太郎は時々そんなことを考える。

岩の上に上がった。魚籠の中ではすでに十数尾が飛び跳ね、銀や白、紅色の斑を光らせている。そこに獲物を放り込み、また川に飛び込む。濡れた頭や躰、耳の穴からも飛沫が散る。

夏はこうして毎日、谷川までやってきて魚を獲っている。水の中にいれば疲れを知らず、飽くこともない。それに、ずっしりと重い魚籠を持って里に下りれば、おっ母さんは「まあ、まあ」と目を細める。

「ほんに小太郎は、魚獲りが上手だなあ」

そして「そうだ」と、声を高くする。

「おらたち二人じゃとても食べ切れねぇから、お裾分けしようかのう」

いつも初めて思いついたように声を弾ませ、いそいそと魚籠を抱えて近所の家々を回る。

小太郎の家は田畑を持たないので、おっ母さんは他の家の田植えや稲刈りを手伝ったり、縫物や洗濯を引き受けて暮らしを立てている。

そして小太郎の魚を配って回った日には、少しばかりの米や豆、塩を分けてもらってくるのだ。おっ母さんはそれが目当てではなく、我が子の魚獲りの腕前を誇る気持ちで配り歩くだけなので、吝い家では何だかんだと言い訳をして何もよこさないこともある。おっ母さんはしばしば空になった魚籠だけを提げて帰ってくるのだが、それでも目尻に柔らかな皺を寄せている。

「小太郎の獲った魚は旨いって、それは喜んでくれてなあ」

口でうまいこと褒めてもろうても、腹はくちくならねぇだろうに。

小太郎は割り切れぬ思いを抱くのだけれど、おっ母さんの顔を見ていると何も言えなくなる。水を差すような気がするのだ。

おっ母さんはいつも、こう言い暮らしている。

「村の皆のお蔭でもって、生きていられるだに」

小太郎の家には男手がない。生まれた時から、母一人子一人だった。

お父っつぁんが生きていた頃はわずかながらも自前の田畑を耕し、下働きの者を何人か使って炭焼きもしていたらしいが、天が裂けたかのような大雨が続いた年があって、何もかもが押し流されたようだった。ひどい目に遭ったのは小太郎の家だけではなく、村の半分の者は家や田畑を失った。そしておっ母さんは小太郎の父親をも喪った。川の大水に呑み込まれたのだ。

まだ赤子の頃のことで、小太郎はお父っつぁんの顔はむろん大雨のことも知らない。ただ、雨の降る夜は決まって、おっ母さんがその日の話をする。

「この山の向こうの、さらにそのかなたにそれはそれは大きな湖があるだに。いつも満々と澄んだ水を湛えて、地上の空のごとき景色がどこまでも続いてるんだと」

生まれてからこのかた、一度もこの村を出たことのないはずのおっ母さんが、まるで目前に湖面が広がっているかのように話す。小太郎の知る湖や沼、淵はどれも山間の小さなものばかりなので、いつも胸が躍る思いがする。

空みてぇに青い湖って、どれほど大きいんだ。

その中を泳ぐ己を想像しそうになる。と、慌てて息を詰める。この後、湖の水が山を走り、恐ろしい大水となって里を襲う話に転じるからだ。小太郎はもう何度も、隅々まで憶えてしまうほどにその話を聴いてきた。

おっ母さんは囲炉裏端で鍋の中をゆっくりと掻き回しながら、静かに語る。

「雨が続いたらその湖の水が溢れて、幾筋もの川を一斉に走らせるんだに。それはもう、生きものみてぇな勢いで山を越えて谷を割り、こんな小さな里にも襲いかかってくる。あの日はことに、村の年寄りでも憶えのねぇほどの大水で、三抱えも四抱えもある山の大木まで押し流されてきただに」

しとしとと、山梨の花の匂いが漂ってくるような小雨の夜であっても、おっ母さんはその話をする。ただし、泣いたり嘆いたりするわけではない。

「それは怖かっただなあ、おっ母さん」

「うん、怖かった」

互いに幾度も繰り返してきた受け答えをすると話は終いで、おっ母さんはおっとりと丸い顔に笑みを泛べ、椀に汁をよそってくれる。小太郎が獲ってきた魚も囲炉裏の灰に挿し並べて、それは香ばしく焼き上げる。

「たんと喰って大きくおなり、小太郎」

椀を差し出すおっ母さんは、村の子の母親らに比べたらひどく年嵩である。頭など、婆様のように真っ白だ。いつだったか、昔は髪がそれは美しいひとだったと、村の年寄りから聞いたことがある。

「烏の濡羽色みてえな黒髪だったに、亭主が洪水に流された日の翌朝、躰じゅうの色が抜けたみてぇに蒼い顔して突っ立っててのう。頭も一晩で真っ白になっただよ」

ゆえに小太郎はこうして川に潜り、魚を獲る。大水で何もかもを失ったおっ母さんに、谷川の恵みを運ぶ。

今日も目尻に皺を寄せ、「小太郎はほんに上手だなあ」と肩を撫でてくれるだろう。

岩の上に片膝をつき、魚籠の中をざっと検分した。どれも大きさの揃った岩魚ばかりであることを確かめて、肩に担ぎ上げる。以前は闇雲に、それこそ魚籠から溢れるほど獲って帰ったものだ。おっ母さんにもっと褒めてもらいたい、その一心だった。

けれどおっ母さんは魚籠を見るなり、顔を曇らせた。

「こういう小さな、まだ幼い魚は獲っちゃならねぇよ。腹の膨らんでる魚も放してやれ」

いつになく厳しい口調で諭されて、小太郎は谷川に駆け戻った。川水に放すと、もはや泳ぐことがかなわず、腹を見せて水面を漂う魚があった。途方もなく悔いて、泣きながら家に帰った。水の中ではいくらでも息を止めていられるのに、胸の中からせり上がるものが咽喉をふさいだ。それからは必ず、相手を見て獲ることにしている。

小太郎は里に向かって、川沿いの道を下り始めた。

たっぷりと繁った山の木々が左右から枝を投げかけていて、その木漏れ陽の下を駆け下りてゆく。小太郎は木の上にも、誰よりも速く登ることができる。するすると幹を這うだけで梢に達するのだ。秋になれば背負籠に柿や栗や鬼胡桃をたんと入れて、また難なく樹下を走る。物心がついた頃から、ずっとこうだった。いくらでも川に潜っていられるし、登れない木なんぞない。そしてこれは誰もが、ごく当たり前にできることだと思っていた。己が他人と違うとは知らなかった。

しかし何年前の夏だっただろうか、十歳になるやならずの頃だ。その日も川で魚をたんと獲り、得意満面で帰る道すがらだった。村の子らに行く手を阻まれ、囃された。

「お前は、人の子じゃねぇだに」

取って置きを披露するかのように、庄吉が上唇を捲り上げた。村の男の子らは十人ほどがいつも群れて遊んでいて、その頭領格が庄吉だ。

「でなけりゃ、そうも魚を獲れるわけがねえ」

小太郎は首を傾げた。何を言われているのかわからなかったのだ。ただ、前を塞がれたのは気に入らない。

「通せ。魚が傷む」

しかし庄吉は薄笑いを泛べ、小太郎の足から上へと睨め回している。そして半裸の、脇腹の辺りにぴたりと目を留めた。

「その、蛇のこけらみてぇな痕が証だに。おお、気色悪いのう」

他の者らも大仰に顔を歪めた。皆、小太郎の左の脇腹を見ている。咄嗟に腋を締め、左の腕で腹を隠してから、目の前の連中を睨めつけた。

「悔しかったら、お前らも潜ったらいいでねぇか」

すると庄吉は半身を折り曲げ、大人みたいに口の中でせせら嗤った。

「おらたちは人の子だに。お前みたいに、息は続かねぇだよ」

「何を言う。おらはおっ母さんの子だ」

「何も知らねぇだなあ。お前は大水の翌朝に、川さ流れ流れてきた赤子だに。それをお前えんちの婆さんが拾うたのよ」

「嘘だ」

「嘘なもんか。うちのお父っつぁんがそう言うてただに、間違いねぇ」

庄吉は村で最も田畑を持つ村長の子で、小太郎より少し歳が上だ。村の者のほとんどは、庄吉の家で何がしかの厄介になっている。むろん小太郎のおっ母さんも、田畑の手伝い仕事や針仕事をもらっていた。

呆然としている間に、周りを取り囲まれていた。皆、庄吉の尻馬に乗って口々に囃し立て、肩をこづく。

「おらも母ちゃんに聞いた。小太郎はあの家の子じゃねえ、拾い子だって」

そして庄吉はさらに言い募り、両の腕を広げた。

「まんず、小太郎は蛇の子だ。お前なんぞがのうのうと、この村の道を歩いてはなんねえ。ここは人が使う道だに」

「そうだそうだ、蛇の子はこの道を使うな」

どいつもこいつも手をつないで、前に立ちはだかった。

「出てけ」

「村から出てけ」

握り締めた拳がわななく。

「おらは、おっ母さんの子だに」

そう呟くなり飛びかかって、皆を撲ちのめしていた。気がつけば庄吉も取り巻きも皆、土の上に突っ伏し、魚籠の中から飛び出した魚にまみれて呻いていた。

その日の夕方、おっ母さんは家々を回り、地べたに頭をこすりつけるようにして詫びた。

「どういう育て方をしとるだね、あんたは。庄吉はうちの大事な跡取りぞ。わしでも手を上げたことがねぇのに、見てみねえ、この頭と顔。傷だらけでねぇか」

庄吉の父親の叱責が最も厳しく、執拗だった。

ふだんは村長らしく鷹揚に構えているが、いざとなれば人遣いが厳しく、容赦がないことは子ども心にも察していた。田畑を手伝う者は石の上にしか腰を掛けさせてもらえないのだ。尻が冷えて、ゆっくりとは休んでいられないからだった。

「もう二度と、うちに出入りすることはならねぇからの。村の者らにも、つきあいをさせねえ。母子二人、勝手に飢えるがええ」

「しっかり言うて聞かせますで、村八分だけはどうか勘弁してくだせぇまし」

おっ母さんは白い頭を無様なほど下げ、小太郎の頭にも手を置いて無理やり詫びさせた。

小太郎は黙って、口の奥を噛みしめていた。本当は自分なりに、手加減をしたつもりだったのだ。最初は我を忘れて飛びかかったけれど、どの子もいとも簡単に「痛い、痛い」と泣きわめくので、握った拳を緩めた。

その頃からだと、川沿いの道を歩きながら思い返す。おっ母さんが懸命に、庄吉の家や近所に魚や栗を配って回るようになったのは。村の子らを、おらが撲ちのめしてからだ。

やがて草深い裏道に入った。里の家々や田畑を巡る道を歩くだけで胸糞が悪くなるので、あれからは裏道しか通らないことにしている。おっ母さんは「皆と仲良うせえ」と諭すけれど、小太郎はいつも一人で川に入り、山に入る。もう何年も、ずっとそうだ。その方が気楽だ。

山に囲まれた里のことで、瞬く間に夏が去り、秋になった。

おっ母さんは日暮れ前に、いつものように囲炉裏に鍋をかけてから縫物仕事をする。屋根の小窓からわずかに夕陽が差すので、その明かりを惜しんで手を動かすのだ。隙間風には秋虫の声も混じっている。

「朝晩、冷えるようになっただな」

相槌を打ちながら、小太郎は杓子で汁をかき回す。山で採ってきた零余子と茸をたんと入れた粥で、久方ぶりの馳走だ。

「おっ母さん、そろそろ煮えるだに。手ぇ、休めろや」

おっ母さんは「そうだな」と言いながら目頭を揉みしだき、まだ針を動かしている。俯いたまま、「そういえば」と言葉を継いだ。

「山向こうの村は、えれぇことだったそうな」

「えれぇこと」

訊き返すと、おっ母さんは「んだ」と答える。

「夏の終わりに大雨があっただろう」

「うん」

それはもう、毎年のことだ。日照りが続いたかと思えば、いきなり天地が裏返るかのような雨になる。ただ、今年の川水は村を浸すほどの嵩にならずに済んで、おっ母さんは村の者らと立ち話をしながら安堵の息を吐いていた。その背中はいちだんと丸くなっていた。小太郎には、そのことの方が気懸りだ。

「川の水が暴れに暴れて、随分と畑が流されたらしい。ここよりもっと険しい山ん中で、畦道なんぞ人がひとり通るのがやっとのような畑だったそうだに。気の毒なことだ」

おっ母さんはやっと手を止め、針と糸を仕舞った。小太郎は椀に粥をよそい、差し出す。二人で手を合わせてから啜る。

おっ母さんは頬を動かしながら、ひっそりとした声で話を続けた。

「村長の縁続きの家がその村にあって、家も畑も身内もろとも流されたらしいだよ。女の子が一人だけ生き残ったって」

小太郎が庄吉に怪我を負わせた年、村長はおっ母さんの出入りを禁じ、稲刈りの手伝い仕事を回してくれなかった。近所の年寄りが数人、おっ母さんと小太郎を憐れんで、日が暮れてから麦や粟をわずかばかり恵んでくれた。しかし日のあるうちは、誰も訪ねてこなかった。

だが、翌年の田植えにはまた、村長に呼ばれたようだった。おっ母さんは骨惜しみをせずに働くので、仕置をやめる気になったらしかった。

小太郎は早く大人になりたかった。一人前になれば村長なんぞの力を頼らずとも、己の働きでおっ母さんを喰わせていける。

「村長はその子を引き取りなすったらしいね。奇特なことだに」

小太郎は「ふうん」と生返事をして、粥を注ぎ足す。

「お前、会ったか。その子に」

「いいや」

「よう働く子らしいだよ。皆、感心しとった。お前と同じ歳頃の、十一、二の子だって」

興味がないので聞き流した。すると、おっ母さんが小太郎の名を呼んだ。目を上げれば、椀と箸を持ったまま膝の上に下ろしている。

「なんだ」

「お前、まだ一人で過ごしてるだか」

上目遣いで訊ねてくる。黙っていると、おっ母さんは思案げに眉を下げた。

「皆ともっと仲良うしねぇと、いけねぇだよ。こんな小さな村だに、子ども時分から一緒に遊んでこそ、大きゅうなってから互いに助け合えるというもんだ。誰しも、一人では生きていかれねぇのだから」

もう何度も同じことを言われてきたので、おっ母さんの心配は見当がついている。我が子が独りぼっちになることを恐れているのだ。ゆえに小太郎は面と向かって口を返しはせず、いつも胸の裡で呟く。

あんな奴らと助け合わんでも、おら、いくらでも一人で生きていけるだよ。

一緒にいたら、また厭なことを耳の中に放り込まれる。人の子じゃない、その証に脇腹に妙な痕があると責められるのも堪らなかったが、我慢がならないのは、おっ母さんを取るに足らぬ者のように見下げることだ。そしてもっと辛いのは、「おっ母さんの本当の子じゃない」と言われることだった。

だったら、おらは誰の子なんだ。

もしかしたら、本当に人の子でねぇのか。

そんな疑念が泡立つと、途方もない不安が波紋のように広がって、躰ごと呑み込まれそうになる。

であれば、独りぼっちで過ごす方がよほどましなことだ。

そう思いながら、小太郎は口の中の零余子を噛んだ。

三日の後の朝、山に木の実を採りに入った。

柿や栗の木に出会えば幹に片足を掛け、手を伸ばして枝先を少し揺する。

梢まで難なく登ることはできるけれど、この頃は熟して枝から落ちるものだけを拾い集めることにしている。鳥や猿、熊や猪らに分け前を残しておかねば腹を空かせるだろうし、それに熟したものの方が旨いに決まっている。

枝々を払いながら山道を深く進むと、そこはもう獣道だ。降り積もった落葉に踵が埋もれそうになるが、足を取られたことはない。身を屈めて幾つかの栗を拾い、背中の背負籠に放り込む。

小太郎は、ふと立ち止まった。

木々の向こうで妙な音がする。鼻を動かしてみた。獣の臭いではない。けれど確かに、何かの気配がする。黄葉した木の枝の下を潜り、そっと足を踏み出した。

目が合って、棒立ちになった。相手も目を大きく見開いている。切り下げ髪のその子は唇を震わせ、やっとのように声を絞り出した。

「おどろいた」

こっちこそだ。獣に飛びかかられるさまを想像して、身構えていた。こんな山中で人と出会うのは初めてだ。

「こんなとこで、何をしてるだ」

「薪を採りに入ったらば、迷ってしもうて」

そう言いつつ、足許に置いた背負籠に目を落とした。瓜実顔の、頬だけが漆山のように赤い女の子で、まるで見憶えがない。

「お前、どこの者だ」

「川下村」

小太郎が暮らす村の名を口にした。

「川下村」と鸚鵡返しにしながら、おっ母さんの話を思い出した。

「お前、もしかしたら村長んちの」

女の子は黙ってうなずいた。

それにしても、ひどい身形だ。どの家の子も継ぎ当てのない衣なんぞ滅多と身に着けてはいないが、古びて織り目が擦り切れたような衣で、首に巻いた手拭いも泥色だ。村長の家での扱いが目に泛ぶようで、小太郎は吐き捨てた。

「薪採りなんぞ男の仕事だに。そんな細っこい腕で、いかほど持って帰れるだ」

女の子は頭を下げた。

「ごめんなせえ」

「お前に怒ってるわけじゃねえ」

するとまた、詫びを口にする。怯えたように大きな目をして詫びられると、なおのこと肚の中が斜めになった。

「だいいち、村長の家なら、背戸山に入ったらいくらでも薪が採れるだに」

女の子は、「駄目」と首を横に振る。

「庄吉兄ちゃんが、駄目だって」

「何で」

「よそ者は、背戸山に入ったらなんねぇって」

あいつ、まだそんなことを言ってるのか。

思わず、舌打ちをした。

小太郎はもう何年も、庄吉らを避けるように暮らしてきた。祭の夜に群れて歩いている姿をちらりと見かけることはあるが、小太郎に気づくとすかさず厭な嗤いを泛べ、皆で何かを口にはしている。ただ、こっちが睨み返すと、それ以上は近づいてこない。

「臆病者のくせに、この道は使うな、背戸山に入ったらならねぇだと。何様のつもりだ」

今度会ったら、本気で撲ちのめしてやる。足腰が立たないようにしてやる。

躰が熱くなった。怒りにまかせて足を踏み出し、歩き始めた。気づいて振り返ると、その子は泣き顔のまま突っ立っている。

「ぼやぼやするでねぇよ。おらについて山を下りるか、そこで夜明かしして熊に喰われちまうか、どっちがええだね」

女の子は尻に火がついたように飛び上がり、背後を振り返る。慌てて追いかけてきたかと思うと、踵を返してまた元に戻り、背負籠を背負ってから駈けてくる。

「ここは滑るだぞ。ゆっくり歩け」

手を伸ばし、肘を支えてやる。空の背負籠が女の子の背中で上下に弾んでいるのを目にして、思いついた。

「案ずるな。手ぶらでは帰さねぇから」

その子は物問いたげに、小太郎を見上げた。

小太郎は山道を踏み分け、ひたすらに駈けていた。

空を仰ぐと、思ったよりも陽が高くなっている。もっと早く家を出るつもりであったのだが、昨日、村の若夫婦に子が生まれた。おっ母さんがその祝に参上すると言うので小太郎は夜明けと共に谷川に走り、鮎を獲ってきた。

おっ母さんは「人は一人では生きていかれねえ」と言い暮らし、村のつきあいを何よりも大事にしている。小太郎はそんなつきあいなど疎ましくてならないが、おっ母さんが大した祝を用意できないことはわかっている。団子を蒸すか、せいぜい蕎麦掻きだ。

魚籠を受け取ったおっ母さんは「何よりだ」と目を細め、木通の蔓で編んだ笊に葉蘭を敷き詰め、綺麗に鮎を並べた。

「おめでたいねえ」

大事そうに笊を抱え、いそいそと戸口の敷居をまたぐ。小太郎も一緒に外へ出て、断りを入れた。

「おら、薪採りに行ってくるから」

「ああ、気をつけてな」

おっ母さんの声を背中で聞きながら、小太郎は村とは逆の方角に向けて駈け出した。

山の木々の幹に手をかけて前のめりに飛ぶ。走る。息が弾んでくるが、さらに歩を速めた。笹や羊歯を踏まぬように飛び越えると、ようやく水楢の姿が見えてくる。斜面に根を下ろした、枝張りの大きな木だ。

真赤な枝の下に、その後ろ姿があった。

良かった。いた。

せせらぎに向かって手を伸ばしているようだ。その姿にほっと安堵するや、なぜか胸が高鳴って、小太郎は急に歩を緩めた。ゆっくりと近づくと、振り向いた。水を飲んでいたのか、口許にあてた手の指先から雫が落ちる。

屈んだままこっちを見上げるその笑みは、紅葉を照り返すほどに明るい。

「今日は来られねぇかと思った」

小太郎は言い訳をするかわりに、「そっちこそ」と肩をそびやかした。

女の子の名は、花という。時々、この水楢の木の下で会うようになって、ふた月ほどになる。その間に、名も知った。切り株に腰を下ろして何かを話すわけではない。お花は薪拾いやら茸採りやらを言いつかって家を出てきているので、それを手伝ってやるだけのことだ。

そういえば山中でお花と初めて出会ったあの日も、山萩を伐ってやった。

山萩の枝は細いので、斧で割らずとも火にくべられる。小太郎は葉がほとんど落ちた枝を選んで次々と切り落とし、瞬く間に山と積み上げた。それらを長いまま、ぎゅうと音がするほど丸めて輪にし、二抱えの束に仕上げた。ひょいと肩に担ぎ、お花を伴って山を下りた。山中の道に迷って泣きべそをかいていたお花は、懸命に後をついてきた。

人目につかぬ小さな辻堂の裏まで下りると小太郎は足を止め、お花の背後に立った。

「ここからは、お前の番だに」

空の背負籠に栗や胡桃を入れてやり、さらに輪にした山萩の一束を右肩に、そしてもう一束を左肩に掛けた。途端にお花は足許が危うくなり、よろける。両肩の重みで、歩くのも大儀そうだ。

「重いか。一束だけにするか」

するとお花は「ううん」と、首を横に振った。けれど肩の重みでそれ以上は顔を動かせないのだろう、大きな目玉だけをこっちに向けた。白目が澄んで、青みを帯びている。

「こんなに貰うてしもうて、ええだか」

小太郎はうなずき、「ただ」とお花の目の前で指を立てた。

「庄吉にこれを差し出して、こう言うだよ」

段取りを話している間、お花は不審げに眉頭をぷくりと膨らませていた。が、最後まで聴き終えると、面白そうに目玉をぐるりと回した。そして、肩からずり落ちそうになった山萩の束をしっかりと担ぎ直した。

その顛末を、小太郎は山の中で聞いた。七日の後のことだ。今日と同じ水楢の下で、またお花と出会ったのである。小太郎は村の者らと顔を合わさぬ山にばかり入るので、切り下げ髪の頭を目にした時は声を洩らすほど驚いた。

けれどお花はこう言った。

「また会えると思ってただ」

本当は小太郎も、心のどこかでそう思っていた。どの山に行き来しても、いつしかお花の姿を探していた。

「この間は有難う」

お花は大人のおなごみたいに両の掌(てのひら)を帯の前で重ね、頭を下げた。

「そういえば、名を聞いてなかっただね」

「小太郎」

答えると、お花は頬を弾ませた。

「おら、小太郎ちゃんの言う通りにしただに」

「うまくいったか」

「うん、いった」

悪戯っぽい目をして、お花はふふうと笑った。小太郎は七日前、辻堂の裏でお花にこう指図した。

「庄吉にこの束を見せて、お言いつけ通り、焚きつけを拾うてきましたと言うだよ。背戸山は入っちゃならねぇと止められたから、山の萩を採ってきました。すると庄吉は、お前なんぞに萩の木が採ってこられるもんかと、小馬鹿にする」

お花は目瞬きもせずに、小太郎の顔を見つめている。

「だが相手にせず、こう念を押すだ。……結び縄を解かねぇで、一本ずつをそっと抜いて焚いてくだせえ」

お花は竈の並ぶ土間でその通りに庄吉に言い、それから水を汲みに裏庭に出たようだ。

お花は裏庭からそっと引き返し、格子のはまった小窓から中の様子を覗いた。

土間に残った庄吉は、お花が言いつけた以上の仕事をしてきたのが気に入らないのか、山萩の束を爪先で突いている。そこに父親と母親が何かの用で、台所の板間に下りてきた。

母親が土間にある山萩の束に気がついて、首を伸ばした。

「あれ、その束はどうしただね。綺麗にまとめてあること」

訊ねると、庄吉は「うん」と胸を反らす。

「おらが、山じゅうの萩を採ってきただに」

母親は「何と、お前様」と、かたわらの亭主を見上げた。

「庄吉がまあ、こんな只事じゃねぇ仕事をして。いつのまにか一人前になっただねえ」

涙ぐまんばかりに喜んだが、父親はいざとなれば我が子にも疑り深い。

「馬鹿を言うでねえ。こいつが一日やそこいらで、山じゅうの萩を採れるもんか」

すると庄吉はあんのじょう、「嘘じゃねぇもの」と嘘を重ねた。

「おらが束ねて、山から下ろしただよ」

「いいや、萩の枝はそれは剛いだに。お前なんぞの力で、こんな小さな輪っかに束ねられるわけがねえ」

すると庄吉はむきになって、土間で地団駄を踏んだ。「こんなの、わけねぇだに」と、腰を屈める。

「お父っつぁん、ほら、見てみな」

お花が土間に置いた束の結び縄に、庄吉は手をかけた。縄の端を手荒に引く。その途端、輪になっていた山萩の枝がはぜくり返った。まだ生木であるゆえ、至ってしなりが強い。暴れに暴れた山萩は庄吉の膝を打って尻餅をつかせ、板間にまで飛んで囲炉裏の灰を巻き上げた。父親と母親は灰だらけになって、呆然と突っ立っていた。

お花は思い出し笑いをして、肩を揺らした。

「庄吉兄ちゃん、ひどう叱られて拳固をもらっただよ。顔じゅうを口にして、わあわあ泣いてただ」

　それから庄吉は、お花を遠巻きに見るようになったようだ。目の端を尖らせて口の中で何かを呟くが、面と向かっては仕掛けてこられない。小太郎に対するのと同じだ。己より弱い者と見て取ると、闇雲にいたぶりにかかる。しかしひとたび痛い目に遭うと尻尾を巻き、陰口を叩くのが精々になる。

　ゆえに、いざとなれば立ち向かう力を持っている者だと、思い知らせねばならない。侮るな、と。

　そして小太郎はここで、水楢の枝の下でお花と会うようになった。約束などは交わしたことがない。けれど三日も間が空くとひどく待たせているような気になって、落ち着かない心地になる。

　水楢の紅葉は風が吹くたび舞い散り、空やせせらぎの色を日ごとに変えていく。小太郎はお花をつれて歩き回り、薪や木の実の拾い方を教えた。お花も山の村育ちなのだが、滅多と外を出歩かなかったという。

「危ないと止められて。家の中でおっ母さんに縫物やら、機織りやらを教わってただに」

「なら、庄吉んちでも針仕事をやらせてもらえばいい」

「旦那さんが、家の中は手が足りてるって」

お花が口ごもると、小太郎はついむきになってしまう。

「身内だろう。何で使用人みてぇに、旦那さんと呼ぶ」

するとお花は、ひっそりと息を呑み下す。

「遠縁だもの。うちは旦那さんの祖母様の生家だに。それに、旦那さんには申し訳ねぇことがある」

お花の声がさらに沈んだ。

「おらの村は何度も大水でやられて、そのつど、お父っつぁんは田畑を開墾してきただ。おらは知らなかったども、銭を借りて拓く年もあったようだ」

「銭まで借りてか」

「開墾には一方ならぬ苦労があるみてぇで、けど、それが村の長の務めだと言うてなさった。おらには、よくわからねぇことだったども」

小太郎にも、よく解せない。

「それで、旦那さんにも銭を借りてたんだって。結句、お父っつぁんが死んで、家も畑も流されてしもうたから大損を蒙ったと、旦那さんはたいそう怒ってなさった。なのにこうして引き取ってもらって、寝床とおまんまをいただいてる」

寝床といってもそこが朽ちた納屋であることは、おっ母さんから聞いて知っていた。けれどお花が本心から有難がっていることがわかるので、小太郎はそれ以上を言えなくなる。

お花も口をつぐんだ。

小太郎は黙々と木の実を拾い、それを背中の背負籠に放り込みながら歩く。そして時々、お花の背負籠にも入れてやる。

やがて足許の傾斜がきつくなったので、お花の手を取って谷に下り立った。透き通るような碧の川がごうと音を立てて流れている。岩に当たる水は白い飛沫を上げ、時折、鳥が舞い下りて水面に嘴を突っ込む。

「そうだ、ちと待ってろ」

気持ちが逸るままに衣を脱ぎ捨て、川に飛び込んだ。お花が何かを小さく叫んだが、川音に紛れた。

深く潜り、身をうねらせる。たちまち鮎の何匹かを両手に摑み取り、岩の上に上がった。川縁で火を熾し、お花に食べさせてやりたかった。濡れた躰のまま辺りを見回す。

しかしお花がいない。名を呼んでもう一度顔を動かした。やっと姿を見つけた。山の傾斜に張りつくようにして身をすくめている。何度呼びかけても、顔を上げようとしない。

小太郎は鮎を川原の岩の上に置き、駈け寄った。

「どうした」

肩越しに訊ねると、お花は震えている。

「怖い」

「怖い……何が」

「川の水」

もしかしたら、大水で流された日のことを思い出すのか。可哀想なことをした。すぐさまここを去ろうと踵を返しかけて、思い直した。

この村で暮らす限り、川を避けては生きてゆけない。

「しっかりしろ、お花」

声を低くして言った。

「さっきは、せせらぎで水を掬うて飲んでたでねぇか。こんな川、あれと大差ねぇぞ」

お花の背中の背負籠は、まだ小刻みに揺れている。

「あの怖さは、川に流された者にしかわからねえ」

か細い、くぐもった声だ。小太郎は「わかるだよ」と、返していた。

「おら、赤子の時に川さ流れ流れてきた子だに」

また、川が鳴る。

小太郎はそう言ってから、己に首を傾げた。「お前だけでねえ、おらのお父っつぁんも流されただよ」と言うつもりであったのだ。なのに口をついて出たのは、とうに忘れていた言葉だった。

——お前は大水の翌朝に、川さ流れ流れてきた赤子だに。それをお前ぇんちの婆さんが拾うたのよ。

いつだったか、庄吉らに囲まれて、生まれを嘲笑(ちょうしょう)された。

――お前は、人の子じゃねぇだに。

おらは忘れてたわけじゃなかったんだなと、小太郎は空を仰いだ。思い出すまいと、封じ込めてきただけだ。

空の向こうで鳥が啼(な)き、秋の陽射しが下りてきた。ふいに、湿った土の匂いがする。お花が斜面に屈んだまま、草鞋(わらじ)の足の向きを変えていた。こっちを顔だけで見返っている。やがてお花はゆっくりと肩を回し、小太郎に向けて手を伸ばしてきた。寸分も動けなくなった。お花の細い指先が、小太郎の脇腹の上をそっとなぞっている。

思わず、言い訳めいた言葉が口をついて出た。

「これは、おらが川さ流れてくる時、おそらく岩の角でざあっと脇腹を擦ってしもうて、それで傷になったんだに。……こんな蛇みてぇに気色悪いもの、触らねぇ方がいい」

けれどお花は、目も指も離さない。

「ううん。綺麗だ。おら、こんなふうに綺麗に光る模様、初めて見ただよ」

川風が渡り、陽射しまで流されていきそうだ。

目の前を、黄葉や紅葉が舞う。

素裸(すはだか)を晒(さら)している己にようやく気づいた時、お花もはっと我に返ったような顔で小太郎を見上げた。目が合って、小太郎は弾けるように前を隠した。衣を探して拾い上げ、息もつかずに身にまとう。

帰り道、互いに怒ったみたいに口をきかなかった。

お花は俯いたままで、頬だけでなく首から額までが櫨のごとき色だ。小太郎もひたすら歩いた。

お花の指先が触れた脇腹が何かを捺されたかのように冷たくなったり、内から何かを灯すかのように熱くなったりしていた。

雪が降り積もる季節になった。

囲炉裏端に坐っておっ母さんは縫物をし、小太郎は足を広げて草鞋を編む。縄を輪にして足の親指に挟み、結んでは曲げてぐいぐいと編んでいく。今日は朝からとりかかったので、もう五十は編み上げた。

「草鞋作りが、また速うなっただね」

おっ母さんは頼もしげに感心するけれど、小太郎は手を止めることなく「そうでもない」とだけ答える。おっ母さんに褒められるのが、近頃は無性に照れ臭い。ゆえに物言いもつい、素っ気なくなる。

囲炉裏で山萩の枝が爆ぜ、小太郎はふと手を止めた。

「近頃、村長の家に行ったか」

おっ母さんは針を動かしながら、「行ったよ」と答えた。

「この縫物も、村長のおかみさんからの注文だに」

お花はどうしているかと訊ねたいのに、どうしても口に出せない。口に出せば、顔から火を噴きそうになる。

川で素裸を晒してからというもの、小太郎は落ち着きを失くした。朝、目を覚ますたび、今日は会えるだろうかと考えてしまう。そして飛び起き、山へと走る。お花は毎日は山に入れないことは知っているのに、そして秋が深まるにつれて姿を見せる日がどんどん間遠になっているというのに、小太郎は葉を落とした水楢の枝の下に佇み、川縁にも立った。けれどやっと会えたと思ったら、何も喋れないのだ。お花も黙って一緒に歩くだけだ。あれも話そう、こんなこともと思って家を出るのにいざとなれば何も言えなくて、小太郎はそんな己に苛立つ。つくづくと情けなくなる。

やがて雪が降り積むようになったら、しばらく会えなくなる。それはわかっていた。だから、辻堂の裏でお花を見送る時、小太郎はいつしかこう告げるようになっていた。

「春になったら」

また、会おう。

約束を交わしたいのに、そこまでは言葉を続けられない。気が引けた。お花が無理をして家を出てきていることを、察していたからだ。この頃は下女らに混じって水仕事もしているようで、あんなに細かった指先は赤く膨れ上がり、ひび割れていた。

お花は背負籠を背負い直しながら、小太郎の言葉を繰り返した。

「うん、春になったら」

切り下げ髪はとうに伸び、うなじで結わえている。急におなごらしく見えて、目をそらした。

小太郎は足の親指に縄を挟み、草鞋を編む。編みながら、またお花のことを考える。

どうやって寒さをしのいでいるのだろう。

この家も隙間風が絶えないが、秋が深まる時分には柴を束ねて板壁を蔽(おお)ってある。けれどお花は納屋に住まわされているのだ。どうしても気になって、何日か前はとうとう、村長の家の背戸山に入った。そこからお花の住む納屋の様子を見た。けれど、薄曇りの空の下では雪景色だけが広がっている。屋敷も納屋も田畑も、何もかもが白に埋もれていた。

何の様子も摑めぬまま背戸山を出て、裏道からまた山へと戻った。足が重かった。

自前の田畑を持っていれば、お花をこの家に呼んでやれるのに。

また一足を編み上げた時、そんなことを思った。

そして、目を上げた。

おらは何てぇ間抜けだ。これまで、何でこの手立てに気づかなかった。

「おっ母さん」

「何だ」

「おら、田畑を拓く」

おっ母さんの白い頭が、小さな笑い声と共に動く。

「あんまり面白くねぇ戯言だな」

「おら、力だけはある。この手で山を切り拓く」

「それは大事だ。頑張れ」

おっ母さんは針を動かし続ける。まるで取り合ってくれない。

「おら、本気だに。雪が解けたら、すぐに始める」

「一人では、とてもとても。それに、ただ、山を拓くだけでは、米や作物は作れねぇだよ。田んぼと畑は山土とは違うだに、土から拵えないとならねぇだ。時も銭も、気が遠くなるほどかかる」

「銭なら借りる」

「借りるって、こんな家に村長が貸してくれるわけはねぇだに」

「村長の世話になんぞならねぇよ。どこかから算段する」

するとおっ母さんは、手にしていた布を膝の上に下ろした。眉間に皺を刻み、真顔になっている。

「小太郎。この村で、他人に銭を貸せるような分限者は村長以外にはいねぇだよ」

「そんな。一軒もか」

手の中の縄を見つめるうち、疑念が湧いてくる。

「おっ母さん、何でだ。何で、あの家だけが飛び抜けて分限者なんだ」

「そりゃあ、当代の手腕だろうけど。ただ、あの家の田畑だけは昔から大水に遭わねぇできたから、それも大きかろうな」

「何で、あの家の田畑だけが無事なんだ」

「川よりも高い所に田畑を持ってるからに、決まってるだに」

小太郎は黙って、おっ母さんを見つめる。

「大水でやられた者は長年、暮らしの足らずをな、村長に銭を借りてしのいできただよ。けど、再び、三度、大水にやられたら家を建て直すのがやっとで、銭なんぞとても返せねえ。その代わりに、先祖伝来の土地の沽券を差し出す。村長は人手を入れて、そこに土を盛る。川が暴れても、二度と水を冠らねぇように」

村長の家は代々、そうやって田畑を増やしてきたのだと、おっ母さんは教えた。割り切れぬ思いで、胸の裡が膨れ上がる。

「村長が己の田畑を広げる一方って、そんなの、おかしいでねぇか」

お花の親のように、村のために自ら銭を借り入れて開墾する長もいるのだ。

「滅多なことを言うもんでねえ。皆、己が手放した田畑で働かせてもらって、暮らしを立てでるだに。現におらたちがこうして生きてこられたのも、村長のお蔭だ」

おっ母さんは膝の上に置いた布に目を落とした。珍しく華やかな、おっ母さんの手には不似合いなほどの布だ。薄い紅色の地に、焦茶色の絣が織り出してある。

「生き残ったお花ちゃんだって、こうして着物を拵えてもろうて」

「それ、お花のものだか」

「そうだよ。いずれ庄吉っつぁんの嫁御にすると決めなさったらしゅうて、今は母屋で寝起きさせてもろうてるらしい。果報者だに」

「嫁って。お花は十二だぞ」

声が咽喉に絡まって掠れた。

「あと三年もすれば十五だ。子も立派に産める歳頃だに。それまでおかみさんが母屋で、しっかりと仕込みなさるんだって」

おっ母さんはそう言い終えると、また手を動かし始めた。小太郎はやけに上等そうな布を睨みながら、囲炉裏端に積んだ山萩の枯枝を手にした。

ひと思いに、へし折っていた。

小太郎は毎日、土間に腰を据えて縄を綯い、草鞋や莚を編み、石臼で蕎麦の粉を挽く。

時折、囲炉裏端に目を這わせる。縫物に疲れたおっ母さんが横になる小半刻があるからで、微かな物音がするかと思ったら、はや寝入っていたりする。

今もとんとんと己の肩を叩き、板間に手をついて身を横たえた。脚を折り曲げ、腕を枕にしている。小太郎は手を止め、その背中に呼びかける。

「肩、揉もうか」

「いや、ええだよ」

「寒うはないか」

「うん」と答える声は尻すぼみで、後の言葉も曖昧だ。薪が小さく爆ぜ、鍋からは細い湯気が立ち昇っている。板間に膝で上がり、おっ母さんの肩に薄い綿入れを掛けてやる。やはり、もう寝息を立てている。また膝で退って土間に下り立ち、小声で言い置いた。

「ちょっと、行ってくるだに」

むろん返答はない。それでも気をつけながら戸を引き、そっと外へ出た。後ろ手で戸を閉めると寒風がたちまち吹き寄せて、頬も手足も硬くなる。それでも顔を真っ直ぐに上げ、踏み出した。

どんよりと行手が薄暗い日も、冬陽が差して雪白の田畑が眩しいほどの日もこうして家を脱け出し、曲がりくねった畦道を上り続けている。冬ごもりの季節のことで、村の者とは滅多に行き会わない。ざっく、ざっくと、己の藁沓が雪を踏みしめる音だけが聞こえる。

ほんの束の間でいい、お花に会いたい。

ただその一心で、真白な雪道を歩く。ずっと意地になって使ってこなかった村の道に、己の足跡を刻みつける。

背戸山に入り、村長の屋敷を見下ろした。往来の広い場に面した構えで、川の本流からは最も遠い。屋敷内の庭には川水を細く引いてあり、冬も凍らぬ流れが巡っているのが、よく見て取れる。

小太郎の家はここから遥か下方にあり、何もかもが白に埋もれているので、藁で葺いた屋根もよく見えない。ただ、山の頂から流れてくる川がいくつもの川と一緒になって曲がり、うねる、その指の股のような場の周囲に何軒もが肩を寄せ合うように建っていて、そのうちの一軒であることは思い知っている。

家の周辺の足許の土は緩くて、脆いのだ。また大雨が続けば川が暴れ、何もかも呑み込まれるかもしれない。けれど、どこにも行きようがない。

この往来の付近は安穏だと、小太郎は再び眼下を見渡した。村長の家や寺、神社、そして多少なりとも大水の害を免れた者らの家がずらりと並んでいる。幼い時分から庄吉に付き従っている者らがその家の子らかというと、そうとも限らない。顔を思い泛べれば、小太郎が住む川縁近くの家の子もいるのだ。

今から思えば、そんな子らの方が庄吉へのへつらい方がひどく、そのぶん、小太郎への仕打ちがきつかった。脇腹にある蛇紋のごとき痕を嘲笑った者は、いかんともしがたい己の生まれをも一緒くたに嘲笑していたのだろうかと、小太郎は思う。

少なくとも、今はもう気づいているだろう。躰ごと滑り落ちていくような傾斜の畦道に立って痩せた畑を耕し、血の滲むような思いで働いた果てに手にするものの少なさに。

ならば、お花は庄吉の嫁になった方がよほど倖せだ。おっ母さんが言うように、果報者かもしれねえ。

背戸山に入って屋敷を見下ろすたび、小太郎は何度も己に言い聞かせるのだけれど、川砂を嚙むような思いがして目をそむけてしまう。

息を吸って吐き、もう一度目を見開いた。赤松の幹に手を添えながら一歩、木通の蔓を伝いながらさらに数歩下りて目を凝らす。雪囲いをした屋敷はいつも静まり返っているが、母屋から時折、人の声が洩れて聞こえることがあって、下男が裏庭に薪を取りに出てきたりする。

小太郎は目を移した。今、憶えのある声で「はい」と聞こえたような気がする。また木々の間を下って顔を横にひねり、屋敷に向かって耳をそばだてた。牛馬の鳴き声が入り混じり、誰が何を言っているのか判然としない。

すると戸が動いて、藍色の前垂れをつけた女衆が出てきた。

あれは、お花でねえか。

思わず駈け下りた。雪に足を取られて滑り、しかし尻をついてもまた蹴るように立ち上がって、最後はまっしぐらに裏庭へと向かった。

やはりお花だ。手桶を持って納屋らしき小屋の中に入ってゆく。その後ろ姿を追い、中に飛び込んだ。入った途端、醬油や漬物の匂いが鼻をついた。五つも並んだ大樽の前に屈んでいるその背中がやっと気づいてか、こっちを振り返る。お花は屈んで大根の漬物を手にしたまま、懐かしそうに笑った。

強張った頰がゆっくりと緩み、赤みを帯びてゆく。

けれど小太郎は、叩きつけるように訊ねていた。

「お前、何をしてるだ」

相も変わらず寒そうな着物一枚で、小太郎のおっ母さんが縫って納めた紅色の着物とは似ても似つかない代物だ。大根を持つ手はなお腫れ上がり、節々が割れている。

「何をそんなに怒ってるだね」

風邪をひいているのか声も少し嗄れていて、鼻の穴で洟が光る。そのさまを見るや、なぜか余計に肚が煮えた。お花の手から大根を奪い、手桶の中に放り込んだ。

「お前はこんなこと、しなくてええだに」

醬油や漬物の糠がそのひび割れに入ったら、飛び上がるほど痛かろうに。

小太郎は大樽の中から数本を手荒に摑み出し、手桶の中にまた叩き込んだ。

「母屋に住まわせてもらって、おかみさんに仕込んでもらってるんでなかっただか」

お花は唖然としたように、こっちを見上げている。

「それとも、これが村長のやり方か。倅の嫁御は女衆代わりか」

言い募るうち、総身が小刻みに震えてくる。

「おらのために怒ってくれてるだか」

その声があまりに穏やかで、胸を衝かれた。拳を緩めてお花を見返すと、頰の肉が薄く、面長になったことに気づいた。髪は左右に分けられ、うなじで結ばれている。額にほつれ毛がかかっている。そのせいだろうか、急に大人びて見えた。

お花は手桶の中の大根を揃え直しながら、小声で言い継いだ。

「おら、庄吉兄ちゃんの嫁にはならねぇだよ」

小太郎は突っ立ったまま、お花を見下ろした。お花は大根の肌についた糠を、指で寄せている。

「ほら、小太郎ちゃんが山萩の枝を集めて、丸めて輪っかにしてくれたことがあっただろ。兄ちゃんは、おらがしてのけたことだと思い込んでるから、おっかなびっくりで。だから、してやっただに」

「して、やった」

「んだ。夜更けに度々、夜這いを仕掛けにくるから、それでおらをおとなしゅうさせようってえ肚なんだろうけど、おらは指一本、触れさせるつもりはねぇだに。だから、兄ちゃんが障子の隙間から覗く時分を見計らって油を舐めてやっただよ。ぴちゃ、ぴちゃって、音を立てて」

お花は手首から先を猫のように丸め、ちろりと舌を出す。

「それで、障子の向こうをきっと睨んで、見たなと凄んでやった。おかみさんの紅をこっそり、少しだけ盗んで、口をここまで描いといたもんだに。兄ちゃんはそりゃあ泡を喰って、転びながら去っただねえ」

お花は口許に指を当て、耳の間際まで線を引くように動かして、にいと笑った。

「狐憑きの真似もしただよ。これはあまり自信はなかったども、思いの外、上手かったみてえで、兄ちゃんはそれからびくびくしちまって、母屋でおらとすれ違うたび、すくみ上がるだよ。目も合わしてこねえ。ほんに、気の小さいお人だに」

「それであいつは音を上げて、嫁には要らんと言うてきたのか」

お花はくすりと肩をすくめ、小太郎は声を上げて笑った。こんなに胸がすくのは、久しぶりだ。

お花は手桶を抱えて立ち上がる。小太郎は、「なら」と思った。

なら、あとしばらく待っててくれねぇか。必ず自前の田畑を拓いて、お前を迎えにくるから。

お花は急に笑みを引っ込め、神妙な面持ちで頭を下げる。

「会えてよかっただ。これまで、有難う」

小太郎は思わず、お花の両腕を摑んだ。

「そんな、妙な言い方するな。これが最後ではねぇよ。おら、また会いにくる。雪のある間だったら、誰にも見咎められずに通ってこられる」

そう言い、薄暗い納屋の中を見回した。漬物の大樽に身を潜めれば、母屋の者らにも見つからないはずだ。

「明日、またここで会おう」

だがお花は頭を下げたままで、返事をしない。

「小太郎ちゃん」

呟くような、小さな声が洩れた。

「明日は無理だに」

「なら、あさって」

身を斜めにし、お花の顔を覗き込みながら問うた。

「それとも、迷惑か」

お花はまだ俯いていて、「ううん」と呟く。

「なら、通うてくる。会えても、会えなくてもいい。毎日、必ずここに来る。だからしばらくの間、辛抱して奉公しろ」

　小さな天窓から冬陽が差し込んで、お花は思い余ったように顔を上げた。

「おら、明日はもうここにいねえ」

「いねえって……」

「よその土地に移るだに」

　お花の唇が動いて、小さな歯が見えた。

「街道沿いの宿場町に旅籠があって、おら、そこで奉公するだに。旅のお方らの足を洗って、飯を運んで、給仕やお酌もする」

「酌って」

　我知らず、声がきつくなる。

「お花、それは女衆奉公じゃねぇぞ」

　咄嗟に、目の前の腕を引いた。

「逃げよう。でなけりゃ、お前は売られてしまう」

　お花は動かないばかりか、「痛いよ。腕、放して」と、眉根を寄せた。漬物を入れた手桶を土間に置き、細い息を吐く。

「わかってるだよ。いずれ飯盛女郎になる身だってこと、おらは百も承知だに」

「承知って。いや、お前は何もわかってねえ」

村の中には、喰い詰めて娘を売る家が少なからずあるのだ。「とうとう、あの家も」と畑仕事の合間に噂話をする者がいて、それがどんな奉公であるか、小太郎にはもう察しがつく。

お花は「ううん」と、首を横に振る。

「わかってる」

頬に、自嘲めいた笑みが泛んだ。

「旦那さんはお見通しだっただよ。兄ちゃんに手籠めにされるのが厭さに、おらがわざと怖がらせていたこと。考えたら、当たり前だに。兄ちゃんはもう子どもじゃねぇけど、大人でもねえ。お頭も弱いから容易かったけど、旦那さんは騙せねえ」

お花はさらに声を低めた。

「十日前になるだかなあ。奥に呼ばれて、旦那さん夫婦にたいそう、お叱りを受けただよ。お前の身の上が不憫で引き取ってやったものを、何てぇ恩知らずだって。おかみさんは、あたしらはお人好しが過ぎたって怒っておられた。こんな底意地の悪い娘だとは思わなんだから、喰わせて着せて寝間も与えて、いい面の皮だって」

滅多と見たことのない庄吉の両親の姿が、目に泛んだ。二人は綿の入った着物をぬくぬくと何枚も重ねて、手焙りに手をかざしながらお花を叱咤したのだろう。嫌悪しつつ、恩を着せ続けた。

「おかみさんはおらに目も合わせなかったども、旦那さんは、今日只今(こんにちただいま)から改心して、この家と庄吉にしっかと尽くすと料簡(りょうけん)するなら置いてやってもいいって、そう言われた。だども、今の性根(しょうね)のままじゃ、こっちにも考えがあるって」

お花は淡々と言葉を継ぐ。

「それで、おら、旦那さんに訊いただに。今の性根のままじゃ考えがあるとおっしゃるのは、それはおらをどこかに売るってことですかって。そしたら、それがまた小面憎(こづらにく)いと、おかみさんがお怒りになった。そんな恥ずかしいことをこうも落ち着き払って口にするとは、末恐ろしいって。それで、旦那さんに言いなさっただよ。遠縁の娘を売るのは外聞が悪いと迷いなさるけれど、お前様らしゅうもない。雪に紛れてこの家から出してしまえば、いいことですだ。春になって村の者らに何か訊ねられても、どうとでも言い繕えましょう。そのうち、お花は神隠しに遭(あ)ったんだろうと、皆は勝手に想像して得心しますよ、って」

肚の底が滾(たぎ)って、総身がわなないた。性根を入れ替えよと説きながら、売ることも思案に入れていたんじゃないか。

いったい、お花を何だと思ってる。

「ともかく、おらの家に来い」

が、お花は「違うだに」と身を動かして、小太郎の手を振り払った。

「おらが選んだだよ」

「選んだ」

「んだ。女郎に売られることは、おらが選んで決めたことだ」

「それがどんな稼業か、お前は知らねぇんだ。叱られたくれぇで、自棄になってどうする」

　すると、お花が言葉尻を遮った。

「庄吉兄ちゃんの嫁になるのと、女郎になるのと何が違う。一緒だに」

　お花の顔を見下ろした。あんなに赤かった頬が、雪のように白い。

「もう真平なんだに。親も家も失うてこの家に引き取られて、働くのは何の苦労とも思わねぇども、兄ちゃんの嫁になって子を産んで、あの舅姑に追い回されて、また働いて。そんなの、今も大水に呑まれて流されているのと一緒だに。だから、せめて一度くれぇは己の運命を選ぼうと思った」

　小太郎は何も言えなくなった。お花がまるで、大人のおなごのような目をして見上げたからだ。何かを突きつけられたような気がした。

　黙ってお花の肩をかき寄せ、抱きしめていた。

　翌朝、雪が舞った。

　小太郎は夜明け前から背戸山に入り、村長の家を見下ろしていた。

何刻ほど待っただろうか。やがて笠と蓑をつけた旅装の男と、そしてお花の後ろ姿が裏口から現れた。誰にも見送られぬ出立だ。先に歩く男はたぶん女衒とかいう稼業なのだろう、お花はその後に続いて歩く。

屋敷の雪囲いの外に、点々と、大きな足跡と小さなそれが続く。蓑をつけたお花の後ろ姿は少し前屈みで、けれど迷いのない足取りだ。

お花がつと立ち止まり、振り返った。笠の端を持ち上げ、背戸山に視線を投げてくる。遠目ながらも、泣いていないと知れた。悲しげでもない。むしろ決然と唇を引き結び、背筋を立てている。

目の前が曇るのは、小太郎の方だ。

お花はおらの希みだったのだと、今頃、気がついた。希みであり、夢だった。そして、己の非力を思い知らされた。

赤松の枝を摑み、降り積んだ雪を散らして合図を送った。

「達者でな」

けれど声は届かない。女衒に急かされてお花はすぐに身を返し、歩き始めた。

小太郎は背戸山から駈け下りた。胸の中でお花の名を幾度も叫びながら、走る。往来へと飛び下りて、足跡を探しながら駈ける。

目の前は瞬く間に雪に阻まれて、ひたすらに白い。目尻までが凍てついた。

# 湖へ

年が明けても雪が続いて、けれど今朝はいつもほど冷えがきつくない。

掻巻(かいまき)を払いのけて身を起こすと、いつも隣で寝ているおっ母さんの姿がない。見れば、丸い小さな背中が縁側にちんまりとあった。

雀(すずめ)が鳴いている。どこかで雪解け水の流れる音がする。

気配に気づいてか、おっ母さんが顔だけで振り向いた。

「小太郎、そろそろ春だに」

雪で覆(おお)われていたそこかしこが土色を見せ、木々の足許では花が俯き加減に蕾(つぼみ)を膨らませている。おっ母さんの目尻の皺がさも嬉しげに動き、「待ち遠しかっただねえ」と言った。

「そうだな」

うなずいて返したがその先が続かず、おっ母さんのかたわらに腰を下ろした。

本当は、春なんぞ待ち遠しくなかった。

おっ母さんの膝の前には脚付きの俎板が置いてあり、手には包丁だ。朝餉の鍋に入れるつもりなのだろう、大根葉を刻んでは鉢に入れ、時折、雀らにも投げてやっている。

「すぐ飯にするだに。腹、減ったろう」

おっ母さんは「よいしょ」と立ち上がり、囲炉裏端に向かおうとする。

「おら、腹、減ってねえから、おっ母さんだけ喰え」

ぼんやりと陽溜まりを見ながら呟く。

「具合でも悪いだか」

素っ気なく「いいや」とだけ答えた。名を呼ばれて顔を上げると、おっ母さんが再び縁側に坐していた。

「お前、いったい何があった。もう何月もぼんやりして。おかしいだに」

見据えられて、小太郎は胡坐の膝を回した。

「なあ、この村、出ねぇか」

おっ母さんは口を小さく開いたまま、二の句が継げないでいる。

小太郎も己の言葉に驚いていた。たぶん、おっ母さんの声が優しかったからだ。小太郎の様子が妙であることに気づいていながら、ずっと気づかぬふりをしてくれていた。けれどどうしようもなかった。左の脇腹が疼いて仕方がないのだ。庄吉と村長夫婦のことを考えるつど、怒りがとめどもなく湧き上がって蠢く。

その後、お花の指が触れた手触りを思い出すと暗い熱は鎮まって、今度は冷え冷えとする。

――綺麗だねえ。

お花の声と川音が甦って、痛くてたまらない。痛みが淋しいのか、淋しいから痛いのか、わからない。縄を綯い莚を編みながら、憎しみと淋しさを持て余してきた。そして思う。

こんな村なんぞ、もう願い下げだ。

だが、口にするつもりなどなかったのだ。おっ母さんが春を歓んでいる、こんなにも明るい朝に。

「村を出たいとは、只事じゃねぇだに。小太郎、ちゃんと話してみろ。何があった」

言いたくなかった。今さら村長の無慈悲を言い立てたとて、どうにもならない。

お花は自ら、己の運命を選んだ。

「なあ、おっ母さん」

「何だ」

「おらは誰の子だ」

真っ向から訊ねていた。

今日は何でこうも詮無いことをと、たちまち悔いた。しかしおっ母さんは、小太郎をじっと見返している。おっ母さんのもはや色の薄くなった瞳が微かに揺れ、白い眉が下がる。皺深い唇がようやっと動いた。

「いつかこうしてお前に問われる日が来ることは、覚悟してた。子どもが己の素性を知りたいと願うのは、大人になった証だに。親の許から巣立つ用意を始めただね」

おっ母さんは鉢の中に手を入れ、刻んだ大根葉をまた雀らに投げてやる。

「お前が誰の子かは、おらも知らねぇだよ。大水の後、お前は川さ流れ流れて、おらの許に来たんだに。知っているのは、それだけだ」

いつもと変わらぬ柔らかな声で言い、前屈みになって雀を見つめる。小太郎の脇腹の蛇紋も不思議なほど、騒がなかった。肚の底はしんと落ち着いている。

「生みのおっ母さんに会いたけりゃ、おらに遠慮は要らねえ。行くがええだよ」

「それは違う。そんな理由で、村を出たいと言うたわけではねえ」

「そうなのか」とおっ母さんは怪訝そうに、白眉を上げる。小太郎は少し迷ってから、胡坐を正坐に直した。

「物心ついた時分から、お前は人の子じゃねえ、仲間じゃねえと蔑まれてきた。そんな奴らとどう力を合わせたらいいのか、ずっとわからなかっただに。けど、生きていくためには、いずれ折り合いをつけるしかねぇんだろう」

この冬のあいだ幾度も考え、行きつ戻りつしてきたことだ。

田畑は一人では耕せない。川から水を入れる順番にも村の取り決めがあり、田植えや虫追い、稲刈りにも人手が要る。だから村の者らは事を荒立てない。何もかもを受け容れ、働けることにただ感謝して暮らしてゆく。

あいつら、川縁の家の子らはどうだろうと、想を巡らせてもみた。いずれ庄吉が村長になったら、ますます威張りくさるだろう。皆、いつまでも顎で使われる。内心、その横柄さと理不尽にうんざりしながらも逆らわない。そんな図が泛んだ。嫌悪の気持ちはなかった。

強い力に逆らわぬのも生きる術だと、今は思う。皆、ここが故郷だからだ。ここで生まれ、生き、死んでゆく。

が、おらにそれができるだろうかと、自らに問い続けてきた。

「おらは、やっていけねえ。いや、やっていきたくねぇんだ。自前の田畑を拓こうと思っても、銭を借りる術もねえ。今年も川が暴れたら、また家が流されるかもしれねぇのに、それがわかってるだに、どうにもできねぇままだ」

話すうち、口調が激しくなってくる。けれどもう抑えられない。庄吉やその両親への怒りが、またぶり返してくる。

「結句、分限者だけが身上を大きくしてゆく。村長は、あれは大水で儲けてるも同然だに」

お花を、おらのささやかな希みを奪った者どもだ。やはり憎い。憎くて仕方がない。

「おらはこの村に、根っこがねえ。だからいろいろなことが息苦しい。おら、ここで生涯を過ごそうとは、どうしても思えねぇだに」

おっ母さんは膝の上で掌を重ね、考え深げに耳を傾けている。

「な、一緒に村を出よう。おら、山のことはようわかる。どんなことをしてでも土地を拓いて、畑を作るだに」

膝を動かし、縁側の板間に右手をついて言った。おっ母さんはしばらく黙っていて、

「そうか」と溜息を吐いた。

「そんなことを考えて、ああも暗い面持ちでおっただか。けど、おらはこんな歳だに。よその土地に移るなんぞ、とてもとても」

おっ母さんも、この村を離れては生きてゆけない人だった。何を失っても、ここが故郷なのだから。

「小太郎、好きな所に行くがええ」

おっ母さんの顔を見ながら、なぜなんだろうと思った。

おなごってのはなぜ、溜息を吐きながら頰笑（ほほえ）んでいられるんだ。

川を怖がって身を丸めていたお花は、大水に呑まれて流されるような生きように自ら訣別（けつべつ）した。白い頰に微笑を泛べていた。

今、おっ母さんも恬淡としている。

五日の後の朝、小太郎は出立した。

おっ母さんが縫ってくれた刺子の衣をまとい、手甲と脚絆を着けた。草鞋は小太郎が自ら編んだものだ。

冬の間、草鞋や莚、縄をひたすら作ったことが、今となっては少しばかりの安堵につながっている。近所の者に分ければ、餅くらいはよこしてやってくれるだろう。おっ母さんの生計の足しになる。

戸口の前まで見送りに出たおっ母さんは、目許をすぼすぼとさせている。昨夜はほとんど夜なべで、旅の支度を調えてくれたからだ。そして囲炉裏端で飽くこともなく、話をした。

おっ母さんはもう何も隠さず、小太郎が川に流されてきた日のことも手を動かしながら語った。

「大水で何もかも、家も亭主も流されちまって、途方に暮れてただに。総身から力が抜けて、呆けちまってなあ」

なのに空は腹立たしいほど晴れ上がって、やがて川水も濁りが消えて少しずつ澄んできたという。

「いや、本当はお前を運んできた水だけが澄んでただに。恐ろしい土色の中に一筋、綺麗な帯みてえな水が流れてくるもんで、思わず目を奪われた。川になんぞもう一歩も近寄りたくねえと思ってるだに、いつのまにか川縁に屈んでただ。そしたら魂消（たまげ）た。赤子が流されてくるんだもの」

生き生きと、まるで昨日のことのように話し続ける。

「まん丸の顔して、それは可愛い赤子でなあ。尋常なら生きているわけがねえだども、抱き上げたら顔を真っ赤にしていきむだよ。で、ぷりりって音がして、たちまち臭いがした。糞（くそ）を放（ひ）ったんだな、おらの腕の中で。ああ、生きてるって思って、嬉しいやら可笑しいやら」

荷を作っていた小太郎は胸が一杯になって、わざとつっけんどんに紛らわせる。

「大水のせいで、おっ母さんも臭（くせ）ぇ赤子を拾っただな。とんだ厄介者だ」

「それは違う。お前はあんな川の中を流れてきた。大水で何もかも失うたけど、おらは救いを拾うたと思った」

おっ母さんは、小太郎に目を戻した。

「忘れてはならねえだよ。あの川は氾濫（はんらん）したら恐ろしいだども、お前の産川（うぶがわ）だに」

小太郎はその言葉を思い返しながら、おっ母さんの真正面に立って頭を下げた。

「世話になりました。お達者で」

「気をつけてな。身の軽いお前のことだから山道は心配しねぇども、何せ血の気が多いだに。かっときたら一息ついて、それから撲ちのめすんだぞ」

妙な諭し方をした。湿っぽい別れ方はご免だと言わぬばかりだ。小太郎も笑い、「わかった」とうなずく。

ふいに、おっ母さんが真顔になった。

「もし、もしも生みのおっ母さんに会えたら、おらが礼を申していたと伝えてくれ」

生みの母親を探すとは言っていないのに、おっ母さんはそう決め込んでいるようだ。この村を出ていく。決めているのはそれだけだった。己の寄辺を、己で見つける。

だが小太郎は「ん」と返して、もう一度辞儀をした。

一歩、また数歩と進むうち、後ろ髪を引かれる思いが募ってくる。懸命に前を向いて進む。ほどなく、静かに流れる川が現れた。川面は雪解け水を含んでか、新しい光が眩しいほどだ。この川沿いに山を上ろうと、心組んだ。

そうだ、おらの産川を遡っていこう。生みのおっ母さんを探して、育てのおっ母さんの礼を伝えよう。

まだ草の緑もまばらな川縁で立ち止まり、ふと背後を見返った。小さな、ぼんやりと白い姿がまだ佇んでいる。

胸の中で手を合わせてから、小太郎は歩き始めた。

慣れた山を踏み越え、旅を続けた。

春の及ばぬ山中にはまだそこかしこに雪が残っていて、陽のあるうちも氷のごとき冷たさだ。それでもひたすら歩く。息が切れれば川縁で休み、掌で水を掬って飲んだ。おっ母さんが持たせてくれた干し飯や味噌はとうに喰い尽くして、歩きながら木の実を拾い集め、時々、取り出しては口に入れる。それで充分で、奇妙なほど腹が空かない。

日が暮れる前に大きな木を見つけ、夜は根許に蹲って眠った。梟や山犬の声を間近に聞くこともあったけれど、これも恐ろしくはなかった。だんだん耳が澄んできて、木々の梢が風に揺れて鳴るのさえ賑やかだ。

夜空を見上げれば、星々が光を放って瞬く。

——小太郎、今日もよう歩いただな。

そんな声が空から降ってきたり、ふいに耳許を通り過ぎたりする。ひと月もの間、誰とも行き会っていないので、そんな気がするだけなのだろう。

——いずこを目指して、お前は旅をしている。

「おっ母さんの住む村だに」

そう答える己の声が夜に響いて、耳に戻ってくる。

——生きているのか、死んでいるのか。

「そうだな。何もわからねぇな」

目を瞑り、また夜空に向かって呟く。

「だども、川はいかほど遡っても流れてるだに。産川を辿りさえすれば、何とかなる」

翌朝、そして次の日の朝もそう信じて小太郎は歩く。険しい山では道が途切れるが、川の流れからだけは離れないように歩いた。するとこんな所にと思う険しい山間にも村があって、人ひとりが歩くのがやっとの細道をつけた畑が段々に拵えられていた。

お花が生まれた村もこんなふうだったのだろうかと思いながら歩を進めると、声をかけられた。畦道に野良着の男がいて、鍬の柄を支えにして立っている。久しぶりに人に会って、小太郎は小さく会釈をした。

「見かけねぇ者だが、旅かね」

手拭いで頭から顎を包み、顔は渋皮色に灼けている。年寄りなのか若いのか、よくわからない。

「いずこへ行く」

「この川の源を目指して」

小太郎は畑のそばを流れ落ちる川に目をやって、山の頂を指差した。

「川の源は、幾つもの山の果てらしいぞ。大きな湖だと聞いたが」

「湖」

いつか、おっ母さんがそんな話をしてくれたことがあるような気がした。たしか、空ほどに広い湖だと言っていた。

「おらたちには行く手立てもねぇから、よう知らねぇけど。近頃の若い者は結構だなあ、旅なんぞさせてもらえて」

手拭いの隙間から、少し咎めるような目が見えた。

男は手拭いで顎を拭きながら、愚痴めいた言葉を零し始めた。

「おらは一日たりとも、畑から離れたことがねえ。離れるわけにはいかねぇからな」

「畑に水をやるのも苦労な土地なんだに。春はまだしも、夏が近づいたら川で水を汲んでここまで運ばねば、たちまち作物が枯れてしまう。嵐になったら川が暴れて、こんな切り立った山間の畑も押し流しちまうしのう。水は有難いが、川は怖い」

男は一方的に言い、鍬の柄を握り直して畑を耕し始めた。もう小太郎を一顧(いっこ)だにしない。

小太郎も早々にそばを離れ、村を抜けた。

山を拓いたら、おらにも同じ苦労が待っている。歩きながら、そんなことに気がついた。将来の己の姿を見せられたような気がした。我知らず足を速めていた。やがて木々が鬱蒼(うっそう)とした山道に入って、目をすがめた。川の流れは細く山は険しくなるばかりで、大きな湖などどこにもありそうにない。

いったい、いつになったら辿り着ける。この道で、本当にいいんだろうか。

迷いと不安ばかりがつのる。と、いきなり身が傾いだ。濡れた枯葉が降り積もった傾斜に、足を取られている。咄嗟に枝を摑む。しかし枝が折れ、立て直す間もなく躰が飛んだ。落ちる。

目の前に、碧の淵がある。ごう、ざあと、凄まじい音だ。

見上げれば、二筋の滝が淵に水を落としている。その飛沫が散って、額や頰までが冷たくなる。滝の水を受けた淵は川になって、森に向けて流れ落ちている。淵に目を戻せば、中ほどに白く平たい岩があるのが見えた。

赤子だ。岩の上に仰向けの赤子がいる。

小太郎は叫んだけれど、声にならない。目を凝らせば赤子は少しも泣いておらず、時々、短い手足を動かしている。赤子の目に入るのは、空の青と行く雲と、淵の向こうの森の緑だ。

やがて滝は声を潜めるかのように静かになり、時折、魚が跳ねる音がする。

赤子はすやすやと寝入り、起きては親指をしゃぶった。乳をもらえぬ口淋しさを紛らわせているのだろうか。ふと、そんなことを思った途端、空がかき曇り、激しい雨風になった。嵐だ。淵はたちまち水嵩を増し、激しい流れが岩の上を覆う。

「危ねえ」

叫んだ時には赤子は川水に攫(さら)われ、流されていた。幾つもの夜を尽くして川を下り、流れ流れてゆく。

よく晴れた朝、頭の白い女が赤子を拾い上げた。

「おっ母さん」

小太郎は飛び起きた。

総身がずぶ濡れになったように重い。ひどく汗をかいている。幾度か目瞬(まばた)きをして、

「夢か」と呟いた。

何という夢を見たんだと、頭を振る。ようやく気を取り戻して目を上げ、辺りを見回した。杉の丸太を四方に立て、板を組んだだけの小屋だ。土がむきだしの床には莚が敷かれ、斧や縄、背負子(しょいこ)が立て掛けてある。杣小屋(そまごや)のようだ。

小太郎は肘をついて、半身を起こした。

おら、いったいどうなったんだ。

少しずつ、記憶が戻ってくる。山道で足を滑らせて踏み留まれなかったのだ。摑んだ枝が折れて躰が飛んだ。そのまま転がって、落ちた。

荒い物音がして、戸板らしき物ががたがたと揺れる。身構えた。と、右の足首に甲まで裂けるような痛みが走った。落ちた時に痛めたらしい。

細長い人影が、外の光をつれて入ってくる。男だ。何かを隅に置き、こっちを見ずに言った。

「起きたか」

うなずいて返すと、男はそばに近づいてきて片膝をついた。じろりと、見透かすような目つきだ。小太郎も男を見返した。

粗末な衣の上に、獣の皮をつけている。頰から顎まで髭でおおわれ、月代は剃っておらず、髪を首の後ろで結わえている。目は細く切れ上がり、何やら底知れぬ気配だ。山中で時々、こんな姿の者に出会ったことがあった。山で暮らす杣人か、修験者だ。彼の者らは村人とつきあおうとせず、むろん小太郎も口をきいたことがない。

「お前は、何ゆえかような山中に入った」

男に見据えられ、なぜか気圧された。唾を呑み下して、ようよう答える。

「旅をしてる。おっ母さんを探して、産川沿いに山を上ってきただ」

「産川か」

男はそう呟いたなり、立ち上がった。黙って再び外に出てゆく。小太郎は束の間迷い、結句、外に出てみることにした。右足を引きながら男の後にしばらく続くと、急に前が開けた。夢で見た通りの淵だ。滝の音も、川の流れもそのままだ。そして、白い平岩がある。

「お前は、この淵の際で倒れておった」

男はそう言った。

小太郎はしばらく淵を見ていた。そして男を見上げる。並んで立つと上背があり、肩も頑丈そうだ。陽に灼けた横顔の鼻梁は高く、目尻には深い皺が刻まれている。

「おらを、助けてくれなすっただか」

「お前を担ぎ、小屋の中に放り込んだだけだ」

男は淵から目を外さぬまま、素っ気なく言った。恩に着せぬ言いようだ。小太郎は訊ねてみようと思い、再び口を開いた。

「この近くに、おなごが住んでねぇですか」

男は黙っている。ややあって、頰と顎の髭が動いた。

「かような山中に、おなごなど住んでおるものか」

小太郎は「じゃあ」と、淵を指差した。

「十三年前の嵐の日、あの岩の上に取り残された赤子がおっただに。そんな母親の話を聞いたことはねぇですか。ちっとでもいい。何か、小耳に挟んだことはねぇですか」

縋るような声を出していた。

夢と違わぬ淵の前にいるのだ。おらは間違いなく、夢の中の赤子だ。あの岩の上に、仰向けになって寝かされていた。

男はどうとも答えぬまま、鼻から息を吐いた。

「養生が先だ。その足では旅を続けられまい」

顎をしゃくり、小太郎の足首を指した。

「こんなの平気だに」

足を動かしたものの、痛みが走って顔が歪む。

「強情だの」

男が馬鹿にしたように言ったので、むっときた。

「せっかく、産川の源に辿り着いただ。ぼやぼやしていられねえ」

気が逸るのだ。やっと、生みのおっ母さんに会えるかもしれない。そう思うと、居ても立ってもいられなくなる。

男は淵に向かって顔を戻し、滝を見上げた。

「まだまだぞ」

「え」と、訊き返す。

「産川の源は、まだ遙かかなただ。あの滝がそなたには見えぬのか」

滝の音が耳に戻ってきた。山を割るかのような勢いで、淵に落ちている。

「この付近におなごなど、一人たりとも住んでおらぬ。偽りだと思うなら、草の根をかき分けてでも探せばよい」

男の言葉を小太郎はようよう呑み込んで、そして肩を落とした。足首がぎりりと痛む。

熱くて、重い。

「養生したくないのなら、止めぬぞ。ここからどう行くのか知らぬが、滝の向こうはひときわ険しい山だ。また足を滑らせたら、今度は命はあるまい」

「おらは、人の子ではねぇだに。いかほど高い木の梢でも、やすやすと登ってきた。川の流れに逆らっても、いくらでも泳げる」

「人の子ではないから力があるとでも言いたいのか。なら、その足は何だ」

男は「好きにしろ」と吐き捨てて、小太郎のそばを離れた。

やがて日が暮れ、このまま淵のほとりで夜が明けるのを待とうと思ったが、腹が空いてどうにもならなくなった。旅に出てからというもの、飲まず喰わずでもどうとも感じなかったのに、今は耐えがたいひもじさだ。結句、足を引きながら小屋に戻った。

男は一瞥をくれただけで、追い返しはしなかった。気まずくて、小屋の隅に腰を下ろして膝を抱える。小屋の中ほどには火が熾してあり、男は山鳥の羽を毟り、小刀で捌いて串刺しにして焼いた。小太郎は黙って差し出された肉を黙って受け取って、そしてむしゃぶりついた。

翌朝、目を覚ますと男の姿がなかった。小太郎は淵の前まで出て、ぼんやりと白い岩を見つめた。そうしていると、気が鎮まった。

男は日暮れ前に戻ってきて、また鳥の肉を喰わせてくれた。何も言葉を交わさず、夜は莚の上で眠った。夢は見ない。

そして今日も淵の前に一人で坐り続け、陽が傾いたので立ち上がった。すると、足首に力が入る。屈んだり足首を回してみても痛みが走らない。大丈夫だ、癒えている。

その夜、男に告げた。

「明日の朝、出立します」

男は「そうか」と火に枯枝をくべた。微かに煙が立ち、枝が爆ぜる。男の顔がぼんやりと照らされ、小太郎は「お世話になりました」と頭を下げた。

男は火を見つめたまま、言葉を継いだ。

「お前の脇腹の、その蛇紋のごとき痕は生まれつきか」

思わず、衣の上から脇腹を押さえた。

「衣の前がはだけておったのだ。倒れていたお前を抱き上げた時に、それが見えた」

小太郎は手を離し、頭を振る。

「べつに、恥ずかしいことなんぞねぇです。これが生みのおっ母さんを探す、唯一つの手がかりだに。そしてたぶん、おらが人の子でねぇという証」

男はしばらくして、長い息を吐いた。

「お前はいくつだ」

「十三」

「想いを寄せた娘がおるか」

とまどって、男を見返した。

「おるのか」

黙ってうなずいた。

すると男は「そうか」と、呟く。小太郎は目を戻し、火を見つめた。お花の面影が過（よぎ）って、揺れる。

「昔、こんな話を聞いたことがある」

杣小屋に、男の低い声が響いた。

「峰々が屹立（きつりつ）するかのような険しい山に、一人の若者が暮らしていた。発心（ほっしん）して仏門に入り、山中に庵（いおり）を結んだばかりの若僧だった」

経を唱えながら獣道を踏み分け、激しい滝に打たれてはまた手を合わせる。滝は総身を容赦なく打ち据えるが、声明（しょうみょう）は水音をも凌（しの）ぎ、途絶えることを知らなかった。

ある夜のことだ。若僧は、甘い月光が滴（したた）り落ちてくるような夢を見た。黒目勝ちの、それは美しい娘が庵を訪れたのだ。ひと目で心を奪われた。

そして我を忘れた。禁忌（きんき）を犯し、娘とまぐわったのだ。目を覚ますと、激しく己を責めた。

厳しい修行を重ねていたはずの心身が、こうも易々と溶けるとは。煩悩の恐ろしさに身震いし、滝壺に入って一心に経を唱えた。しかし夜になれば、夢の中での逢瀬に溺れる。娘を見るなり抱き寄せてしまう。娘の躰はひんやりと冷たく、いっそう愛しさがつのるのだ。温めてやりたくなる。

そんな逢瀬を続けたある夜、娘は腕の中であえかな息を吐きながら詫びた。

「愛しいお方よ。どうかお許しくだされ」

「何を許せと言うのか」

「あなたの修行の妨げになると知りながら、この想いを抑えることがどうしてもできませぬ」

若僧も同様だった。日中、娘の訪れをひたすら待っているのだ。ほかのことは何も考えられず、何も手につかない。このまま仏の道を断念し、還俗しても良いとまで思いつめるようになっていた。

もはや、娘との恋が夢でないことはわかっていた。己の色欲を認めるのが怖さに、夢だと思い込みたかっただけのこと。現に、月夜であろうと雨夜であろうと、若僧は必ず起きて待っている。そして夜明けには、それも若僧がほんの一睡に陥った間に娘は姿を消すのだ。二度と会えぬかもしれぬという危惧に、いっそう恋しさをかき立てられた。

ある夜、若僧は思い切って訊ねてみた。

「そなたは、いずこの娘なのか。いったい、いずこから通ってくる」

「想いを交わし合うばかりでは足りませぬか」

「共に暮らしたい」

「仏の道を捨ててでも、にござりまするか」

ひたむきな目をして、娘は問うてきた。その瞬間、胸の裡が微かに波を立てた。

あれほど厳しかった修行の日々を、私は捨てられるのか。

今なら引き返せる。まだ間に合う。

けれど、その逡巡を娘に気取られたくはなかった。引けを取るような気がした。気がつけば娘の躰をまたも抱き寄せていて、言い切った。

「そうだ。いかなる道を捨ててでも」

そしてまた、月明かりだけが差す庵の中で我を忘れた。

しかし夜が明けて娘がいずかたもなく姿を消すと、疑いの念が一つ、二つと湧いてくる。

あの娘は何ゆえ、己の素性を語らぬのか。いったいどうやって、かほどに険しい山道を通ってくる。よほどの長者の娘なのか。人目を忍び、辺りが暗くなってから屋敷を脱け出して、供の者に輿を担がせているのだろうか。

そして若僧は、あることを思い立った。

その日の夜、いつものように娘とまぐわい、娘が白い裸体を見せて俯せになっているその隙に、娘の衣の裾に縫い針を仕込んだ。白い細糸を通して。

朝陽で目を覚ますと、やはり娘の姿は消えていた。若僧は起き上がって、庵の外に出た。朝鳥が啼いている。

果たして、白糸は残っていた。土の上を細く這い、山の沢を延々と下りている。若僧は糸を伝い、娘の行方を辿り始めた。沢から川沿いに山を下り続けると、滝の音がする。修行していた滝よりも遙かに長く激しい、二筋が落ちている。

水を受けているのは、碧の淵だ。

若僧はそこで足を止めた。息が切れ、ひどく咽喉が渇いていた。淵の縁に屈んで水を掬おうとすると、尋常でない波が寄せてくる。顔を上げたのも束の間、背丈よりも大きな飛沫を浴びて目前が見えなくなった。途方もない音が辺りに轟く。水面を叩くような音に、躰ごと攫われそうになる。

若僧は足を踏みしめて堪え、両の目をようよう開いた。

淵の中ほどに大きな、平らな白岩がある。その上で大蛇がのたうっていた。鱗におおわれた躰を苦しげに波打たせ、尾は水面を打つ。

あまりの景に棒立ちになった。躰は寸分も動かない。動けないのだ。若僧は口の中で経を唱え、再び目を凝らした。

あれは、赤子ではないのか。

大蛇は己の背に、小さな赤子を乗せていた。人の姿をした、生まれたばかりとおぼしき子だ。

そのことに気づいた刹那（せつな）、大蛇が此方（こなた）を見た。眼の玉が碧に光り、口からは真紅（しんく）の長い舌が覗く。

大蛇は若僧に目を据え、「愛しい人よ」と呼びかけてきた。

「この姿をあなたにだけは見られたくなかったけれど、姿を変えることができませなんだ。鉄の毒が、躰に回ったゆえ」

何を言っているのだ、この蛇は。

総身の肌が粟立（あわだ）った。

「あなたが衣の裾に刺した針の、鉄の毒にござりまする」

ふいに、切なげに頰笑むあの娘の面影が過った。

嘘だ。私はお前のような者と情を交（か）わしたのか。

そう叫んだが、声にならなかった。

大蛇はまたも躰をくねらせ、背に乗せた赤子を岩の上に置いた。苦しげに息を吐きつつ、若僧に向かって頭（こうべ）を垂れる。

「どうかお許しくだされ。山中で修行するあなたを見て、私は想いを懸けました」

お前など、知らぬ。

わめいても、まだ咽喉が締めつけられていた。

「ずっと、あなたの許に通い続けたかった。なれど毒の回ったこの身では、赤子に乳をやることもかないませぬ」

大蛇はひしと、目を合わせてくる。

「どうか、この子をお頼み申します」

そう言うや水煙を上げ、淵の中へと姿を消した。幾重もの水紋がやがて消えても、若僧は立ち尽くしていた。恐ろしさと嫌悪に貫かれていた。そして悔いていた。

人ならぬ大蛇に、私は誑かされたのか。あれほど修行を重ねた日々を、何もかもをふいにした。

悔いはやがて怒りに変じて膨れ上がった。

さようなこと、私は認めぬ。何もかもが夢だ。

しかし岩の上には確かに赤子が寝かされていて、現世の光が降り注いでいる。赤子が銀色に照り返したような気がして、若僧は目を剝いた。

赤子の脇腹から臍にかけて、蛇の鱗のごとき模様がある。

身の毛がよだち、闇雲に叫んだ。

「私は知らぬ、何も知らぬ」

若僧は淵の際から後ずさり、背を向けた。

忘れよう。私さえ忘れたら、何も起きなかったことにできる。

そう心に決めて、ひた走りに走った。


木の枝の爆ぜる音が耳に戻ってきた。

小太郎は黙って、話の先を待つ。しかし男はそれきり口をつぐんでしまい、やがて炎が小さくなってゆく。

「若僧は逃げたんだね。おらの、おっ母さんから」

そんな言葉が口から零れて落ちた。不思議なものだ。心の中を言葉にするとそれが己の耳を通して再び躰の中に入り、ぽとりと流れ落ちる。居どころを定めて、腑に落ちる。

小太郎は溜息を吐き、顎を引き、己の脇腹に掌を当てた。この蛇紋が、母の無念が切なかった。莚の上に身を横たえ、脇腹を抱くように身を丸める。男も横になる気配がする。

もはや炎も小さいが、肩先からつらなった左腕の肘が見えるので、腕組みをしたまま横臥(おうが)しているのだろう。

その背中に向かって、小太郎は問いかけた。

「あなたは、誰からその話を聞いただか」

まだ寝入っているようではないのに、何も返ってこない。

「もしや、その若僧に会ったことがあるだか」

しばらく待ったけれど男は黙したままで、小太郎はやがて母親に気持ちを戻した。

夜が更け、梟が啼く。

なかなか寝つけなかった。母と己をつなぐただ一つの証に、ずっと手を置いていた。


小太郎は滝の源を求めて、断崖を登る。

硬い岩に指を掛けて尻や足を持ち上げねばならぬので、爪は割れ、指の腹は切れ、血が噴き出す。滝の根に辿り着けばそこはまた山中の川の流れで、木々の枝の間をくぐりながら走った。ただひたすら、川沿いを行く。

杣小屋の男は、別れ際にこう言った。

「お前に、山と水の加護があるように」

小太郎はその言葉の力を信じていた。父と母の話を聞かせてくれた人の言葉だ。

そして、川の様子が変わった。木々に阻まれて川を見失いそうになった時、水の匂いが誘（いざな）うように小太郎を呼ぶ。飛び込んで泳いだ。流れに逆らい、遡った。幼い時分から泳ぐのは得意だが、激しい流れに押し返されることもなく、手足を悠々と運べる。こんなことは初めてだ。足を踏み外せば谷底に落ちるという山道でも、手を伸ばせばそこに必ず木の枝があった。まるで腕を貸してくれるかのように。

きっと、男が念じてくれたからだと思った。山々と水に護（まも）られ、導かれている。

やがて夏も過ぎ、秋の中を進んだ。いくつもの山を越え、さらにいくつめかの山中で、はたと足が止まった。目の前に青い沼がある。胸が激しく動悸を打った。落ち着け、焦っちゃならねえと己に言い聞かせながら、周囲を巡って確かめた。

元の位置に戻って唸った。川がここで途切れている。ここが源だろうかと推したけれど、どう見ても湖ではない。険しい山中を大匙で抉ったような沼なのだ。

小太郎は気がついた。

川の水脈はおそらく、この沼から地中に潜っている。

なら、これからどうやって辿ればいい。総身から力が抜けてゆく。枯草の上で両膝をつき、そして両の手もついて小太郎は沼を覗き込んだ。

秋陽が差しても沼の水面は微塵も色を変えず、底知れぬ気がした。これまで見たことのない、深い青だ。空や川とも違う。長い時を経て草木や土、石を溶かし、濾し、凝らせたような色に思える。

人が手出しのできない、深奥の青だ。

背筋がすうと冷たくなり、小太郎は我知らず平伏していた。草の上に額を置き、祈っていた。

どうか、おらに力をお貸しください。

遙かなる地の湖に、悲しい大蛇が棲んでいる。想い人に裏切られて毒に苦しんでいる。

手放した我が子を偲んで、のたうち回っている。だから一目でいい。おらがこうして生きている姿を見せたいだに。

――お前の名は。

耳の中でそんな、囁くような問いが聞こえた。はっとして顔を上げる。両手両膝をついたまま、辺りを見回した。周囲は鬱蒼とした木々に囲まれている。風が入る隙間もないように見えた。

再び沼の水面を覗く。すると、また囁きが聞こえた。

――お前の名は。

「小太郎」

――母に会いにゆくのか。

「はい」

答えると、沼がまた響いて返す。

――西南のかなたの湖を目指せ。

「西南のかなたを」

唇が震える。誰が教えてくれているのだろうと、目を凝らした。水底に棲む蟇蛙や山椒魚、そして母のような大蛇の姿を想像した。

「あなたは」と問うと、水面が微かに揺れた。

——私は沼だ。沼そのものだ。

不機嫌そうに言い、そしてもう二度と囁くことはなかった。

西南を目指して、小太郎はまた幾つもの山を越えた。陽のあるうちはお日様を、夜は星々を目当てに進む。冬が訪れる前に湖に辿り着きたかった。灰色の雲が重く垂れ込めた冬空は何もかもを蔽い隠し、行手(ゆくて)を阻む。ゆえに、気持ちが急いていた。

やがて深い森に入り込み、方角を失った。どこをどう歩いても、躰が西南を向いているのかどうかが判然としなくなったのだ。朽ちて白くなった枯木を拾い、木の根方(ねかた)に置いてみた。丸一日歩いて、その白い目印にまた出会った時、膝頭が震えた。

やはり、迷うてしもうた。

夜、木の根許に蹲るようにして身を休めたが、口惜しくて歯嚙みした。翌朝、また無駄足になるかもしれないと思うと、総身も重かった。それでも進むしかない。引き返そうとは思わなかった。

ある日のこと。ひときわ鬱蒼と混み合った木々の枝葉を、杖がわりに持った枝で払いながら歩いていた。すると背後から風が吹きつけてきた。恐ろしい風に背中から押されるような按配(あんばい)で、目の前が暗くなるほどだ。羊歯の葉先が顔をかすめ、枝の棘(とげ)が目の下を切る。足の下には枯葉が踝(くるぶし)を埋(うず)めそうなほど積もっているのに、風は躰を前に前にと押し出してゆく。

沼に似た苔（こけ）の匂いや、鳥や獣の匂いが間近で渦巻いて、目の奥が回りそうだ。と、行手に微かな光が見えた。その途端、躰に重みが戻ってきた。一歩前に踏み出しても腕や腰が泳がない。小太郎は枯葉を踏みしめて、足取りを立て直した。光はやがて色をはらみ、その縁が蔦の葉で覆われているのが見える。やっと森を脱け出せると思えば、力が戻ってくる。急ぎ足になった。

陽射しが満ちている。

目の中が青く染まりそうなほど空が広くて、息を呑んだ。まるで、天空に浮かんでいるかのような草原（くさはら）だ。小太郎はこんな景色に出会ったことがない。ただ、ここが地続きであることは、遠くの山々との連なりでわかる。鱗雲（うろこぐも）を吐く山の麓（ふもと）には田畑があり、川が流れ、里も見える。

それに草原には、ひどく歳をとった婆さんと小さな狐がいた。

婆さんは小太郎をふいの闖入者（ちんにゅうしゃ）だとばかりに身構え、蓬髪（ほうはつ）を逆立てている。一方、狐は目を丸くして、何やら人の言葉を喋った。二人とも異形（いぎょう）の者に違いないけれど、禍々（まがまが）しさは感じなかった。むしろ、何とはなしに隙（すき）がある。

その背後には、さらに思わぬ者がいた。

尋常な木よりも遥かに大きく立派な、けれど草だとしか思えぬ緑だ。幹や枝を持たず、土から長い葉っぱを幾千も伸ばしている。根許は純白だが、生え際だけが血のごとき真紅だ。葉先には奇妙な形の、まるで耳のような形のものが垂れていて、鈴のごとく秋風に揺れている。

こんな草、初めて見た。

よほど古い魂だ。

気圧（けお）された。けれどやはり恐ろしさはない。ここは信ずるに足る場だ。なぜかそう思った。

迷うことなく、前に進み出た。

「もし、お訊ね申します」

草がじろりと眼差しを落としてきた。

刃物のごとく切り立った崖から飛び下りて、滑り落ちた。たたらを踏み、躰を立て直してはまた落ちる。案内をしてくれた子狐は崖の下で待っていた。心配そうに駈け寄ってくる。

「大丈夫か」

小太郎はそろそろと身を起こし、手の甲で顔を拭った。口の中で血の味がするが、「うん」と答えた。

「この道を進んだら、西南だから」

子狐は少し背後を振り向いて、小太郎に教えた。道といえども山の皮を少し剝いたような曲がりくねり方で、下はまた崖だ。

「有難う。恩に着る」

そう言うと、子狐は「いやあ」と照れ隠しのように歯を見せた。

「あの婆ちゃんにも、礼を伝えておいてくれ」

「山姥は何も役に立ってないけど。いつも、かき回すだけだ」

「山姥なのか。あの、人の皮を剝いて喰っちまう、山姥」

幼い頃、育てのおっ母さんが寝る前にそんな話を聞かせてくれたことがある。肌がひりひりと赤剝けになったように怖くて、痛かった。

「そう。その山姥」

小太郎は「それから」と、子狐を見た。

「あの、木みてえな、草の」

「ああ、草どんね」

そういえば、子狐はそう呼んでいたような気がする。

「草どん、か」

どっしりと厳(いか)めしいほどの構えに、そぐわないような気がした。

「本当の名は本人も知らないらしいよ。だからおら、そう呼んでる。いつのまにか山姥も。婆ちゃん、すぐにひとの口真似をするから」

小太郎は思わず頰笑んだ。

「仲良しなんだな」

子狐は「とんでもねえ」と口を尖らせる。

「おら、あの婆ちゃんに助けられたことがあって、それをいつまでも恩に着せてくる。おらのおっ母さんから礼をせしめるまで離れないつもりなんだ。おらのおっ母さん、ちと有名だから」

「へえ」

「山姥はたぶん、そのことを知ってるんだ。だからずっと、あの草原に居坐ってる」

「子狐どんは、おっ母さんと暮らしてるのか」

すると子狐は、つと目を伏せた。

「おっ母さんは、塒（ねぐら）にあまりいない。うちのおっ母さんは忙しい」

「だからああして、皆と一緒にいるんだ」

「違うよ」

馬鹿にするなとばかりに、声を張る。

「草どん、独りぼっちだから、時々、様子を見にきてあげてるだけ」

そして子狐は、思い出したように言い継いだ。

「小太郎、おっ母さんに会えるといいな」

礼を告げ、子狐と別れた。

振り返ると、子狐は瞬く間に崖を駈け上がっていく。枝越しに見えるその姿が少し妙なことに気がついた。

狐にしては、妙に尾が短い。ちぎれたようだ。

そんな狐の話もいつか囲炉裏端で聴いたことがあったなと思いつつ、よくは思い出せなかった。

## 小太郎

山々を夕陽が照らして、空はやがて赤で埋め尽くされた。

冬になって、それでも西南へと歩き続けている。道中は相も変わらず険しい山で、けれど時々、道が下り、人里を通ることがあった。ささやかな家がぽつりぽつりと点在する里でも、何となく気忙しさが漂っている。

もう極月に入っていることに、小太郎は気がついた。

ある家の前を通りがかると、傾いた萱葺き屋根から突然、爺さんが飛び下りてきた。子どもほどに小柄でひどく痩せており、手には破れた渋団扇を持っている。

「はあ、何たること」

蒼褪めているので、爺さんの前で「どうしなすった」と腰を屈めた。

「この家の者にはほとほと愛想が尽きた。貧乏を重ね重ねても、真面目に働きくさる。おかげで居心地が悪うて、わしは痩せ細るばかりじゃ」

もしかしたらと思い、小太郎は隣の家を見上げた。軒が深く、屋根も立派だ。

「隣の方が、暮らしやすいかもしれねぇよ」

そう言ってやると爺さんはきょとりと顔を上げ、「ほんに、隣はええ臭いがする」と言った。

「欲だかりで偉そうで、横取り、丸取り、何でもござれだ」

にんまりと隙間だらけの歯を見せたかと思うと、たちまち隣家の屋根に飛び乗り、するりと入ってしまった。

次の里では、雪に遭った。

空からぼたぼたと降ってくるので夜はさすがに歩を進められず、道沿いの小さな祠のそばで身を丸めた。なぜか寒くはないのだった。

夜更けに、騒々しい気配がして目が覚めた。何事だろうと目を凝らせば、雪を踏む音、そして声も近づいてくる。

「ほら、どっこらしょ。ほれ、どっさりこ」

頭に笠をつけた地蔵様が六人、懸命にそりを引いていた。

呆気に取られて、小太郎は一行を見送る。そりの上には荷が山と積まれているらしく、よほど重いのか、途中で止まってしまい、二進も三進もいかなくなった。

「よいやらせぇ、うんとこせぇ」

先頭のお地蔵が引き唄の声を上げるが、ちっとも動かない。小太郎は立ち上がり、そりの背後から押してやった。六人は一斉に振り返り、ひっかき傷ほどしかない細い目でこっちを見た。

「お手伝いします」

するとちんまりと小さな口許が一斉に緩み、前を向く。

「米俵に餅つけて、酒肴に人参、牛蒡に芋、大根。魚も味噌もたあんとな。衣裳もつけて銭つけて、ほれ、ざっくりこ、ざっくりこ」

小太郎はお地蔵らが何をしたいのか、知っていた。

内心では、どこか不思議な気がしないでもなかったけれども。

あの大きな草や山姥はおらを知っているふうであったし、沼や子狐は行手を導いてくれた。そしておらは貧乏神に隣家を教えてやり、今はお地蔵の手伝いだ。

そんなことを思いながら腰に力を入れ、両の腕と足でそりを前に進める。目当ての家の前にようやく辿り着き、今度は荷を下ろさねばならない。

「ほら、どっこらしょ。ほれ、どっさりこ」

六人はもうすっかり小太郎を当てにして、唄で囃すばかりだ。

俵と木函はいずれもずっしりと重く、長持や葛籠は漆のいい匂いがした。雪に足を取られながらもようやく荷を下ろし終えると、お地蔵はするすると引き上げていく。小太郎も一緒に早足で引き返す。

背後で「あんれ、まあ」と声が聞こえた。小さな戸口に爺さんと婆さんが出てきていて、山のような荷を前に口もきけずにいる。

いい正月を迎えなされ。

小太郎は胸の中でそう告げ、また顔を戻した。雪はなお降りしきる。すると、頭の上が急に暖かくなった。手を伸ばせば、笠だ。

するすると遠ざかるお地蔵のうち、最後尾のひとりだけ笠をかぶっていなかった。

里の寺が除夜の鐘を打ち始めた。

遠くの青い峰が霞(かすみ)を幾筋もたなびかせ、手前の山々には白が点在している。桜や山梨の木が、そろそろ蕾をほころばせ始めているようだ。山道の木々も浅緑に芽吹き、足許では土を裂いて福寿草が黄色い花を開いている。

小太郎が西南の湖を目指して歩き続けるうち、地中に潜っていたはずの水脈が川の流れとなって再び姿を現していた。新しい春の陽射しが水を照らし出す。その光に導かれるままに歩を進めてきた。手には杖がわりの枯枝、背中にはお地蔵にもらった笠をくりつけてある。

雪解け水がちろちろと、川に滴り落ちる音がする。梢の向こうで鶯(うぐいす)が啼く。やがて左右の山が開け、小太郎は思わず足を速めた。

水の匂いが濃い。湖だ。

察した途端、駈け出していた。

そこには高い山々を従えるように、悠々たる水が横たわっていた。水面は澄んだ青から群青（ぐんじょう）、瑠璃色（るりいろ）とさまざまに揺れ、果てが見渡せぬほどだ。

途方もなく大きな、遙かなる湖。ああ、きっとここだ。

小太郎はその前で立ち尽くした。総身が熱くなる。

おっ母さん、会いにきただよ。

湖を見晴るかし、畔（ほとり）の道をゆっくりと歩いた。魚を獲っているのか、遠くに小舟が見える。その上を何羽もの鳥が舞っている。周囲に人里があるとわかって、少し意外だった。もっと深遠な、人を寄せつけぬかのような場を思い描いていた。

木々が緑の枝を投げかけ、湖面を彩っている。畔を歩くと浅瀬があった。海のように波が寄せては返し、土を濡らす。さらに歩くうち、湖に向かって一本の道が突き出しているのが見えた。浅瀬に土を盛って植えたのだろうか、桜が一列に延々と並んでいる。淡い色の花が時折、風に散る。

その木々の下に人の姿が見えた。数人、いや、十人はいるだろうか。

近づくと、皆、背中の曲がった年寄りだ。土の上に額（ぬか）ずいて素焼きの壷を傾け、何かを湖に注いではひれ伏し、祈っている。

小太郎はその道へと下り、桜の枝越しにその様子を眺めるともなしに眺めた。

やがて先頭の背中が身を起こして頭を見せ、背後も次々と、しかし緩慢に立ち上がる。ぞろぞろと引き上げる一列をやり過ごしていると、真ん中を歩いていた年寄りが小太郎の方を見て、前の者の背中をとんと叩いた。すると前の年寄りは後ろを振り向き、小太郎の姿に気づく。そうやって順繰りに前の者の背中を叩き、とうとう列の歩みが止まった。先頭の爺さんが小股（こまた）で引き返してきて、小太郎の真正面に立った。髷（まげ）も鬚（ひげ）も白く、両手を曲がった腰の後ろで組んでいる。

小太郎を足許から見上げて、ゆっくりと顔じゅうの皺を動かした。

「旅のお人かね」

小太郎は「はい」と答えた。

「珍しいこともあるもんだ。なあ、皆の衆」

背後の年寄りは揃って、「んだ」とうなずいた。

「迷って、ここに来てしもうたかね」

「いんや。この湖を目指してきたんだに」

すると、皆がまた揃って「ほう」と声を上げた。

「ここは山奥も山奥、遥かなる山奥だ」

それは思い知っているので、黙って首肯した。

「何でまた、この湖を訪ねてきなすった」

小太郎は少し迷って、「人を探して」とだけ答えた。母が大蛇であると伝えても、気味悪がられるだけのような気がした。だいいち、信じてはもらえないだろう。

　小太郎から問うてみた。

「爺さまたち、ここで何をしてなさってただ」

　すると爺さんは少し湖を見て小さく頭を下げてから、口を開いた。

「犀龍（さいりゅう）様に祈りを捧げておっただよ」

「さいりゅう」

「湖の底に棲（す）んでおられる龍神（りゅうじん）じゃ」

　そして爺さんは息を吐いた。

「これから雪解け水が流れ込んで、日増しに湖の水嵩（みずかさ）が増すでの。そこに大雨でも降ったらば、たちまち水が溢れて川が勢いづく。里の家や畑を水浸しにしてしまうだよ。夏の大嵐ともなったら、川が暴れて死人（しびと）が出るほどでの。ことにこの十数年は酷（ひど）い大水続きで、次に湖が溢れたらこの里ももう終（しま）いじゃ」

　痰（たん）が絡まったようで、声が時折、途切れる。

「ゆえにこうして年寄りが集まって、犀龍様にお縋（すが）りにきておる。どうか我らをお助け下され、畑や家や里の者を流さんで下され、と」

「おらの村も同じですだ。親や亭主を喪った者が、たくさんおりましただに」

十人の年寄りが、「そうか」と銘々に頭を振った。小太郎はふと気づいて、桜の梢を見上げる。

「この道だけは、水を冠らねぇんですか」

「いや、ここも水に沈む。何もかも」

「なら、この桜は」

「ああ。それは枯れねえな。大水が鎮まったらまた葉を出し、翌年には花を咲かせる」

爺さんは小脇に笊を持っているような格好をして、その中から何かを摑んで撒く手つきをした。花咲か爺さんの真似をしているのだろう、手の中から純白の灰が散るさまが見える。

剽げた所作で頬を緩ませてから、爺さんは小太郎を見上げた。

「昔は龍神に酒を捧げるだけでのうて、里の娘らが人柱となってこの湖に入っただよ。そのつど里の者はこの桜を一本、また一本と植えてきた。あんたが触れてなさるその木は、わしの幼馴染みじゃ」

小太郎は幹に当てた掌をそのままに、再び梢に目をやった。薄い紅色を含んだ小さな蕾が風に揺れている。

「ゆえに枯れねぇんですか、ここの桜は」

「さあて、わしらにはわからぬこと」

「今年も、その人柱を」

「里にはもう若い娘がおらぬ。女の子ができた家は、すぐさま遠くにやってしまうでな。養女にやるのよ。持参金を用意できぬ貧しい家は、人買いに売る」

「売る……」

「生きてさえおれば何とかなる、そう願うて我が子を手放す」

小太郎は拳を開いて、また握り締める。今、お花の顔を思い泛べてしまったら、胸の底から溢れてとめどがなくなりそうだ。

目を上げ、そして今度は迷うことなく口にしていた。

「ここに棲む大蛇を知りませんか」

爺さんはしばし黙り込み、首を傾げ、そして眩しそうに目をしばたたかせる。

「あんた、その大蛇と会うたことがあるだか」

「ねぇです」

「大蛇は龍神のことじゃ。犀龍様ぞ」

目を見開いた。

「わしの曾祖父様が、そんな話を語ってくれたことがある。犀龍様は時折、大蛇に姿を変えて川を下り、沢を渡りなさるんだと。そして人前に姿を現す時は、それは美しい姫御前なのだと聞いた」

　後ろに並んだ年寄りらも憶えがあるのか、皆、まちまちに「ふん」とうなずいた。

　小太郎は礼を告げ、道を引き返そうと肩を回した。すると「なあ」と、呼び止められた。振り返ると、爺さんが「頼みがある」と言った。

「おらに、頼み」

　何だろうと、少し身構えた。

「その笠をくれぬか」

　背中に手を回し、「これを」と訊ねる。

「それ、それ」

　爺さんは皆を引き連れて、小太郎に小腰を屈めた。

「その笠、くれぬか」

「もらった物なので、構わねぇども」

　胸の前で結んだ紐を解き、笠を手にして爺さんに見せる。旅の間に雪や雨や寒さをしのいでくれたので、今では藁がそそけ立ち、あちこちに破れもできている。

「雨が漏るだよ。それでもええですか」

「ええとも」

　爺さんの手に置いてやると、皺深い頬に嬉しげな赤みが差した。「皆、戻れ」と声をかけ、ぞろぞろと道を引き返す。そして小太郎を振り返り、「お頼みついでに、こっちへ」と手招きをした。言われた通りに近づくと、爺さんが笠を差し出す。

「これを、湖に投げてくれんか」

「この笠を」

「今年は酒も用意できねえで、水しか上げられんかった。せめてその笠を捧げさせてもらいたい。できる限り遠くへ、湖の中心を目がけて投げておくれでねえか」

うんと引き受けたものの、内心ではとまどっていた。こんなに軽い物は、そう遠くまで飛ばせないだろう。

小太郎はともかく水際から後ろに退り、弾みをつけながら右腕を大きく引いた。弧を描くように腕を回し、指先から笠を放す。

思った以上の高みまでそれは舞い上がり、束の間、光った。

小太郎は息を凝らして、波紋を見つめる。

笠が沈んだ。なんでだ。

爺さんらは湖に向かってしばし手を合わせていたが、面を上げると満足げに目尻を下げた。

「やはり、銀の笠だったのう」

「いや、あれは藁笠だったたに。ごく当たり前の」

すると白鬚の爺さんは、「けど、わしには見えた」と言った。

「あんたの肩先が何やら眩しいと、不思議に思うておったんじゃ。したら、背中で銀色に光っている。ああ、これを捧げさせてもらおうと思うて、お頼み申した」

爺さんのちゃっかりした顔が可笑しくて、小太郎も笑った。


その後、数日をかけて湖の畔を歩き回った。

水が溢れるのを防げれば、いかほどの里が流されずに済むだろう。日中はそのことばかりを考えている。

畔に堤を築く。いや、人手も金子もかかる。この付近の里の者らに呼びかけても、何十年費やすかわからない。それまでに幾度、大水に遭わねばならぬことか。なら、どうする。どこかに水の抜け道を造れねぇか。どこに。湖に面した山がある。そこの岩を動かし、土を掘れば。いや、それも、おら一人ではできねぇことだ。

自問自答を繰り返し、月の夜には桜の木の下で膝を抱えた。湖面を見つめ、呼びかける。おっ母さん、おら、ここまで来てるだよ。けど、わからないことが多過ぎる。大水を防ぐ手立ても、ここからどうすればおっ母さんに会えるのかもわからねえ。

湖は月の光を浴びて静かに揺れるだけだ。尻がひたひたと濡れて冷たい。爺さんが言っていたように、春の雪解け水が注ぎ込んで、この道も水に浸されつつある。

考えを巡らせ、そうだな、そうするしかないだなと呟いた。

翌朝、小太郎は畔の中で最も高い崖に登り、そして飛び込んだ。

湖に向かい、まっすぐに。


深みを目指して、潜り続ける。

湖中の水は冷たくて、総身を針で刺されるかのような心地だ。けれど息は苦しくない。そして腕や脚を動かさずとも、背中や腰をくねらせるだけで思うままに下りていける。

やがて湖底が見えてきた。くるりと身を回し、地に足を着ける。顔を上げて背筋を立て、周囲を見回した。水の色は昏(くら)く、その下には土灰色の砂土が広がっている。二色(ふたいろ)だけの荒涼とした世界だ。誰も、何もいない。湖底を蹴って尻を持ち上げ、また泳ぎ続ける。

やがて、今が朝か昼か夜なのか、幾日を費やしているのかもわからなくなった。それでもひたすら進むうち、湖底にごつごつと骨の太い岩が増えてきた。下り立って、岩陰で身を休める。辺りにはさまざまな貝が棲んでいて、赤子のように泡(あぶく)を吐く。そういえば、水の冷たさがやわらいで、肌への当たりも柔らかくなっていた。小太郎はそこでひと眠りして、また泳ぐ。

ある日のこと、目の前に峻険(しゅんけん)な岩並みが現れた。湖中だというのに、峨々(がが)として連なって聳(そび)えている。躰をくねらせながら、先へと進んだ。やがて巨(おお)きな岩の連なりが山門のごとく左右に分かれ、水の色が変わった。澄んだ緑色を帯びている。

一本の道のように開けた岩門の中を進みながら、周囲を見やった。

生命（いのち）の息遣いが聞こえる。小魚の群れが風のように渡り、草の緑がなびく。行き過ぎる魚らは何も言わないけれど、ちろりと目玉を動かし、小太郎を盗み見していくのがわかる。

まるで、森みてえだ。

思わず吐息を洩らし、さらに進む。やがて、行手の先に小さな光があることに気がついた。進めば進むほど眩しくなる。目を細めながら近づけば、光が大きく丸くなる。

目を凝らして、はっとした。

あの笠が光っている。

お地蔵にもらった笠だ。里の年寄りに請われて投げ入れたその瞬間、銀になって湖に沈んだ。その笠が、丸い光を放っていた。

逸（はや）る気持ちのままに近づくと、森の木々のごとき草の間で水晶色（すいしょういろ）の広袖が垣間見（かいまみ）えた。

草の褥（しとね）の上に誰かが横たわっている。その周囲をさまざまな魚の群れが、輪を描くように泳いでいる。蝦（えび）や貝、蛇もいる。皆の吐く息が小さな玉となって湖中を立ち昇る。

近づくと、魚らが一斉に褥の背後へと退いた。

長い髪と衣の裾が時々、水の流れのままに揺れる。そこには、女人（にょにん）が仰臥（ぎょうが）していた。目は閉じている。額から咽喉までひどく蒼褪めており、唇も白い。

呼びかけようとした刹那（せつな）、長い睫毛（まつげ）が動いた。

「小太郎か」

問われて、胸が引き絞られた。

よもや、母がこんなに若く美しい姿でいるとは想像だにしていなかった。声も鈴のように響く。

「おっ母さん」

すると女人の頬に微かな血色が戻り、広袖が動いた。手招きをしている。

「おいで」

横たわる母の胸に飛び込んでいた。母の背中に両の手を回し、母の手も小太郎の背をさすっている。

「よくぞ、来てくれた」

母の胸は嗅いだことのない匂いがして、そして柔らかかった。互いに黙って抱きしめ合った。どのくらいそうしていただろう、小太郎はやっと気づいて身を起こし、母の顔を見直した。

「おっ母さん、針は。針を抜かねば」

衣の上から躰じゅうを見てみたが、それらしき物は見当たらない。

「小太郎」

母の瞼は重たげに閉じ、唇だけが動いた。

「針のことを誰に聞いた」

「赤子のおらが寝ていたあの淵の畔に、杣人が住んでるだよ。その人が教えてくれただに」

すると、母は目を閉じたまま呟く。

「私がお前を置き去りにした、あの淵か」

小太郎は母の肩に手を置き直す。

「違うだに。おっ母さんは託したはずだ、おらの父親に。けど、怖くなって逃げてしまった」

「誰がそう言うた」

「おらを助けてくれた杣人。そんな話を聞いたことがあるって」

「そうか」

母の目頭に膨れ上がるものがあり、水の玉になって散ってゆく。

「小太郎」

呼ばれるままに、母の顔をじっと見つめる。

「あの人は、若く美しき僧侶は戻ってきたのだ。逃げてしまった己を悔い、淵の畔に戻ってきた。なれど、お前は川に流された後だった」

　もしかしたらあの杣人が、おらの。小太郎はそう思ったけれど、口には出せない。

「いや、私はきっと、そう思いたいだけなのだろう」

　母は目を開き、切なげに頰笑んだ。

「ううん、おっ母さんの言う通りだ。お父っつぁんは心底、己のしたことを悔いて、淵の畔に住み着いたんだに。おらを待っていてくれた」

　嘘を吐いた。だが小太郎を助け、この湖に導いてくれたことは確かだ。それで充分だ。

「あの人は、お前を待っていたか」

　母は愛おしむように繰り返した。たぶん母も、小太郎の嘘をわかっているのだろうと思った。けれど黙って、騙されてくれている。

　母はふいに「笠が」と言った。

「あれが舞い降りてきた時、瑞兆だと思った。やっとお前と会えると察したのだよ。私も待っていた。お前の父のように、ずっと待っていたのだ。捨ててしまった我が子を」

「おら、捨てられたとは思ってねぇだに」

　小太郎は声に力を籠め、仰臥したままの母を見返す。

　間近で相対して、やはりこの世ならぬ美しさを持つひとなのだと思った。だが、顔色がただごとではない。小太郎が何かを喋るつど頰が微かに明るくなるが、たちまち蒼白さが戻ってしまう。

「おっ母さん、おらが針を抜こう」

母の水晶色の衣が、ゆらりと動いた。

「このままでよい。針を抜かば私の躰の穴から鉄の毒が滴って、湖に回ってしまう」

「そんな。じゃあ、おっ母さんはどうなる」

「構うな。これは、私が引き受けるべき毒だ」

その声が厳しくて、言葉を返せなかった。口を出すなと撥ねつけられたような気がして、うなだれた。

「おら、どうしたらいい。おらには何も、できることがねぇだか」

「お前の話を聞かせておくれ」

周囲の魚や蝦、貝はいつのまにか姿を消している。褥の周りの草だけが、まるで灯をともすかのように揺れる。

小太郎は母の躰をさすりながら、いろいろな話をした。

ここに辿り着くまで、どんな人々に出会ったか。誰に、いかほど助けられたかを。

「青い沼は西南を目指せとおらに囁いてくれたし、子狐は山の崖を駈け下りて道案内してくれた。山姥や、草どんと呼ばれる大きな草にも会っただよ」

「皆の世話になったのだな」

「おらがおっ母さんの子だと知ってたかどうか、それはわからねぇども」

「皆、かかわり過ぎぬように、かかわってくれたのだろう」

小太郎が目をしばたたかせると、母は謎めいた微笑を泛べた。

「これは、お前の物語ゆえ」

何を言われたのか、よくわからなかった。とまどっていると、続けざまに「お前を育ててくれた母は」と訊ねられた。

「おっ母さんは、とても年老いた人だった。いつも囲炉裏端で縫物をして、おらは草鞋や莚を編んだ。縄もなうし、粉も挽くだよ」

なぜこんなことしか言えないのだろうと己をもどかしく思いながら、ぽつりぽつりと語る。

「おらが喧嘩をしたら、魚を持って詫びて回ってくれた。大水で家と田畑を、亭主まで喪ったのに、おらを拾って育ててくれた人だに。一緒に村を出ようと誘ったども、生みのおっ母さんに会えたら礼を伝えて欲しいと言って見送ってくれた」

そう口に出した途端、小太郎の胸の中で何かが鳴った。

「おっ母さん、この湖の水が溢れねぇようにできねぇだろうか。これから大雨が降る季節になれば、また方々の川が暴れる。丹精した田畑が流れ、家が壊れ、人死（ひとじ）にが出る」

母は黙って、空（くう）を見つめるだけだ。

「おっ母さんは、この湖の龍神なんだろう。湖の畔に住む者らは、犀龍様と呼んでた」

草の褥に臥したままの母に向かって、小太郎は頭を下げた。

「どうか、大水が出ぬ手立てをおらに教えて下さい」

小太郎は母に向かって、「お願えします」と頭を下げた。

母は沈黙したままだ。水だけが静かに、小太郎の耳のそばを渡る。褥の前に手をついたまま、さらに言葉を継いだ。

「おらが育った川下の村だけではねぇだよ。この湖の水が溢れるたび方々の川が氾濫して、多くの里の者らが身内と暮らしを失ってきた」

語るうち、お花の顔が甦った。雪の日に見送った姿ではなく、出会った日の切り下げ髪の女の子だ。赤い、けなげな頬をしていた。

「大水さえ起きなければ、村長の娘として安穏に生きられたはずの娘もおっただに。うちの村長の家に引き取られたども、女衆がわりに追い回されて、ひどい手をしていた。おら、一緒に山の中を巡って萩の枝を丸めてやったりしただ。毎日、その娘と会えることが楽しみだった」

胸の中から恋しさや口惜しさが溢れて、止まらなくなる。秋の山の匂いがする。

お花、大丈夫か。泣いてねえか。

おらのこと、まだ憶えていてくれてるか。

左の脇腹の痕が疼いて、想いが迸った。

「おらの、この蛇紋を綺麗だと言ってくれただに」

目を上げると母は顔をこちらに向け、小太郎を見つめている。眉がほんの少し動いて、目許がやわらいだ。

「小太郎も出会ったのだな。かような相手に」

そうだよ。だからおら、おっ母さんがお父っつぁんを恋う気持ち、少しわかるだよ。会いたくて会いたくて、たまらないんだ。

「ならば我が子よ、気づくがよい。大水が起きなければ、その娘に出会うはずもなかったことに」

「大水が起きなければ」

おらはお花と出会わなかった。

「大水が起きなければ、お前が川を流れ流れて、育ての母に巡り会うこともなかった」

息を吸い込んだ。

その通りだ。けれど、それだけじゃない。

お花は覚悟を決めて、自らの運命を選んだ。里のおっ母さんは、おらを旅立たせてくれた。

小太郎は背筋を立て、母を見返した。

「おっ母さんは知ってるだか。村の娘が毎年、人柱となってこの湖に沈んできたこと」

「遙か昔から、人々が信じてしてきたことだ。私がそれを止める筋合いはない」

「じゃあ、大水が出るたび分限（ぶげん）を増やす長者がいて、貧しい者はますます貧しくなることは」

「川に堤を築けばよい」

「それができねぇから、皆、苦しんでるだに。堤を築くには、金子も時もかかる」

「ならば、川から離れて暮らせ」

「山間で細々（ほそぼそ）と、わずかな畑を耕してる者もおるだよ。けど川から遠ざかったら、水を運ぶのが苦労だに。水争いも起きる」

そして小太郎は水の中を見回した。

「この湖ほど広い平地があったなら、人々がいかほどの田畑を作れることか」

せめて、半分だけでも分けてもらえねぇだろうか。大雨が降っても水が溢れないように、小さな湖にできねえだろうか。

母の衣が動いた。褥から身を起こそうとしている。小太郎は立ち上がり、その介添えをした。褥の上に並んで坐る。

「小太郎」

「はい」

「大水によって死ぬ命もあれば、生まれる命もあるのだ」

「生まれる……」

「そうだ。世界を攪拌することで、淀んでいた川底が新しくなる。同じ魚ばかりでなく、別の種の、様々な生きものらが棲める川になるのだよ。そしてお前のように、異なる世界へと流れ着く命もある」

長い髪が揺れ、母が細い頤を上げた。その美しい横顔を、小太郎はじっと見つめる。

「命はそうやって、巡り巡っている。けれど人はそれを認めようとしない。失くした事どもばかりを数え上げ、力を合わせず堤を築かず、富を分け合わぬ。か弱き者を犠牲にするのは、人の欲だ。大水はその契機に過ぎぬ。しかし人は、何もかもを大水のせいにする」

そして母は、声を低くした。

「溢れんばかりに水を湛えたこの湖に、いかほどの命が生きているか、一度でも考えたことがあるか。魚や貝だけではない。それらを喰う鳥や獣がいて、人はその恵みを受けている。しかし、人は奪うばかりだ」

小太郎は俯いた。

「おら、そんなこと、考えたこともなかった。皆の役に立ちたくて、それが人ならぬ生まれのおらにできる、唯一つのことだと思って」

「人ならぬお前を、誰もが受け容れてくれたか」

受け容れてくれたのは、おっ母さんとお花だけだった。物心ついた頃から「お前は違う」と指をさされ、行く道の前を塞がれた。村長の一家に慈しみの心の欠片(かけら)でもあったなら、お花はあんな決心をせずとも済んだだろう。

おらからお花を奪ったのは、奴らだ。

「人は、奪い続ける」

母がもう一度言った。そして水の中をかき分けるようにゆっくりと顔を動かし、小太郎に目を据えてくる。

「ならば、我ら自然(じねん)は如何(いかが)する」

辺りを払うような、厳しい声だ。湖じゅうが息を潜めているような気がする。

おらは、犀龍の子だ。

胸の中でそう呟いてみた。

杣人の小屋の、枝が爆ぜる音が耳に戻った。この脇腹に触れたお花の指先が思い返され、おっ母さんが作ってくれた粥の匂いが甦る。

おらは、人の子でもある。

母に向き直った。

——人は奪い続ける。

「ならば、与えよう」

我知らず、強い声を発していた。

　その途端、褥の周囲の草が一斉に揺れ始めた。母の衣と長髪が水に舞い、色が変わる。みるみるうちに濃く、深い碧を帯びてくる。

　母はしばらく黙したままだ。そして長い息を吐き、いつしか紅色を帯びた唇を開いた。

「相わかった」

　声がひび割れている。

「おっ母さん」

「構うな。本来の姿に戻るだけのこと」

　水中に、銀の笠が舞い下りてきた。それは小さな珠（たま）となり、母の顎の下を彩った。水晶色の衣が大きく舞ったかと思うと四方にちぎれて流れ、首や背中がうねる。

　その姿の前に、小太郎は立ち尽くした。

　やがて母の指が三本になり、爪が鋭く尖る。紅かった唇から牙（きば）が突き出す。切れ長の目の端が破れ、大きな碧の目玉が現れた。

「お前の決心を受け容れよう」

　緑灰色（りょくかいしょく）の躰が大きくうねり、鱗が光る。

　二本の白い角を持つ頭がうなずくように動き、尾が動いては地響きのごとき音を立てる。

「私の背に乗るがよい」

　命じられるままに、小太郎は母の背に飛び乗った。自身の衣ももはや、所々がちぎれていた。脇腹の蛇紋がたちまち広がり、左腕から掌の中までびっしりと鱗でおおわれている。母の背中に手を置けば、張りつくように一体になった。

母、犀龍は大きく尾をうねらせたかと思うと瞬く間に湖中を昇り、上空にその身をさらした。

鳥たちが騒ぎ、さまざまな声で鳴く。漁の小舟が一斉に岸へと退き、里の者らが畔に出てきて空を見上げる。遠くで半鐘が鳴るのも聞こえた。

畔を見下ろすと、中の一人に見憶えがある。腰の曲がった爺さんで、腰の後ろで手を組んでいる。

「危ねぇから、畔から退いて」

口の横に手を立てて、空から叫んで伝えた。爺さんは訝しげな面持ちでいたが、やがて小太郎の姿に気づいてか、皆に何かを命じている。「逃げろ」と聞こえる。皆、転げるように畔から散り、里に向かって駈け出した。

けれど爺さんは何人かと共に並んで、まだこっちを見上げている。あの一本道で拝んでいた年寄りらだ。空に向かって、手を合わせている。

若い者らがまた住める村になると、ええだね。

希みが続く村に。

小太郎がそう念じると爺さんらは頭を下げ、そしてくるりと身を返し、脱兎のごとく走り出した。呆れるほどの勢いだ。

独り笑いを零し、顔を前に戻した。

「落ちぬように、しっかりと摑まっておれ」

母の声が響く。小太郎は母の背にまたがった両脚に力を入れ、半身を低く倒した。

「行くぞ」

母は湖の際に立つ山に向かって、大矢のごとき勢いで突っ込んだ。途方もない音がして、総身に衝撃が走った。母の背にひしとしがみつき、もろとも湖面に落ちる。砕け散った岩や木の枝が、雨のように降ってくる。

母は身を立て直し、また空高く昇る。そして山を激しく突き崩した。やがて、崩れた山が湖を埋め始めた。母の躰の方々から、鱗が剝がれて落ちる。それでも湖面から空へと昇り、山を崩し続ける。

凄まじい音が辺りに響いて、逃げそびれた獣が次々と湖に落ちて行くのが見えた。

「おっ母さん、充分だ。これほど湖が埋まったら、もう水が溢れることはねぇだに」

しかし母は、まだ昇り続ける。

「今さら恐れるな。お前は、ここに平らな地を拵えてやりたいのだろう」

「けど、これ以上やったら、おっ母さんが死んでしまう」

小太郎が叫んでも、母は身を打ち当て続ける。岩肌が剝き出しになって土煙が立ち、湖の色が変わる。

「覚悟の前。どのみち毒が回って、長くはない」

「おらも命惜しみはしねえ。だども、獣や鳥が棲みかを失くしてる。溺れてる者だっているだよ」

母は上空でしばし身を止め、苦しげな息を吐いた。二本の角は折れ、前肢も妙な形に曲がっている。

「それも承知。小太郎、今から湖に潜る。頭をしかと下げよ」

頭を伏せると、胸や腹の下で母の躰が激しくうねった。耳許で風が鳴り、激しい水飛沫（みずしぶき）を浴びる。

湖の中を進んだ母は、湖底に向かって頭から激突した。岩盤の割れる轟音（ごうおん）がして、岩屑（いわくず）や土、草が四方に散る。目の前が薄暗くなるほど濁った。母の総身は暗い紫色に変じている。それでも湖底の一点を突き崩し続ける。

一点はやがて穴になり、徐々に大きくなる。そこに水が吸い込まれ、流れ込む。

振り返ると、後ろに大きな水の流れが従（つ）いてきていた。魚や貝の群れ、そして根がついたままの山の木や獣らの姿もある。

おっ母さんが、皆を引き連れている。

母は自らの躰を使って、湖底に新たな水脈を造っていた。

小太郎は目を瞠り、また前を向く。

そして母の背からするりと降り、身をくねらせた。手を見れば、母と同じ三本指になっている。

これから、犀龍の子として生きるのだ。この道を開く。

小太郎は背から尾を勢いよくうねらせ、湖底に頭から突っ込んだ。

# 章ノ三　物語の果て

# 草どんと、子狐と山姥

深山にも春草が生い始め、土竜や虫が土中から顔を出しては様子を窺っている。風は思わせぶりな含み笑いをしながら、わしの幾千もの葉をそよがせてゆく。眠い。久しぶりにこの陽射しの中で目を閉じ、うらうらと午睡に落ちたいものだ。日ごと、あの言い伝えを語っているうちに辺りはすっかりと銀白におおわれ、やがてその雪も退き、今は遠くの山々が白い冠を戴いているだけだ。秋から冬を尽くして語ったので、さしものわしも草臥れた。

子狐はずっとわしの根許で耳を傾けていたが、今朝はしばらく姿を消していた。黙って塒に帰ったのかと思っていれば、切り立った崖の際に向かって走る姿が見え、そのままんじりともせずに立ち尽くしている。崖下の道の行手を眺めているのか、それとも遥かなる湖の残影を探しているのか、わしにはわからぬ。背中の黄色の毛が時折、風になびいては光る。

草原に目を落とせば、白茶けた布を首に巻きつけた山姥が膝を抱えて坐っている。大きな頭を己の肩に預けるかのように斜めにして、ぼんやりとしている。

山姥にしては珍しく口数が少ないのだ。語りの最中も口をはさまず、気味が悪いほど静かであった。

いや、一度だけこんなことを言った。

「哀れよのう」

赤子の小太郎が何ゆえ淵の岩に置き去りにされたのか、そのくだりの際だ。山姥はいつになく憂い面持ちで、溜息を吐いた。

「かほどに想い合うた相手から、何もかもなかったことにされるんじゃもの。人の心の、何と酷いことか」

いつもは濁っている白目が、やけに赤かった。洟を啜っていた。

「なあ、草どん」

山姥の大きな頭が動き、こっちを見上げている。わしの胸の裡を読んだかのような間合いだ。

「何じゃ」

「お前さん、言い伝えを変えたろう」

「何を言う。変えてなどおらぬ。記憶の底に残っていた話を、思いつくままに取り出しただけのことだ」

「そうか」と、山姥は考え深げに眉間をしわめた。

「言い伝えの元になった真実を物語ったのか」

「小太郎とお花、犀龍と若僧の恋は、人の口から口へと伝えられる間に削ぎ落とされてしもうたのだろう。長い時をかけて、枝葉は伐られるものゆえ」

「その枝葉こそが物語の命脈ぞよ」

山姥が何を言おうとしているのか、見当がつかぬ。ただ、これまでの文句屋の顔つきとは少々違う。

「お前さんは我知らず甦らせたのよ。物語の者らの心を。酷さと弱さ、身勝手のほどを。いかんともしがたい、いたたまれぬほどの運命を」

山姥は目を押し開くようにして、言い継いだ。

「そして、希みを」

虚を衝かれた。

物語を甦らせた。わしは、さようなことをしたのか。

山姥の肩先の向こうに、大樫の暗い洞が見えた。小太郎はあそこから現れた。あれこそが、甦ったという証だったのだろうか。いや、物語るわしに湖への道を訊ねたのだ。結末を知っている者の弁えとして、わしは道を教えなんだ。己で見つけ、己の足で歩かねば、違う物語になる。

しかし子狐は自らの意思でかかわりを持った。ゆえに、物語に痕跡（こんせき）を残した。

いや、結句、子狐だけではない。山姥や、わしのことも物語に入った。我らだけではない。他の噺（はなし）の者らも、物語の中で行き交ったのだ。

小太郎の母、犀龍が言ったように、皆、かかわり過ぎぬようにかかわった。

なぜだ。何ゆえ、こんなことが起きている。

やけに胸が騒いで、天を仰いだ。

よくよく考えれば、平穏で退屈な奥山であったのだ。それで良かった。わしが一歩たりとも動けず、枯れることのできぬ草である理由（わけ）も、いつからここにおるのかにも頓着（とんちゃく）せぬようになって、もはや長かった。独（ひと）りが長過ぎて、午睡を貪（むさぼ）ることだけを楽しみとして生きてきた。そうしていれば誰ともかかわらず、己とも向き合わずに済む。何の答えも出ぬ問いを繰り返すのは、徒労だ。

山姥は「見よ」と、顎（あご）をしゃくった。

「あの小童（こわっぱ）、躰（からだ）が少し大きゅうなったと思わぬか。躰が」

山姥の言う通りだった。四肢（しし）が逞（たくま）しくなり、首筋や肩にかけての線から丸みが抜けた。

小癪（こしゃく）で生意気な子狐め。そなたが訪れてから、わしの拍子は狂い通しぞ。慮外（りょがい）のことばかり起きる。

ふと、その黄色い後ろ姿を見返した。まだ、何かが違う。山姥も「や」と奇妙な声を洩（も）

らし、子狐の後ろ姿に向かって顎を突き出した。

「尾っぽまで、伸びておるぞよ」

　何か重大な秘め事でも見つけたかのように、潜(ひそ)め声で叫んでいる。

　尻の穴や木の実のような金玉(ふぐり)が、丸見えであったのだ。ちぎれたように尾が短かった。しかし今は、房のごときそれを立てている。まだ大人の狐ほどではないが、しかし以前に比べれば遙かに立派な尾だ。

「小太郎を助けたからではないか。あやつは助けた」

「わからぬ」

「お前さんは語り主(ぬし)ではないか。なぜ、わからぬ」

「物語と現実(うつつ)を綯(な)い交ぜにするでない。子狐は今、目の前におる者ではないか」

いなしつつ、ごく当たり前のことに思い当たった。

「あの時分の者は育ちが速い。人の子も急に骨が太うなり、背丈が伸びる。子狐も冬の間に成長したのだろう」

　山姥は不納得も露(あら)わに、眉を吊(つ)り上げる。

「あやつは道案内をしてやった。ゆえに、尾っぽを取り戻したのだ」

　言い伝えの子どもを助けた、その報酬だという理屈のようだ。

「そうかもしれぬが、そうでないかもしれぬ。だいいち、あいつの尾っぽが何ゆえああも短かったのかもわからぬではないか。生まれつきであるのか、それとも怪我で失ったのか」

山姥は「ほう」と、口の端を上げた。

「知らぬのか。子狐の尾っぽの秘密を」

「そなたは、知っておるのか」

すると山姥は乱杭歯を剝き出し、勝ち誇ったような声を上げた。

「これは愉快」

山姥はほほんと短い手脚を振り回し、薄汚れた布を翻す。わしを出し抜いたことがよほど嬉しいらしく、己の腕や胸を叩きながら踊っている。わしは舌打ちをした。

何ゆえ、子狐の秘密を知っておるのだ。そしてわしはなぜ、それを知らぬ。やけに忌々しい。

山姥は腕や肩を回しながら、煽るように言った。

「のう、草どん。わしの物語も語ってくれ。そしたら、尾っぽの秘密を教えてやってもよいぞよ。教えてやっても」

背後の子狐の耳を憚ってか、声だけは潜めている。

「そなた、何を企んでおる」

「じゃから、わしの話を」

「知らぬ」

苛立って、思わず声を張り上げた。

「しらばっくれおって。山姥様の話を知らぬ者が、世界のどこにおろう。どこに」

「ああ、今、思い出したぞ。美しい姫を木に吊るして殺し、剝いだその身の皮を被ってまんまと姫に成りすました山姥の話か。あの心をどう語れと言うのだ。今さら、善人ぶりたいか」

「ふん。善人の話など、面白うも可笑しゅうもない。だいいち、わしはあの話のことを言うておるのではない。だいいち」

「なら、年寄り二人の侘び住まいに忍び込んで婆さんを殺し、肉を鍋で煮込んだ挙句、婆さんに成りすましてそれを爺さんに喰わせた。あの山姥の話か」

「あの婆汁は、ほんに不味かった。婆汁は不味い」

よくよく考えれば、山姥は殺した者に成りすますことが多い。さして意味のない言葉を繰り返す癖も、成りすましとかかわりがあるのだろうか。山姥の躰の中に殺された者らの残骸が残っていて、山彦のように谺する。

騒ぎに気づいてか、子狐がこっちを振り向いた。

こやつ、こんな顔をしていたかと、わしは目をすがめた。丸かった目の端が切れ長になり、薄く小さかった耳はしっかりと形が定まり、髭も長い。足運びも何やら違って見える。

「婆ちゃんの話、おらも聴きたいよ」

きんきんと赤く甲高かった声も、心なしか低く響く。しかし物言いは従前のままだ。なぜか、ほっとする。身勝手なものだと思った。わしを恐れもせずに懐き、寝る前に物語をせがんだ、あの幼い純真が鬱陶しかったのに。こうして少年になっても「聴きたい」と請われたら、心が落ち着く。

「あいにくだが、山姥の申しておる話というのが、皆目、見当がつかぬ」

山姥は足を踏み鳴らし、わしを責めるように人差し指を立てた。

「どうしたことじゃ。この山姥様の、最も大事な話を知らぬとは」

「じゃあ、婆ちゃんが語ればいいじゃねえか」

子狐は、といってもいつまでもそう呼んでよいものかと迷い、そういえばわしはこやつの名すら知らぬということに気がついた。

何たることだ。

それを問おうと口を開いた束の間、子狐は「ああ、やっぱり無理」と言った。

「婆ちゃん、語るの、下手だもんなあ。聞くに堪えねえ」

すると、山姥が「何を」と鼻の穴を膨らませた。

「わしが上手でないことなど、一つもないぞよ。ああ、さようか、ならば語って進ぜよう。さすれば草どんも、大事な枝葉を思い出す」

「いや、勘弁して」

子狐と山姥は押し合い圧し合いを繰り返したが、やがて山姥が競り勝ってか、草原の真ん中に躍り出た。

山姥は胸を張り、足を大きく広げた。

「昔むかしの、そのまた昔のことぞよ。ある山の村に、ひとりの娘があった。その美しさは並ぶ者がなく、山媛ほども美しいと、方々の村に聞こえておったものじゃ」

春の草原にはおよそ似つかわしくない濁声だが、子狐は山姥のかたわらに腰を下ろした。やれやれと、諦め顔だ。

「どうじゃ」

山姥は咳払いをして、子狐を見下ろす。

「どうじゃって。まだほんの門口でしょ」

「いや、娘はほんに美しかったぞよ。この世の花という花が恥じ入って色を失い、萎むほどに。どうじゃ」

「おらにおかまいなく」

子狐が気のない返事しかしないので、山姥は首を捻る。

「小童には、わかりにくい譬えかの。そうそう、かの竹取の翁のかぐや姫も顔色を失うほどじゃ。乙姫に織姫、鶴女房なんぞ、てんで目じゃない。ああ、あなた様にはかないませぬと恐れ入り」

「婆ちゃん、譬えはいいから先に進もう。お願いだから」

「そうか、お願いするか」

　子狐は肩をすくめながら、わしに目配せをよこす。

――面倒臭いんですけど。

わしも「うん」と、片目を瞑って返した。

「美しいだけではないぞよ。骨惜しみをせずよく働く娘じゃった。村の若者は皆、その娘を嫁に欲しいと願うたが、遠巻きにして物欲しそうな目をするばかり。娘は見向きもせなんだ。しかし、ある年の祭のこと。よその村の、いくつもの山の向こうから大勢の若者らが訪れた。そのうちの一人と娘は恋仲になった。行末を、契り交わしたのじゃ」

「……あい」

子狐は渋々、合いの手を入れた。

「じゃが、祭が終われば夢の果て。若者は必ず迎えに来るゆえ待っていて欲しいという約束を残して、己の村に帰った。去んでしもうた。そのうち村の若者が次々と、娘を嫁に欲しいと親に掛け合いに来る。じゃが、娘は首を縦に振らぬ。祭の夜に、行末を契り交わしたんじゃもの。約束を信じていた」

そこでひっそりと、「約束を」と繰り返した。

「娘はそのことを黙っておったが、親や兄も格別美しい娘を誇り、生半可な家に嫁にやるのは勿体ないという考えも働いて、縁組を無理強いはせなんだ。娘は安堵して、若者の迎えを心待ちにした。じゃが、待てど暮らせど、恋しい相手は姿を現さぬ。娘は一日の畑仕事を終え、家の者らが寝静まると寝床を抜け出し、山の向こうを眺めては立ち尽くすようになった。夜空の星明かりの下、黒々とした山並みの向こうを」

「あい」

「辺りに冷たい霧が漂う季節になっても、娘は毎晩、山を眺めた。若者に会いたかった。羽があれば山の向こうに飛んで行きたい、躰ごと投げ出したいと本気で思うた」

山姥はそこで深々と息を吐いた。子狐はいつのまにやら、静かに聴き入っている。

そしてわしはといえば、思い出していた。

これは、あの娘の話だ。

「吐息は白々と、夜に流れてゆく。その息を追うようにふと山を見上げると、何かが見えた。一つの火がちらちらと、山の闇を越えてゆくのが見えたんじゃ。誰かが松明一つを掲げて山越えをしている。次の日、娘は餅を蒸し、そのうちの二握りを水屋の隅に隠した。心はもう決まっていた」

山姥の足が、つんのめるように一歩を踏み出す。

「家の者が寝静まったのを見計らい、娘は山道を歩き始めた」

目を閉じれば、その山道の暗さが見える。細い松明だけを頼りに、娘は歩き続けたのだ。

若者は、ほとほとと戸を叩く音で目を覚ました。

誰だろう、こんな夜更けに。

戸を引くと、闇の中に誰かが立っている。遠くの村の秋祭で一夜の契りを交わした、あの娘だ。黙って白い息を弾ませている。

「いってえ、どうした」

夜気が冷たかったので若者はぶるりと背を震わせ、ともかく家の中に娘を招じ入れた。

山姥も同じことを語り、先を続ける。

「若者は訝しげにあれこれと訊ねるが、娘は答えなかった。答えられなかったのじゃ。胸が一杯で。じゃから、黙って両手を差し出した」

若者の胸の前で、娘は拳をゆっくりと開く。掌の中には一握りずつの餅があり、それは不思議と、まだ熱い湯気を立てている。若者は勧められるまま、それを頬張った。

「娘はそのさまを見ているだけで、満足じゃった。それは旨そうに頬を動かし、指先まで綺麗にねぶっておるんじゃもの。その姿を目にしているだけで愛おしかった」

若者は老親を亡くしたばかりであることを口にしたが、約束については何も言わない。

「じゃが、娘にもう焦りはなかった。再び会えたんじゃ。このうえ何を望もう」

　山姥は胸の上で手を重ね、薄目になった。倖せそうに頰笑んでいる。

「それから娘は毎夜のように山を越え、通うようになった。ふた握りの餅を携えて」

　若者は餅を頰張りながら、「これは、何で熱い」と訊ねてみたことがある。しかし娘は自らも餅を口にしながら、目で笑うばかりだ。

　訪ねてきた最初はとまどいもあったが、やはり娘は美しかった。肌を合わせれば、寒さも貧しさも忘れた。

　ある日、嵐になった。今夜はまさか来ないだろうと、若者は寝入ってしまっていた。するとと夜更けに、ほとほとと戸を叩く音がする。目をこすりながら戸口の心張棒(しんばりぼう)をはずして、驚いた。髪も着物もずっくりと濡れそぼった娘が立っている。

「餅」

　家の中に入った娘はそれだけを言い、手を差し出した。掌の中のそれに触って、若者は空恐ろしくなった。餅が熱いのだ。いつもより、なお熱い。

　先だって、仲間の若い者らに言われたことをふいに思い出した。

　――お前ぇ、この頃、げっそり痩(や)せたなあ。顔色も悪いし、まあず何かにとり憑(つ)かれたみてぇだ。

　その折はべつだん気にも留めなかったが、娘の不気味さにぞっとした。

　おなごの身で、険しい夜の山道を通(かよ)ってきているのだ。もしや、この世の者ではねぇかもしれぬ。

その夜、若者は餅を喰わなかった。

「なぜなんじゃろう」と、山姥はゆらりと頭を振った。

「嵐の夜から、若者は急に冷たくなった。娘に触れず目を合わせず、餅に手を出さぬ。何が若者の気を損ねたのかをいかほど考えても、わからない。泣きたい気持ちをこらえながら娘は餅を作り、それを手にして山を踏み越えた」

しかし若者は、もう真平(まっぴら)だった。戸を叩く音が聞こえるだけで総毛立ち、嫌悪がつのる。

「戸を叩いても叩いても、若者は顔を見せてくれない。娘は泣きながら、何でと叫んだ。あんなに旨い旨いと食べてくれたのに、何で」

山姥の声が湿りけを帯びてゆく。

しかし若者は家の中で耳をふさぎ、震えていた。

「何で中に入れてくれねぇの。何で、餅を食べてくれなくなったの」

戸越しに娘に問いつめられて、ようやく声を発した。

「おかしいでねぇか。おなごの身で、どうやって山を越えている。しかも餅は熱いままだ。尋常じゃねえ」

えらい物を喰わされ続けてきたのだと思うと、吐き気さえこみ上げてくる。

すると戸を叩く音がにわかに止み、静まり返った。若者は息を詰めて耳を澄まし、ようやく気配がなくなったのを確かめて、心張棒をはずしてみた。

娘が立っていた。若者は恐ろしさで、口がきけない。

山姥が、ぽそりと呟いた。

「畑仕事に慣れたこの足だもの。お前のことを想えば、いかほどの山を越えようが苦になるものか。右手にお前の餅を、左手におらの餅を握りしめて、歩いて歩いて、歩いて。ちょっとでも温いものを食べさせとうて、その一心で」

「いいや、お前は山媛ほども美しいと言われていたではないか」

若者は震える声を抑えて、とうとうそのことを口にした。

山媛は元は山に仕える神女であったが、あまりの美しさゆえに身を滅ぼし、後に山中を彷徨うようになったといわれる鬼女だ。男をかどわかし、その生き血を啜る。

おらはとんでもない者に、魅入られた。

山媛と謳われるほどに名高い村娘を我がものにしたと、得意であったのだ。今から思えば身の毛がよだつ。

「山媛、それは誰かが戯れに口にしただけのこと。おらがただの娘なのは、お前がいちばんよう知ってるでねぇか」

娘はかきくどくように言うが、若者の胸中には悔いの念ばかりが広がる。

尋常でないものは、用心せねばならなかったのだ。

ただごとでない力や富、賢さに心地よさ、そして美しさ。そんなものどもにとり憑かれたら、魂を持っていかれてしまう。

死んだ親がよくそんなことを言って、戒めていたのに。

若者はあの祭の夜、仲間と賭(か)けをしたのだった。

——あの娘をものにしたら、一杯の酒を奢(おご)れ。

他愛のない遊びだった。さして旨くも不味(まず)くもない酒だったが、仲間に一目置かれるようにはなった。が、それもしばらくの間だけのことだ。次の祭では、また別の者が手柄顔で村を歩いていた。

そして娘らも何喰わぬ顔をして、釣り合いの良い家へ嫁いでゆく。

「行末を契り交わしたゆえ、おらはこうして通うてきておるのに」

「ただの娘が、毎夜のように山を越えられるわけがねぇ」

口の中が、苦く酸(す)っぱいような腐臭で一杯になる。

「恐ろしい娘だ。二度と来ねぇでくれ」

吐き出すように、わめいていた。

「ようもそんなひどいことを。お前を想う心だけが、山を越させるものを」

泣きむせぶ娘の肩を突き、背を押すようにして若者は追い返した。

ほとほと、ほとほと。今夜も、戸を叩く音がする。

若者は身震いをして、すくみ上がった。

「頼む、もうあきらめてくれ。忘れてくれ」

宥めてもすかしても、娘は通ってくる。戸を叩き続ける。

若者はある日、己の手首を摑んでぞっとした。痩せ細って、山鳥の足のごとくなのだ。何も咽喉を通らず、畑仕事にも出られない。足がふらつく。仲間が何人か心配して訪ねてきたが、若者の顔を見るなり後ずさりをして、逃げるように立ち去った。見放されたのだ。

あいつら、まるで幽鬼にでも会うたような顔をしやがって。

若者はおぼつかぬ足取りで、家の外に出た。

戸を叩くあの音に怯え続けるくらいなら、いっそ山中で待ち伏せてやる。あの娘の正体を暴いてやる。

そう思いついた途端、躰に力が戻ってきた。月の光を踏むようにして、山へ向かった。

険しい道を歩く。雲が月光を遮れば、辺りは深い闇が垂れ込めているばかりだ。時々、得体の知れぬ啼き声が響き、歯の根が合わなくなった。

「こんな所をようも歩いてくるものだ。やっぱり尋常じゃねえ」

あの娘は物の怪だ。山媛だ。

わしはいつのまにか、山姥に代わって語っていた。

日はとうに暮れ、空には春の三日月がかかっている。糸のような細い光が、月の端から滴り落ちる。

山姥と子狐は寄り添うようにして、横並びに坐っている。黙して耳を傾けている。

わしはゆっくりと、物語を続けた。

「若者は山道を歩きに歩き、大峰に通じる道に出てようやく足を止めた。そこは際立って狭い道幅で、村の若者が肝試しに使う難所だ。断崖から足を滑らせれば、谷底に落ちる」

子狐は背後の崖を振り返り、また顔を戻した。山姥はぎゅうと目を閉じている。

「若者は崖に躰を張りつけるようにして、娘を待ち伏せた。前を窺っていると、やがて細い影が現れた。ひたひたと近づいてくる。月の光に照らされた顔は紛れもなく、あの娘だ。若者は娘をやり過ごしてから背後に近づき、渾身の力を籠めた」

山姥が嗚咽を洩らした。両手で己の頭を摑み、肩を震わせている。くぐもった嗄れ声で、山姥は言った。

「断崖絶壁の上から、谷底に突き落とされたのじゃ。あれほど想うた若者に。落ちてゆきながら、美しかった顔も躰も引き裂かれた。何もかも。痛くて悲しくて」

山姥は、「悲しくて」と泣いた。

おんおん、おんおんと。

子狐は右の前肢を持ち上げ、山姥の背をさすっている。山姥は膝の上に顔を伏せ、また言葉を継いだ。

「じゃが娘は谷底で、息を吹き返した。手にはまだ餅があった。二握りのそれを喰いながら谷を彷徨い、餅が尽きれば草の根や鼠を喰らい、やがて谷に落ちてきた旅人を喰らい」

　すると子狐が「婆ちゃん」と、肩を叩いた。

「ちょいとお訊ねするけど」

「邪魔立てをいたすな。今、いいところにさしかかっておる」

「いや、まさかとは思うけど。その娘が婆ちゃんだって、言いたいわけじゃあねぇよな」

　ようやく山姥が顔を上げた。

「不服か」

「は、そうなの」

　子狐が素っ頓狂な声を上げた。

「当たり前じゃ。この山姥様の物語じゃと、最初に断ったではないか。お前の耳は何のためについておる」

「あんまりな作り事。おら、とうてい、受け容れられねぇ」

　わしは山媛には遠い昔に一度会ったきりだが、確かに絶世の美女だった。

「婆ちゃんさあ、山媛と山姥をごっちゃにしちゃあ無茶が過ぎるよ」

「小童が知ったようなことを。媛も娘も歳を喰うたら、皆、婆じゃ。婆」

山姥は大仰にわめきながら、わしを見上げた。

「のう、草どん」

わしは途中から、山姥の目論見に察しをつけていた。

山媛の恋として言い継がれてきた物語を、己の物語にしようとしている。乗っ取るつもりだ。だが、なぜだろう。山姥の面持ちには、謀の臭いがない。

山姥。如何した。何ゆえ、泣き笑いのような顔をしている。

もしやと思い、山姥に問うた。

「そなた、物語を甦らせてくれと申しておったな」

「そうじゃったかの」

「とぼけおって。どこの枝葉を取り戻したかったのだ」

山姥は子どものように、小さく頭を振った。

「もう、よい」

「よいのか」

「ん」

「なぜ」

「得心したからじゃ」

わしは黙って山姥を見返した。すると子狐が、「何を」と訊ねた。

「婆ちゃん、何を得心したんだい」

「あの男の、気持ち」

山姥の目の端が濡れているように見えるのは、月のせいだろうか。

「さぞ、恐ろしかっただろうと思うて」

鼻の下を汚い手でごしごしとこすり、洟を啜った。

「じゃから、もうよい」

子狐は呆気に取られたふうでいたが、ややあって、「ああ」と夜空を見上げた。

「今の、本当に婆ちゃん自身の物語だったのか」

「信じておらんかったくせに」

「いんや。おら、信じる」

子狐が親身な声で言ったので、山姥は面喰らったように両の眉を上げた。突然、けたたましく笑う。

「嘘じゃよ、嘘。その昔、谷底に落ちてきた娘から聞いた話ぞよ。山媛ほど美しいわけでもなく、ただの村娘じゃった」

この期に及んで、山姥は照れ隠しを始めたようだ。おそらく、子狐が真っ向から「信じる」と言ったからだ。言葉を弄し、身を窶して人を襲う山姥を、これまで誰が信じただろう。

山姥はやがて目を落とし、己の掌をつくづくと見た。

「じゃが、不思議よのう。この掌の中に、餅があったような気がするんじゃ。握りしめていたあの温もりを、手が憶えている」

子狐は目瞬きを幾度かして、小さく啼いた。山姥の肩に肩を寄せ、頬ずりをしている。

「これ、暑苦しい奴。よせ、よさぬか」

山姥は頬を歪めながらも声を弾ませている。子狐は山姥の魂を慰めているのだ。それが当人にもわかるのだろう。

わしも胸の中で呟いた。

よくぞ生きてきた、山姥。

朝、目を覚ますと山姥は姿を消していた。草原に、白茶色の布だけが残っている。

「草どん、婆ちゃんが」

子狐は形相を変えており、草原を捜し回っている。

「塒に帰ったのだろう」

そう言いながら、もしかしたら本当に消えたのかもしれぬと考えた。枯れた蔦の葉がぽろぽろと塵になるように、あの魂も風に散ったのだ。

散華した。

子狐はまだ諦めがつかぬふうで、草原をぐるぐると回っている。

つくづく、こやつは若いのだと思った。齢を重ねるにつれ、いろんな事どもと折り合いをつけるようになる。それが分別であり、大人になるということだ。だが子狐の諦めの悪さが、今は無性に好もしい。

「婆ちゃん、仕方ねぇなあ。忘れたまんまだ」

「薄汚れた布ぞ。捨ておけ」

「違うよ。おらのおっ母さんに、お返しをもらいたがってたじゃねぇか。あれほどしつこかったのに、けろりと忘れちまって。それに、おらたちへのさようならも。いけねえよな、そういうの。おらだって、助けてもらったお礼を告げてねぇまんまだ。困るよ。黙って消えたくせに、子狐は恩知らずだって言い触らすに決まってる」

思わず、苦笑いを零した。

子狐の言いようは、山姥は今もどこかで、我がもの顔でのさばっているに違いないと思わせてくれる。

欲深で文句屋の、無駄に口数の多い、あの婆さんは。

子狐は首を傾げながら、大樫の洞の中を覗いている。その尾っぽがまた伸びていることに、わしは気がついた。しかも朝陽のせいだろうか、背中の毛も菜種のような黄色が抜け、白く光っている。

後ろ姿に向かって、声をかけた。

「そなた、名は」

振り向いた子狐は根許に戻ってきて、訝しげに問い返してくる。

「おらの名」

「ん」

「草どん、今さら妙なこと訊かねぇで。おらは子狐だろう」

「母がそなたを呼ぶ名だ」

「おっ母さんも子狐と呼ぶ。それから、わらわの可愛い坊や、とか。あれは厭だね。恥ずかしいや」

「じゃが、いつまでも子狐ではあるまい」

物語の中の子狐は、永遠に幼いままだ。小知恵を働かせて悪戯をしては、しっぺ返しや仕置を受ける。人間や狸や猿に、してやられる。

親や祖父母は夜、膝に抱えた子どもにそんな噺を語り聞かせて寝かしつける。知恵者に育てと、笑い話に託して。でなければ痛い目に遭うぞと。あるいは、胸の躍る冒険譚によって、勇気の何たるかを教える。人の心の狡さや恐ろしさを注意深く伝えながら、励ますのだ。

生まれたこの世を生きて生きて、生き尽くせと。

「そなたも、そろそろ塒に帰れ」

子狐は素直に「うん」と言い、けれど動かない。

「草どんは」

「わしが如何(いかが)した」

「草どんも、一緒に行こう」

成長したと思ったら、これだ。あどけない稚気(ちき)がひょこりと顔を出す。

「今さら、妙なことを申すな。わしは、ここを一歩たりとも動けぬ草ぞ」

永遠に。

するると、子狐が真顔になった。

わしは笑みを引っ込めた。子狐の目の色が違って見える。

「そうかな」

「今、何と申した」

「本当に動けないのかな」

用心しつつ、子狐を見下ろした。

「わしが望みさえすれば動ける、とでも」

「そうだよ、草どん。もう充分だ。いつまでもこんな奥山に縛りつけられていることはない」

「縛りつけられておるのではない。わしはここに根を生やしておるゆえ」

言い終わらぬうちに、わしは目を見開いた。

子狐の背後に、大きな狐が現れている。総身の毛が白銀に輝いて靡く。

九尾の狐だ。

九つの尾がゆるりと開いた。優美な大扇のごとくだ。尾の先だけが美しい銅色で、顔と胸許はひときわ清らかな白である。

そのかたわらに子狐がいる。首を立て、真っ直ぐにわしを見つめている。

九尾の狐が口を開いた。

「我が子が世話になりました」

姿に違わぬ朗々たる声だ。

九尾の狐は、数多の狐の中でも別格である。わしが知りうる千古より、霊力に抽んでた神獣として語り継がれてきた。美しい乙女に姿を変えて時の王の寵姫となり、栄耀栄華をもたらす瑞獣だ。と共に、王を惑わせ溺れさせ、やがて国を滅ぼさせる妖獣でもある。

その呼び名はさまざまだが、人口に最も膾炙しているのは、都の上皇に仕えていた折の名だ。

「玉藻前、おぬしであったか」

山姥の口ぶりから子狐の母が只者でないとは察していたが、まさか玉藻前であるとは想像だにしなかった。

驚きを隠せぬわしに、玉藻前は涼やかなまなざしをよこす。

「その名を呼ばれるのは、久方ぶりにござりまする。わらわのことなど、もはや誰も語りませぬゆえ」

そうかと、わしは母子を順繰りに睨み据えた。

子狐が理由もなく、わしなんぞに懐くはずがなかったのだ。追い払うても邪険にあしろうても、まとわりつきおって。なるほど、玉藻前の手先であったのかと読んでしまえば、すべての得心がいく。

思わず、偏屈な笑い声が洩れた。

「わしの許に子を遣わすなど、料簡が知れぬの。国はおろか一反の領地も持たぬ、ただの草ぞ。わしに近づいて何の益がある。何が目当てだ」

「見くびらないでいただきとうござりまするな。子を遣うて誑かさねばならぬほど、わらわは落ちぶれておりませぬ。まして自ら仰せになった通り、奪うべき栄華の一片たりともあなたはお持ちではない」

玉藻前は顔色も変えず言い放った。

「では、何だ」

「わらわは何の指図もしておらぬし、我が子にも何の企てもござりませなんだ。気がつけばあの大樫の洞を抜け、この草原に辿り着いていたと申しまする。次はあなたの語りに惹かれて、自ら訪れた」

「しかし、何度目かの来訪は自らの意思ではなかろう。怪我をして気を失うておったのだ。こやつを助け、ここに運んできたのは山姥ぞ」

「それは、山姥から聞いておりまする」

「聞いたとな。いつだ」

「昨夜。あなたとこの子が眠りにつくのを見定めてから、わらわは山姥の前に姿を現しました」

　思い当たって、「そうか」と唸った。

「山姥が散華したのは、おぬしの術によってか」

　子狐もはっとしたように、母を見上げた。目許を引き締め、次の言葉を待っている。

「この子を助けた礼を、山姥に望まれました。ゆえに、かなえてさし上げた」

　辻褄が合って、わしは大きく息を吐く。子狐は「婆ちゃん」と一言、洩らし、前肢を揃え直した。玉藻前はしばらく黙していたが、わしに向かって頭を下げた。

「あなたにも御礼を申しまする」

「わしは何もしておらぬ」

「この子の尾が伸びました。おかげで、我ら一族の頭領として生きてゆけまする」

「頭領」と、呟きが洩れた。

「子狐のうち、ごくまれに尾っぽが欠けて生まれてくる者がおるのです。この子は生まれ落ちたその日から尾のちぎれた狐として見下げられ、蔑まれて生きてまいりました」

白銀の毛を靡かせた玉藻前は、いちだんと声を低くした。

「けれど、わらわは何の手助けをするわけにもいきませぬ」

「何ゆえ」

「禁じられておるからにござりまする。欠落して生まれてきた者が自ら尾を伸ばせば、その者こそが一族を統べる頭領。わらわの父も、さようであったと聞いておりました」

そういえば、思い当たる節があった。

選ばれし者には、何らかの刻印があるのだ。小太郎のように躰に痕やあざがあるか、もしくはこの子狐のように、あるべきものが欠けている。

「助けてやれぬ理由は、もう一つありまする」

わしは黙って、先を促した。

「何をなせば尾が伸びるのか、誰にもわからぬのでござります」

「わからぬのか」

「正しい解がありませぬ。それぞれ、異なる何かを契機にして尾を伸ばすのです。むろん、生涯、伸ばせぬ者もおります。それは当人にも周囲にもわからぬこと。ゆえに心をねじ曲げて自棄を起こす者も多うござります。手助けをしてくれず、庇うてもくれぬ親を恨みながら、群れを離れる。尾の短い子狐は、際立って短命です」

「賭けだの」

「さよう。ゆえに、わらわも耐えてきました。もうよい、頭領になどなれずともよいと、幾度言うてやりたかったことか。我が胸に抱きしめて、総身を舐めてやりたかった。ですが、わらわはやはり塒に入れず、追い返しました。この子は淋しさと口惜しさを抱えながら森をうろつき、そしてここへ迷い出た」

そうか、そんな宿命を抱えてここに通うてきておったかと、子狐を見下ろした。

あの、眠る前に母が甘い団子を与えてくれるだの、寝つくまで物語を語ってくれるだのと言い張ったのは真であったかどうか、怪しいものだ。他の者がそうしてもらっているのを垣間見て、己もそんな夜を持っていると嘘を吐いたのかもしれぬ。子どもの嘘は、ささやかな憧憬だ。

「あなたと出会い、共に過ごしたことで、子狐の尾は伸びたのでござりまする」

「わしは何もしておらぬ」

すると子狐が口を開いた。

「いいえ、草どん。あなたはおらに語ってくれた」

やけに堂々と、わしに向き合っている。わしは鼻を鳴らしてやった。

「もう二度と、あい、あいを聞かずに済む。清々(せいせい)するわ」

こやつも今日、わしの前から姿を消すのだろう。皆、いなくなる。

ふと、身の回りの色が薄くなったような気がした。空と雲、遠くの山々も何もかも、薄ぼんやりと霞(かす)んでいる。

わしとしたことが、とんだ腑抜(ふぬ)けになったものよ。また平穏な日々を取り戻せるではないか。退屈で、孤独な午睡を貪れる。

「草どん、一緒に行こう」

子狐がまた妙なことを言った。さっきも、おかしな言葉を口にしたのだ。

もう充分だ。いつまでもこんな奥山に縛りつけられていることはない。

「さても小生意気な子狐よ、わしを嬲(なぶ)っておるのか。この身がいかほど根を張ってしもうておることとか、先刻承知であろう」

だが子狐は、「いいえ」と首を振る。

「あなたは動けるはず。この間、おっ母さんからあなたの本当の名を聞いた。だから、おらにはわかる」

ふいに思い当たった。小太郎の物語を終えた後、子狐がしばし姿を消していた時があったのだ。塒に帰ったのかと思うていたら、いつのまにかまた戻っていた。

胸の裡が、いきなり波立った。

「本当の名だと。玉藻前、おぬし、わしの何を知っておる」

睨み据えた。しかし玉藻前は九尾を動かしてから、わしに向かって悠然と辞儀をする。

「あなたは、福耳彦命（ふくみみひこのみこと）にあられる」

絶句した。

誰のことだ。何を言っている。

「我らが知るのは、その名のみにござりまする。しかしあなたは、数多（あまた）の物語を子狐に語って下さったではありませぬか。さあ、取り戻されるがよい。あなた自身の物語を。さすれば、あなたはここから解き放たれる」

耳たぶのごとき葉先が一斉に動き始めた。風も吹かぬのに葉が揺れに揺れ、辺りに鈴の音を降らせる。

自身の物語を取り戻せば、わしは動ける。一株の草ではなくなるということか。

だが、いったいどうやって取り戻す。

根許から、不安な震えが次々と這（は）い上がってくる。

「手がかりは、あなたの名だよ。福耳彦命だったんだ、草どんは」

子狐の声が、頭の中で渦を巻く。

「福耳彦命」

己に言い聞かせながら、喘ぎに喘いだ。息が苦しくてたまらない。

遙か昔、そう呼ばれていた気がする。しかし、初めて耳にしたようなよそよそしさも拭えぬ。

束の間、雲上の世界が目の中に泛んだ。眩しいほどの青と白、金色の筋も光る。しかし、一度失った記憶は残酷だ。手を伸ばそうとすればたちまち姿を隠し、色の断片すら残さない。

「駄目だ。思い出せぬ」

呻吟を繰り返すうち己の葉が動きを止め、鈴の音も静まっていることに気がついた。

目を開くと、ころころと小さな音がする。緑の草原の上を、白く小さな物が転がっている。あの大樫の、暗い洞からだ。団子が転がって、わしの根許を行き過ぎる。と、それを追いかけるようにして婆さんと爺さんがやってきた。

「なえして、そうも転がる」

後ろから現れたのは、赤鬼に青鬼、白鬼だ。賽子を手の中でじゃらじゃらと鳴らすので、地蔵が迷惑げな顔をしている。

澄んだ唄声も聞こえる。あの、働き者の若嫁だ。髪には簪のごとく田螺が留められていて、胸を張っている。

その前を、袈裟をつけた猫が経を上げながら横切る。大勢の猫檀家と和尚を引き連れて。興味津々で辺りを見開する乙姫に付き添っているのは、忠義の家来の亀だ。活き肝を取られそうになった猿の姿も見え、誰彼なしに話しかけている。

「肝は時々、洗濯して干すに限る。そしたら、寿命が延びるけん」

奥山の草原が、かつてないほど騒然としている。どこかで、「こきゃ、このよぅ」と鶏の鳴き真似が聞こえる。

いったい、何がどうなっておる。

大樫の洞から、次々と現れるのだ。浦島の太郎に桃太郎、金太郎、三年寝太郎もいる。欲深爺さんはこぶが重いとばかりに俯き、花咲か爺さんは満面の笑みで灰を撒く。舌を切られた雀は、雪女の肩で休らいでいる。

玉藻前が、その先頭に進み出た。

「皆、あなたの語りによって、ようやく生き長らえた者らにござりまする。福耳彦命」

ゆっくりと目瞬きをした。皆がわしを見つめている。

「今度は、あなたが自身の物語を取り戻す。そのために我らは小太郎を、言い伝えのあの子をここへ遣わしたのです。あなたに働きかけ、長い微睡から目覚めさせるために」

やがて貧乏神と笠地蔵らが現れたかと思うと、あの顔が見えた。

犀龍の子、小太郎だ。子狐の姿を見つけた小太郎は、小さく頭を下げている。子狐もうなずき返す。

　そして子狐は皆に向かって、「静まれい」と一声を投じた。草原じゅうの者がたちまち口をつぐみ、居ずまいを正す。

　子狐が言った。

「草どん。おらに物語ってくれたように、自身のことを思い泛べて。さすれば、あなたはここから動ける」

「待て。急かすな。これまで気の遠くなるほどの時を懸けても、思い出せなんだものを」

「けれど、もう時がない」

　そう告げたのは、小太郎だ。

「ここもはや、危ないのです」

「危ない……」

　途端に、根許がぐらついているかのような心地になった。しかと抱えていたはずの土が、もろもろと崩れていくような揺れ方だ。動揺をこらえて、わしは問いを発した。

「小太郎よ。ここも危ないとは、いかなる意味だ」

　すると小太郎は重苦しげに眉根を寄せた。

「あの洞の向こうに、おらたちの居場所はもうねぇんです」

「何だと」

子狐が「草どん」と、さらに前に進む。

「おらたちの話を、もう誰も聴きたがらない、忘れられてゆくばかりなんだ。物語の舞台ももう、身近じゃない。昔ながらの山や川、湖も姿を消して、柴を刈りに入る里山も少なくなった。長いこと人の暮らしのそばで生きてきた狐や狸、兎や猿も」

子狐の言葉を聞きながら、泥船を背負った狸と兎が溜息を吐いた。亀と猿、蟹と臼も、何とも陰鬱な面持ちだ。

「あんたたちはまだ、ましでがんす」

田螺がつぶりと飛び上がった。若嫁の簪の上に下り立つ。

「田螺などもはや見たことがない、知らぬと言う者もおりますぞ。昔むかしの、そのまた昔から、辛い田仕事の合間でも面白おかしゅう語り継いできてくれたのに。こんな、取るに足りぬ小さな粒にも魂はあると」

小太郎を育てた母が「無理もねえだに」と、白髪頭を横に振った。

「今どき、薪割りや草鞋編みなんぞと言うても通じねえもの。年寄りも結局、子らの喜ぶ新しいもんを与えて機嫌を取る。若い者らに合わせるので、精一杯だ」

「それでも、小太郎さんや桃太郎さんら勇者の話は生き延びている方でございますよ。私や山姥、雪女などは疎まれる一方にござります」

遠慮がちに口を開いたのは、山姥に身の皮を剝がれて木に吊るされた瓜子姫だ。

「怖さや酷さを幼子に聞かせては耳の毒、子育ての妨げになりますそうな。隅に追いやっても、生きていればいずれ必ず向き合わねばならぬことでありましょうに」

鬼らが昂奮した口ぶりで、拳を突き上げる。

「そうやって隠すゆえ、痛みを想像できなくなるのだ。今の子らの遊びを見よ。敵をただ殺して殺して、いびつな残酷さを弄んでおるだけではないか」

皆、口々に「そうとも」と、追随した。

「聴きたがるのは、己に都合のよい話ばかり」

愚痴と非難が渦巻く。悪寒がして、また息が苦しくなってくる。遠い昔、同じような胸苦しさを味わったことがある。わしの中に、そんな記憶が潜んでいるような気がする。

皆を率いる玉藻前が、「福耳彦命よ」とわしを呼ぶ。

「今の者は我らを信じない。どうせ作り話だ、本当の話ではない、と」

誰にも信じられず、求められず。

また記憶の断片が浮かび上がる。

わしの手の中で、何かが萎んだ瞬間があった。ふわりと滑らかであった、無垢なものが。

「我らはもはや、役目を終えたのでござりまする。ゆえに我らも見切りをつけることにいたしました。このまま消えてしまうくらいなら、我らだけの世界で生きる」

「我らだけの世界」

「人とかかわらずとも、我らをこのまま残して守ってくれる世界がありまする。皆でそこに入ってしまおうと、決めましてござりまする。物語だけの、安穏な世界に」

「さようか……」

途切れ途切れに、しかし平静を装って返した。

「止め立てはせぬ。一株の草には、どうにもできぬことだ」

「まだ、わかりませぬのか。あなたに何かをしてもらいとうて、ここに参集したのではない。我らは、あなたを迎えにきたのでござりますよ。あなたがいたからこそ、我らは生きてきた」

「草どん。早う、自らの物語を取り戻して」

皆の声が重なって、「早う」「早う」と谺する。

「ここも、そのうち洞の向こうの世界のようになりましょう。夜がない、闇がない、不思議もない世界になってしまう」

ふと、皆の躰が影のように薄くなっていることに気がついた。

いかん。愚図愚図と留まっておれば、皆、ここで消えてしまう。

大きく息を吸い、そして大音声を発した。

「皆、もう行け」

「草どん、厭だ。一緒に」

子狐が根許に縋りついてきた。

「気づかぬか。ここの崩れは、そなたらが思うておるよりも進んでおる」

わしが顎をしゃくると、子狐は目を剝いて草原を振り返った。鬼どもの毛むくじゃらの脚や天人女房の衣、笠地蔵の半身までもが薄らぎ、ところどころで草の色が透き通っている。

「山姥が散華いたしたのと、わけが違うぞ。ここで皆を消えさせてしもうては、永遠に取り返しがつかぬことになる」

子狐はたちまち面を引き締め、小太郎に何かを告げた。小太郎はうなずき、二人で玉藻前に立つ。

「先に……」

そう聞こえた。玉藻前は皆を見渡し、意を決したように九尾を立てた。

「今から出立いたす」

声が響き渡った。

しかし皆は顔を見合わせ、「不承知」を口にする者がいる。

「福耳彦命はまだ草のままではありませんか」

「せっかく迎えに参ったのに、置き去りにするのですか」

そして袈裟をつけた猫と和尚が、同時に言った。

「わしらだけでも、おそばに残らせていただく」

しかし和尚の墨染の衣も、猫の袈裟の先も消えかかっている。

ようやく、玉藻前らの考えが呑み込めた。

わしが一株の草のままでは、ここから救い出せぬ。ゆえに自らを思い出させようとしたのだろう。言い伝えの小太郎をここによこして、わしの記憶に働きかけようとした。

山姥が散華し、子狐の尾が伸びたように、わしにも何かを起こそうとしたのだ。

目を閉じる。己の動悸が聞こえるだけだ。頭を振って目を開く。

「案ずるな。わしの根は深うて広いゆえ、これほどの崩れにもまだ耐えられる。すぐに追いかけて、追い越してやる」

笑いまじりに言ってやった。

玉藻前はしばし黙し、そして首肯した。

「承知」

子狐と小太郎に何かを渡している。山姥の置き土産の布だ。さらに白くなっている。もはや無垢に近いほどの白だ。子狐は布の端を口に咥え、もう片方の端を小太郎が持って逆の方角に走った。布は力強くしなり、草原の端から端へと伸びてゆく。

やがて、一本の長い細紐になった。

「皆、しっかりと摑まれ」

小太郎が声を上げて伝える。

背後にいるお花が小太郎の育ての母の背中に手をやり、そしてもう一人の手を引いて紐を握らせた。犀龍だ。わしが語った通りの、若く美しい女人だ。そのかたわらには、髭の杣人もいる。杣人は犀龍の手に己の手を重ね、しっかりと紐を握った。

皆の足が一寸、二寸と、宙に浮く。純白の紐は物語の者らをつなぎ、草原から浮かび始めた。

玉藻前が天に向かい、九尾を広げた。

「春夏秋冬、よろずの風の神たちよ。どうかこの草原に舞い下りて、我らを運びたまえ」

大きな扇になった九尾が、左右に揺れる。ややあって、四陣の風が入ってきた。暖かさと冷たさ、匂いも異なる四色の風が互いに絡み合い、そして一本となってわしの前に立った。

――ここに残るのか。福耳彦命よ。

「知っておったのか。わしの名を」

――さあ。

「いつから」

――昔からかもしれぬし、ついさっき耳にしたような気もする。

「とぼけおって」

——他者は手出しができぬ。おぬしの物語ゆえ。

「早う運んでやってくれ。時がない」

四色の風はたちまち力を増し、わしの目の高さにまで皆を持ち上げた。白く光る紐が、雲の向こうへと伸びてゆく。

眼下にようやく目を戻すと、誰かがまだ残っている。

「馬鹿者、何をしておる」

「おら、一緒に残る」

「お前なんぞが残っても、どうにもならぬわ。早う行け」

「あなたを置き去りにはできない」

にわかに轟音がして、躰が斜めになった。根許の一部がまた崩れを起こしたようだ。

「注文のうるさい、小さき者よ。わしの面倒を見る暇があれば、皆を率いぬか。おぬしは一族の頭領になる身ぞ。己の情で動くな」

わしは総身の葉を持ち上げ、渾身の力を籠めて振り下ろした。大刀のごとき、幾千もの葉を。その途端、子狐はひらりと飛び上がって切っ先を躱した。

そういえば以前にもこんなことがあったなと、頭の隅で考えた。しかし今は拍子が違う。子狐は立派な尾を立てており、躰は宙に浮いている。小太郎だ。龍に姿を変えた小太郎が引き返してきて、飛び上がった子狐の躰を抱えていた。

「草どん、おら、思わず身を躱しちまった。ここに残るつもりだったのに」

口惜しげに叫んでよこした。

わしは「ん」とうなずき、顎をしゃくった。

「行け」

中空(ちゅうくう)で、紐にぶら下がった者らが揺れている。小太郎と子狐の姿はみるみるうちに皆に追いつき、そして何もかもが芥子粒(けしつぶ)ほどになって遠のいた。

「草どん」

最後にもう一度、微(かす)かに聞こえた。その呼び名は気に入らぬと言うたであろうと、わしは舌を打つ。

そういえば、物語だけの世界とやらはどこにあるのか、訊(き)いておくのを忘れたの。

まあ、よい。どこでもよい。皆が生き延びさえすれば。

また土の崩れる音がした。根が次々とちぎれるのをこらえようもなく、土も石も他の草の根もわしから離れてゆく。

目前の世界が斜めにゆっくりと倒れて、耳たぶのごとき葉先が鳴り響いた。

# 神々の庭

すべてが雲のかなたに吸い込まれたその果てに、神々のおわす天界がある。

地上と同じく森や川、野山に田畑まで広がっていて、といっても神々は自前の風景を地上に写したので、季節の巡りや木々の枝ぶりに至るまで鏡のように似ているのも当然のことだ。

天界の中心には瑞垣(みずがき)に囲まれた平屋(ひらや)の御殿が幾棟も並んでおり、神々はそこで日を過ごすのをもっぱらとしている。

御殿には大勢の近習(きんじゅ)や下僕(げぼく)、楽師(がくし)が住み込みで仕えているが、瑞垣の外の草原や葦原(あしはら)には数多(あまた)の小屋が点在しており、そこから通いで働く者らもいる。天馬(てんま)の世話をする馬丁(ばてい)や御殿の手入れをする大工、庭師らで、若者もそういった者らのひとりだ。

ただ、彼が与えられている役儀(やくぎ)は他の者とは異なっていて、毎日、御殿に出向く奉公ではない。ゆえに、平素の暮らしはなかなかのんびりとしたものだ。

朝、目を覚ますと寝台で大きな伸びをして、寝が足りなければ二度寝をすることもある。

宵っ張りのうえ夜の外出もあるので、彼が起きる頃には大工や庭師は一仕事を終えて一服つけているほどだ。

それでも、彼はゆっくりと動く。小屋の裏を流れる小川で顔を洗ってから、遅い朝餉を支度する。

献立はいつも決まっていて、まず木の実餅を三枚、壺から取り出して皿に並べる。

木の実餅は森で拾った団栗のあくを抜き、それを粉に挽いてよく練る。その生地をしばらく寝かせてから平たくのばして、香ばしく焼き上げたものだ。十日ごとに三十枚を一度に焼くので、生地に胡桃の実を混ぜ込んだり、干し葡萄や香草を入れることもある。でも結局、生地だけの素朴な味が彼の気に入りだ。

これに、気が向けば豆や野草のソップ、黒豆茶に山羊の乳を混ぜてさっと煮た飲み物を用意すれば、朝の食卓が調う。

若者は椅子に坐り、朝餉を味わい始めた。今日は鍋を出すのが面倒だったので、ソップは省いた。無理をしないのが彼の信条である。その代わり、山羊の乳入りの黒豆茶に木の実餅の半分を浸しながら食べる。口の中で甘みが柔らかく溶け、思わず「うぅん」と目を細める。

家は他の多くと同様、方形の小屋で、一間きりだ。戸口を入って正面には寝台と古箪笥、戸口の右手には小さな炉が組んである。そこで煮たり焼いたりをする。食卓は南の窓際にくっつけてあり、椅子は二脚だ。彼は炉を背にした方の椅子を使っていて、いつも窓越しに外を眺めながら食べる。

今日も窓の外に目をやりながら頬を動かしていると、陽射しの色が明るくなっていることに気がついた。

そろそろ野苺の季節だ。甘煮を作り置きしよう。

そんなことを心組むと、ひとりでに笑みが泛ぶ。彼は旨いものが好きだ。だから自身で料理をする。食事を済ませると手早く器を洗い、拭き、盥にふせる。それから身支度にかかる。といっても、身形には構わない。

己の耳たぶを入念に揉むのである。両の耳は掌が小さく見えるほどに肉づきがよく、他の者らの倍はある。ことに耳たぶはたっぷりとしており、しかも毎朝、こうして揉むので、搗きたての餅のような柔らかさだ。

髪はさっと手で撫でつけて終わりだ。首に玉飾りをかけず、腰に刀剣も佩かない。そういう身分ではないし、宝剣の類は持ってもいないからだ。それはそれで気楽だと、若者は思っている。御殿で仕える楽師らとすれ違ったことがあるが、花簪や珠櫛をたくさん挿して頭が重そうだった。五色の衣裳に負けぬように化粧も施さねばならぬのだから、脂粉にまみれて気の毒なことだ。

そんなことをつらつらと思ったり流したりしながら、古簞笥の上に置いてある純白の麻袋を手にした。まだ空であるので軽いのだが、ともかく肩に担ぐ。それが長年守っている外出の格好だから、変えたりしない。

さて、今日はどこの雲海に坐ろうか。

小屋の点在する葦原を抜けると、やがて松林が広がる雲海に出る。白い波が光の飛沫を上げ、松籟が聞こえる。

しばらく歩き回って、ようやく頃合いの良い場を見つけた。

今日はあの辺りにするとしよう。

鼻から息を吐き、雲の切れ目に腰を下ろした。

「どっこらせ」

少々、年寄り臭い言いようだが、これも長年の口癖なので変えるつもりはない。さあ、これから始めるぞという、己への合図にもなっている。麻袋を臀の右側に置き、膝から下は雲からはみ出させる。時々、風に押されて足がぶらぶらと揺れる。けれど落ちる心配はしたことがない。

雲上から足が出ていても、落ちない。そう決まっているからだ。

この天界では、すべての秩序が保たれている。この世に朝と昼と夜があり、月と星々が巡るのも潮が満ちたり干いたりするのも、厳かな秩序があってこそだ。

ゆえに、神々がいちど決めて始まったことは、予告なしでは変わらないのである。

「さあて、今日はどんな種が採れるかな」

いつものように両腕を大きく広げて息を整え、それから半身を前に倒す。頭を斜めに傾げ、耳の後ろに掌を立てた。耳を澄ませ、下界で語られる声を聴き取る。

「昔、ある土地に……」

若者は、天界でただひとりの御伽衆である。民草の間で語られる物語を集め、神々のお召しに応じてそれを披露するのが務めだ。

名を、福耳彦命という。

「昔、ある土地に一人の若者があった。細々と山仕事をして暮らしていた」

口の中で「ふん、それで」と小さく合いの手を入れて先を待つ。

冒頭が似ている物語は山とあるので、それが採取済みの話かどうか、最後まで聴かないことには判別できない。それに、よく似た話でも結末がまるで異なっていたり、より豊かに膨らんでいるかと思えば、あまりにも長く語り継がれたことで研ぎ澄まされ、話の芯だけになっているものもある。

無駄を削ぎ落とした話はたいていが教訓めいていて、福耳彦命はあまり採らないことにしている。神々にあまり受けが良くないからだ。それは気配だけでなく、御殿の大扉の向こうから不満げな声がブブ、ブブブと洩れ聞こえてくる。こちらは庭の白砂の上に坐って語っているのだけれど、「ブブ」は本当に恐ろしくて、すくみ上がる。なので、福耳彦命はこれぞと思ったものだけを選りすぐり、そのつど純白の麻袋に入れて、きゅっと口を縛る。そうすると、話は逃げない。

　地上から上がってくる声の主はたいていが年寄りなので、時折、声が掠れたり、咳が混じることもある。話の最中に子どもがぐずったり、「しっこ」と言い出して、そういう時は若い親の声が入るが、福耳彦命は誰の声もちゃんと聴き分けられる。

　むろん子どもが寝静まったら、話はそこで終いだ。けれど辛抱強く耳を傾けていれば、どこかの別の年寄りが昼間に続きを語っていたりする。

　あるいは村の婚礼の宴や祭の席で、大人相手に語られる物語もある。滑稽話に法螺話、ぞっとする怪話に悲話、昔から語り継がれてきた定番もあれば、つい先だって隣村で起きた話がさっそく人の口の端に上っていることもある。

　大人だけの場では語り手も至って達者で、声も若い。それだけを生業にして諸国を旅する者がいて、長者に招かれて屋敷に逗留し、宴を賑わせるのだ。ついでに在所の古老から話を聴き取れば、それは次の土地で語ることができる。ゆえに同じ種から派生したと思われる話が、諸国に散らばっている。

　気がそれていることに気がついて、福耳彦命は慌てて耳を澄まし直した。

「ちょうど春から夏へと季節が移る時分で、陽射しが強かった。咽喉が渇いて仕方がなく、しかし竹筒の中はもう空だ。仕事を早仕舞いし、左右に鬱蒼と伸ばした枝を払いながらどれくらい歩いただろう。突然、前が開けた」

おそらくここで、誰かが現れる。ほとんどは若く美しい娘だけれど、思い込みは禁物とばかりに耳を傾けた。

「そこは小さな湖で、幾人もの娘らが水浴びをしていた。互いの裸に水をかけたり長い髪を梳（くしけず）ったりして、笑いさざめいている。あまりの美しさに、若者はただ見惚（みほ）れた」

やはりなと思ったその時、語る声が途絶え、先が続かなくなった。困惑して首を捻（ひね）り、口を尖（とが）らせる。子どもがぐずったのであればその声が聴こえるはずなのに、そんな様子ではない。まるで霧の幕が下りるように、ふいに声が遠ざかってしまったのだ。

近頃、時々、こんなことが起きる。

坐り直して耳たぶを揉み返し、雲の切れ目に頭を突っ込むようにして再び聴いてみた。

「目の端に何かが引っ掛かっている。手を伸ばして取ってみると、それもまたこの世の物とは思えぬ薄衣（うすぎぬ）だった。若者は気がつけばそれを懐に入れていた」

良かった、聴こえる。

福耳彦命は胸を撫で下ろして、耳を澄ます。

「娘は蒼褪（あおざ）め、自分の飛衣（とびぎぬ）がないと狼狽（うろた）えた」

——だが他の娘の一人が、ふわりと衣を翻した。

すると木の枝の上にまで身が浮かぶ。やがて他の者も次々と舞い上がった。皆、上へ上へと舞い上がる。

飛衣を失くした娘はとうとう、下界に取り残された。

福耳彦命は大きく膨らんだ麻袋を肩に担いで、雲海から引き上げた。

途中、幾度か声が途切れたけれど、今日はなかなかの採れ具合だ。上機嫌で野原に寄り道し、野苺はまだ熟していないので諦め、蓬草(よもぎぐさ)を摘んで小屋に戻った。

麻袋を古箪笥の上に置き、窓を開け、さっそく昼餉の支度に取りかかる。昨夜作った豆の香草煮込みを炉にかけて温め、蓬草はさっと油で揚げることにした。油を使う方があくが綺麗に抜けるので、その方が早くおいしく食べられる。麦餅は薄く切って平皿に並べ、注ぎ口と把手(とって)の付いた壺にお茶をたっぷりと淹(い)れて食卓についた。

「いただきます」

口を動かしている間も、つい鼻歌が混じる。

「やあ、今日も上機嫌じゃの」

窓からにょっと顔を入れているのは、隣の爺さんだ。庭師の親方で、本人に言わせればなかなかの腕であるらしい。

「一緒にどうだい」

「いや、飯はもう済んだ」

爺さんはそう言いながら家に入ってきて、ひょいと蓬を口の中に放り込んだ。

「ええ按配に揚がっとるな。さくさくじゃ」

向かいの椅子を引いて腰を下ろし、勝手に茶碗を出して壺から注ぎ、ついでに麦餅の薄切りも咥えている。

「これも自分で焼いたのか」

「むろん」

「手まめじゃのう。うちの婆さんときたら、昼餉なんぞわざわざ作るものと思っとらん。いつだって、昨日の残り物じゃ」

「うちだって、あり合わせだ。耳を使うと、滅法、腹が空くゆえ、手早く用意できる献立ばかりでね。それに今日はいい話を採取できたから、しっかり腹を埋めておかないと」

麻袋に入れて持って帰った物語の種は、その日のうちに取り出して聴き直すことにしている。次の日、また次の日も聴いて憶え、躰の中で養うのだ。下界で田畑を耕す者らが種を大切にするように、福耳彦命も袋の中のものを大事に扱う。繰り返し声に出して語り、声の抑揚も工夫するのだ。これもまた、腹が減る仕事だ。

爺さんは懐から煙管を取り出し、炉に残っている火種で火をつけた。

「そういえば、そろそろ、お召しがありそうじゃぞ」

「御殿で聞いたのか」

「いや、庭の手入れをしている時に、侍従(じじゅう)らが話しているのを小耳に挟んだ」

「そうか」

すると爺さんは、まじまじと福耳彦命の顔を見返した。

「お前さんは若いのに、度胸があるのう。わしなんぞ天帝(てんてい)の前に出ると想像しただけで、小便をちびりそうになる」

「これが御役(おやく)だから」

爺さんは煙をくゆらし、ずずっと音を立てて茶を啜る。そのまま、福耳彦命は言葉を継いだ。

「だいいち、神々の面前じゃない。庭に坐って語るだけだから、やってることは親方と大して変わらないよ」

福耳彦命はむろんのこと、葦原に住む者は神々の顔も姿も直に見たことがない。

お召しを受けるといっても、御殿の前庭の白砂の上に坐って語るのである。正面には七段の階(きざはし)、その上に広縁(ひろえん)が巡り、大きな両扉がある。扉の左右には瑞々(みずみず)しい榊(さかき)が立てられており、真っ白な紙垂(しで)が揺れている。

いつも、その景に向かって物語を披露する。

それでも気配は感じるのだ。その日の出来不出来によっては大扉の向こうから不満げな声がブウと上がるし、つっかえたりするとフンフン、フフンと先を促す合図が波のように押し寄せてくる。そうなれば焦ってなお言葉に詰まり、立ち往生する破目になる。ゆえに福耳彦命は、語りが仕上がっていないものは決して口にしないことにしている。

爺さんは茶を二杯お代わりしてから、午後の仕事に戻った。

福耳彦命も後片付けを済ませ、寝台に身を横たえた。昼餉の後は昼寝、この慣いもずっと守って変えていない。目を閉じて、近々、お召しがあることに思いを至らせた。

さて、此度はどの話を披露しようか。

神々は興が乗ると、「あともう一つ」「さらにもう一つ」と所望することがあるので、同じ種類の話が重ならないように組み合わせも考えておかねばならない。なにせ御伽衆は先達がいない役儀なので、己で工夫し、習練を重ねるしかないのだ。「衆」と付いているのだからいずれ仲間ができるだろうが、今のところ、いっこうに増える様子はない。

ふと、福耳彦命は思い出した。

そもそも、神々はなぜ御伽衆なる役儀を作ったのか。

昔、それを不思議に思い、訊ねたことがある。誰だったか、庭師の爺さんか、婆さんだったような気もするが、「上つ方のことはようわからんが」と前置きがあって、声を潜めたものだ。

「こんな話を耳にしたことがある」

爺さん、もしくは婆さんは、そんなふうに喋り始めた。話は行きつ戻りつしてわかりにくかったが、ともかく神々はある日、とんでもないことに気がついたらしかった。

近頃、目が薄く、耳もいささか遠くなりつつある。

「老いるはずのない身であるのに、これはいかなることか」

驚いた神々は、御殿の深奥におわす天帝の許に寄り集まった。

「安寧が長く続いておるので、迫りくる危機を察知する必要がない。ゆえに、目も耳も衰えたのではないかと思われる」

そう推量したのは、頭を剃り上げた医の神だ。

この世が始まってまもなくの天界は勢力争いや諍いが絶えなかったが、それはもはや遠い昔のこと。すべての秩序が保たれるようになって、随分と久しいのである。

瑞垣の内はいずこも常に清らかで、鏡は曇ることがなく剣は欠けることがなく、白はどこまでも白く、青はいつまでも青い。海の幸に山の幸、美酒美服を望めばいかようにでも召使が調えるが、今さら虚飾に溺れる神もいない。皆、思い思いのものを好きな時に口にし、女神も髪を高く結い上げる者がいれば垂髪、短く切り下げた者もいる。

御殿の前庭には白い真砂を敷き詰めてあり、庭師が丹精した木々が枝をのびやかに広げている。花畠には草花が咲き乱れ、天駈ける白馬は野で静かに草を食み、鳥たちが囀る。

朝と昼と夜は粛々と巡り、季節を招き続ける。汲めども尽きぬ泉のごとく。

「常世の泰平を願うて今の天界を築いたはずであるのに、それが因で我々自身が衰えるとは」

「いかがしたものか」

神々は嘆息しつつも、顔から微笑が去ることはない。久しく嘆いたことがないので、皆、苦渋の面持ちを忘れている。

幾日も費やして対策を話し合ううち、知恵の神が「我、見つけたり」と立ち上がった。

「刺激じゃ。我々には、刺激が足りぬ」

皆、愕然として顔を見合わせた。

何もかもが美しく揃った天界で、自分たちが唯一、持たざるものがあることに気がついたのである。

「なるほど、我々の日々には屈託や憂さ、苦しみ悲しみがない」

知恵の神は重々しく胸に手を置き、さらにこう言った。

「安逸な日々だけが続くのは、ゆっくりと衰退するに等しい」

神々はまた衝撃を受けた。

「このままでは、我々はいずれ呆けてしまうのではないか」

「さすれば、天界はどうなる。下界は」

すると勇ましい声が上がった。

「刺激が足りぬのなら、久々に干戈を交えようではないか」

戦の神が錆びた矛と盾を持ち出して、勇んだ。お産をつかさどる女神が「もってのほか」と異を立てる。

「我らが泰平を乱せば、下界の仲間に顔向けができませぬぞ」

地上にも八百万の神々が住み、山や海、川、木や土、火を守っている。

「いや、戦を模して競うだけのことぞ。天馬を駈って走るもよし、弓矢を射たり、玉投げ、玉蹴りでもよい。目や耳のみならず、手足も鍛えられる」

「なるほど、それは面白そうじゃ」

大きな目を剝いて興がったのは、風神と雷神だ。もともと一つ所に落ち着かず、東西南北を駈け巡っている。

「あなた方は身を動かすのがお好きでありましょうが、不得手な者もおりまする。競うなら、歌合せを開いてはいかが」

歌の神が穏和な口調で提案したが、今度は枕詞の一つも知らぬ神々がうんと言わない。歌が駄目なら花合せ、いや囲碁がよい、踊りがよいと、銘々が案を出すが決まらない。文武いずれにしても、神々は皆、負けず嫌いである。どうせ競うなら己が得手な分野に水を引きたいとばかりに、御殿の深奥は紛糾した。

天帝は皆の紛議にじっと黙して耳を傾けていたが、おもむろに口を開いた。

「競い心を用いるのは、秩序を乱す元である。その他の方法を模索いたそう」

その一言で場は鎮まったものの、話し合いは堂々巡りだ。

「刺激、ほどよい刺激」

皆、黒目をぐりぐりと動かして、あるいは天井を睨んで考える。

「まあ、下界に下りれば刺激はあろうがの。泣いたり笑ったり、入れ上げたり裏切ったり、民草はほんにめまぐるしく生きておる」

「ゆらゆらと、儚い命でありますからな」

地上で生きる人間の生涯は、神々の目瞬きほどに短い。

「もともと、青人草でありますゆえ」

人の生命は、海の底の柔らかな土の中から生まれた。葦の緑芽のように、ゆらゆらと生えて出たのである。その名残りで、天界では今も人を「民草」と呼ぶ。やがて青人草は地上に上がり、その頃は八百万の神々がごく身近におわしたので、その振舞いや姿を真似て生き始めた。

草は、「人」になったのだ。

「かというて、我らがしじゅう下界に降りるわけにもいくまい」

地上にはそれぞれの神を祀る社があって、祈りによる求めに応じて依代に降りるのが決まりだ。毎日、供物として捧げられる稲穂や塩、真鯛や季節の収穫物は、労せずとも御殿の食卓に上がってくる。

神々はしばらく各々の思考や想念を巡らせていたが、淋しげに微笑した。

「決まりを破るわけにはいかぬの」

すると珍しいことに、天帝の后が薄紅色の唇を開いた。

「ならば」

いつも眠っているような温顔で、滅多と口を開かない后だ。皆、固唾を呑んで先を待つ。

「新しい決まりを作ればよい」

そこで神々はひとりの若神を生み出し、民草の話を集める役儀に就かせたのだ。

彼はせっせと真面目に務めを果たし、神々は御殿に招いて語りに耳を傾けるのを楽しみにするようになった。屁ばかりをひねる嫁の話に腹を抱え、継子苛めを受けて苦労を重ねる娘に涙を絞り、藁しべ一本で長者になった若者に喝采を送った。

民草がこれほど面白い物語を持っているとはと、知恵の神と歌の神は手を取り合うようにして昂奮した。戦の神はやはり勇ましい話を好み、風神雷神は鬼の話に心を惹かれた。たまに「何ゆえ、こんな話を」と不平も出るが、やがて耳はもちろん目にまで効が出ていることが判明した。天界の景色が鮮やかに甦って、ああ、我らの世界はかほどに明るかったのかと、口々に感慨を洩らしたのだ。

「目の中に情景を思い泛べるゆえ、力を取り戻したのでありましょうな」と、医の神は診立てを告げた。

望んだ以上の成果を得て、天帝と后も満足しきりだ。

そう、彼は実によくやっている。

「また聴きとうございまする」

「ん」

天帝は侍従を呼び、命じた。

「福耳彦命を」


目を覚まして、夢を見ていたことに気がついた。窓に目をやると、もう夕暮れの光だ。しまった、昼寝を過ごした。頭を掻きながら、ひょっと肩をすくめる。夢の中で、己惚めいた台詞をつけ加えていたのだ。

——そう、彼は実によくやっている。

いい気なものだと、可笑しくなる。寝台から足を下ろすと、窓の外で人影が動く。ややあって戸を叩く音がした。

「福耳彦命、御殿よりお召しじゃ」

翌朝、福耳彦命は白砂の上に坐していた。御殿の前庭である。階の下に立つ侍従が顎を動かしたのを合図に、背筋を立てた。

「昔、ある土地に」

そこで一拍置く。するといつものように、両扉の向こうのさらにその奥で、神々が衣擦れの音を立てる。咽喉をウウンと鳴らしたり、しわぶきも響く。

耳のよい己だけが感じ取れる、この微かなざわめきが好きだ。これから繰り広げられる話に満足できるか、それとも大して感心しないか。期待と不安の入り混じった心地は、聴衆たる神々も同じだろうと思うからだ。

福耳彦命は静かな調子で、語りを始めた。

「一人の若者があったそうな。細々と山仕事をして、暮らしていたそうな」

決まり文句で締めて、語りを終えた。

作法通り平伏し、膝前に手をつかえて待つ。さらに「もう一つ」と所望されるか、それとも「今日はこれで下がってよし」となるかは、侍従の口を通して伝えられる。しかし待てど暮らせど、侍従の沓音が近づいてこない。耳を澄ませてみれば、御殿の中で何やら気配が動いている。

白砂を見つめながら不安になった。

お気に召さなかったのだろうか、私は何かしくじったのだろうか。

語ったばかりの話を反芻してみるが、思い当たる節はない。ようやっと沓音が聞こえて、名を呼ばれた。侍従が大扉の前に出てきている。

「ご苦労であった」

穏やかな口振りなので安堵し、手をつかえたまま次の言葉を待つ。

「皆々様、大変に懐かしいと仰せであった」

「懐かしい……で、ござりまするか」

ふだんは畏れ多くて訊き返すことなどしないのだが、ほっと気が緩んだついでのように口も緩んでいた。侍従も珍しげに片眉を上げたが、背後に控えている家来を小さく振り向いて合図を送った。

三方にのせて目前に差し出されたのは、濃緑の勾玉が連なった玉飾りだ。

「神々はかねてより、その方の務めぶりに満足されておいでじゃ。ついては、これを下賜された」

「私に」

「この玉飾りは、技ある者にだけ下される褒美ぞ」

思いもよらぬ果報に、胸が高鳴る。生まれながら高い身分にある者は別にして、庭先にしか坐れぬ者に玉飾りが下賜されるなど初めてではあるまいか。

「恐悦至極に存じ奉ります」

身を震わせて礼を述べた。

福耳彦命が玉飾りを賜った一件は、瑞垣の外にも瞬く間に広まったらしい。帰り道に方々で「やあ、やあ」と盛んに寿がれ、夕餉の用意を始めれば庭師の爺さんが小屋の窓から顔を覗かせた。

「やあ、めでたい。明日、祝宴じゃ」

「気持ちだけもらっとくよ。晴れがましい場は苦手だ」

鍋の中を大匙でかき回しながら言うと、

「お前さんはまったく、予想通りのことを言うのう。じゃが侍従からもな、すでにお許しをいただいた」

「手回しが早いなあ」

「一人で黙々と励んで、玉飾りを着ける身分にまでなったんじゃ。それを周囲が祝ってやらんでどうする。お前さんはつべこべ言わずに、胸を張って坐っておればええ」

そして片目を瞑って笑った。

「わしもそのうち褒美をいただく。その時は、お前さんが祝宴を開いてくれ」

苦笑いをしながら「うん」とうなずくと、爺さんは「ところで、こやつは誰じゃ」と顎をしゃくった。

爺さんがいつも坐る椅子に、のっそりと痩せた若者がいるのだ。福耳彦命が淹れてやった黒豆茶を、さっきから時間をかけて飲んでいる。

「明日彦だ」

「見かけぬ顔じゃな」

「御殿の御膳所で下働きをしていたらしい」

瑞垣の中で働く者は住み込みなので、外の小屋で暮らす者らとは滅多と顔を合わせない。

「その下働きが何で、御伽衆の家でお茶を飲んでいる」

「御下命で、私の弟子になったんだ」

爺さんが「それはそれは」と、目を丸くした。

神々から賜ったのは、玉飾りだけではなかった。下界の民草が赤飯に胡麻を振りかけるように、弟子も一緒だったのだ。

侍従は重々しく、こう告げた。

「そろそろ御伽衆を増やしてもよい頃合いじゃ、この者を弟子といたして、ますます精進せよとの思し召しである」

現れたのは鈍重そうな若者で、侍従に促され、ぶすりと頭を下げるのみだ。

こんな者を、御伽衆に加えるのか。

肌の色が暗く、黒目もやけに小さくて生気がない。私だって大して見栄えはよくないけれど、これはまた貧相な。

とまどいながらも、御下命とあれば致し方ない。神々は時として、気紛れである。

「おい、弟子。しっかりやりな」

爺さんの言葉を明日彦は黙って受け流し、茶を啜った。

夕餉の最中も、明日彦はろくろく喋らない。

「御膳所で、何をしてたんだい」

「ヒタバタラキ」

麦餅を咀嚼（そしゃく）しながら答えるので、言葉が撚（よ）れる。

「だから、下働きの何を」

「ハキをファったりフんだり、ヒズ汲みをしたり」

「薪を割ったり積んだり、水汲みをしてたんだね」

言い換えながら、やれやれと鼻白んだ。明日彦は匙を指で摘（つま）むように持ち、豆のソップを音を立てて啜り始めた。

仕込むのは行儀からか。溜息を吐きつつ、まだ初日だと気を取り直す。生来、気は長い方だ。

「旨いか」

「はあ」

「御膳所と御伽衆とでは畑違いだから、しっかり心構えするのだぞ。私も教えるが」

明日彦は、皿に顔を埋めながら言った。

「まあ、習うより慣れますよ」

祝宴は野原で開かれて、想像以上の賑わいだ。

草の上に色とりどりの布が広げられ、隣の婆さんが近所の女らと一緒に腕を揮ったという大皿盛りの馳走が並んでいる。

皆、春風の中で呑んでは唄い、踊り、そして「めでたい」と繰り返す。

ふだんは隣近所としかつきあいがないので、よく知らぬ顔の方が多い。けれど向こうから挨拶に来てくれる。爺さんの庭仕事の弟子や大工に馬丁、簪職人に笛や太鼓の職人、田畑を耕している者や船頭、水車小屋の番人までいる。

次から次へと前に現れて、酒を満たしてゆく。本当は大皿の馳走に手を伸ばしたいのだが、盃を下ろす暇がない。それでも皆が我がことのように歓んでくれているのが嬉しくて、盃を干す。そして求めに応じて、玉飾りを見せてやる。

福耳彦命の胸の前にいくつも額が集まって、感嘆の溜息が洩れる。

「こりゃ、美しいもんだなあ」

十数個の勾玉は五色の糸で連ねられ、中にひときわ大きな玉がある。深く澄んだ緑石で、金色に光る筋が何本も走っている。

口々に「大したもんだ」と唸り、「立派な耳たぶだ」と褒めそやし、また別の連中が「拝見」と頭を並べる。玉飾りや耳を見せるのは厭わないが、褒められるのはやはり照れ臭い。

そういえば明日彦はどこにいるのだろうと首を伸ばしてみたが、何せ人が多い。

まあ、口は重いが根が図々しいから、好きに呑み喰いしているだろう。

そろそろ酔いが回ってきたのか、福耳彦命はそっと欠伸を噛み殺した。

昨夜、板張りの床の上で寝たのである。

狭い小屋に寝台は一つきりだ。明日彦に「今夜はここで寝るか」と、寝台を勧めてみた。さすがにそれは遠慮するだろうと思いつつだったが、あの弟子は何のためらいもなく潜り込んだのだ。大変な歯ぎしりだった。

宴が進むうち、誰からともなく「語ってくれ」と所望された。爺さんに小声で相談すると、「いいだろう」と言う。

「皆に語ってはならぬという、決まりがあれば別だが」

「そんな決まりはないはずだけど」

「なら、かまわんだろう。せっかくの祝宴じゃ。やってやれ。皆を楽しませてやれ」

下界では年端の行かぬ子らでも、話を聴く楽しみを持っている。しかし天界で働く下々は、己の務めを黙々とまっとうするだけだ。それが当たり前であり、何の不満も持っていないのは私自身もそうだけれどと、皆を見回した。

酒壺を抱えて野原を回遊していた連中も唄い踊っていた者らも腰を下ろし、いくつもの輪を作っている。立てた膝の上に腕をのせ、じっと福耳彦命を待っている。

ふと、目が合った。弟子の明日彦だ。中央の輪の中で胡坐を組み、腕まで組んでこっちを見ている。「お手並み拝見」とでも言いたげな顔つきだ。ここで小心なさまを見せては、先々、ずっと侮られるような気がした。最初が肝心であるのに、昨夜、すでに寝台でしくじっている。

福耳彦命は咳払いをして、胸を張った。玉飾りが澄んだ音を立てる。

「昔、ある土地に一人の若者があったそうな。細々と山仕事をして暮らしていたそうな」

若者はある日、それは美しい娘をつれて家に帰り、女房にした。女房はしばらく泣き暮らしていたが、やがて小屋にあった古い機で布を織るようになった。

とんとんからり、とんとんからり。

その布を村で売ると、たいそう喜ばれた。

「こうも美しくなめらかな布は見たことがないと言うて、褒められる。お前ぇは大した腕前だ」

そう言ってやると、女房は頰笑む。亭主はその顔を見ると、得も言われぬ幸福に満たされた。やがて三人の子に恵まれ、亭主はますます働いた。

女房は子らをあやし、赤子を寝かせつけ、今日も機を織る。

とんとんからり、とんからり。

こうして手を動かしていると、思い出せるかもしれない。女房には、そんな気持ちがあった。山の中で行き暮れているところを亭主に助けられたのだ。なぜか裸で、総身が濡れていた。その前のことは、何も憶えていない。

赤子の泣き声で、女房は手を止めた。慌てて機織り小屋を出た。すると、ずいぶんと風が強い。雲が流れ、家の周りの木々も梢が逆巻いている。亭主の身を案じつつ、家の中に駈け込んだ。すると赤子は泣いておらず、すうすうとよく眠っているではないか。風の音と聞き違いをしたようだった。

女房は赤子のそばに坐り、頰と頭を撫でた。今度はごおと家鳴りがして、女房は上を見上げた。少し怖い。

何か白いものが光った。目を凝らせば、古びた梁の上である。無性に胸騒ぎがして、女房は梁に梯子を掛けた。一段、一段、ゆっくりと上がる。

梁の上に油紙でくるんだ包みが置いてあって、どうやらそれが風で動いたようだった。包みから何か白い物がはみ出している。女房はそれを抱えて梯子を降り、息もつかずに包みを開いた。

白い薄布だ。震える指で広げてみれば、広袖の飛衣だった。

夢から覚めたような気がした。何もかもを思い出したのだ。

――気の毒に。ともかく、おらの家で休みなさるがいい。

そう言って己の着物を脱ぎ、裸の上に掛けてくれた。あの若者こそが亭主だった。我が衣を盗んで隠していたのかと思い至ると、身がわなないた。

よくも、私を騙してくれた。

身を揉むほど泣き、そして天上が恋しくてたまらなくなった。

「我が名は、織姫」

名を思い出した。思い出した限りは、もはや地上には留まれない。心を決め、麻の単衣を脱ぎ捨てた。白く薄い飛衣を身に着ける。しっとりと滑らかで柔らかく、冷たい感触が肌に甦る。広袖の腕に赤子を抱き上げ、二人の子を呼んだ。

「おいで」

土間にぺしゃりと坐って竹細工で遊んでいた兄弟は母の姿を見て不思議そうな目をしたが、織姫が手を伸ばすと、兄がぎゅうと摑むように握ってきた。兄はもう片方の手で、弟の手を摑んでいる。

外へ出ると、風がぴたりと止んでいた。懐かしい天上に向かって、織姫は左の袖をあおった。すると木々の梢まで昇った。

　その時、亭主が帰ってくるのが見えた。土産らしき物を両脇に抱え、いつものように柔和な面持ちで家の中に入る。しかしすぐに外に出てきた。油紙を握りしめ、方々を見回している。互いに見交わした。亭主の顔から血の気が引き、「行くのか」と問う声が掠する。

　黙って見下ろした。すると両膝をついて伏し拝む。

「後生だ。行かんでくれ、頼む」

　懇願されても、どうにもできない。

「天人は、人間の女房ではおられぬ」

　冷たく言い放つ。その男が憎く、腹立たしかった。

「天に帰る」

　そして、愛おしかった。

「我らが恋しければ、草鞋を千足編むがよい」

　再び、飛衣の袖をあおった。すると雲の上にまで昇る。また衣を翻すと、さらに高く昇った。

　取り残された亭主は、狂ったように草鞋を編み続けた。

　――天人は、人間の女房ではおられぬ。

　あの声の冷たさを思い出すたび、胸の裡がかき毟られる。見限られたような気がした。

それでも編む手を止められない。爪が擦り切れ、指の腹が破れても、女房と子らとの暮らしを諦めきれなかった。

いくつもの季節が流れ、血染めの草鞋がやがて黒く色を変えた頃、山の雪が解け始めた。凍てついていた小川も清らかな音を取り戻している。

夜更けに九百九十九足めを仕上げた時、両手の指は強張り、曲げることも伸ばすこともできなくなっていた。しかし信じていた。

あと一足編めば戻ってきてくれる。また、共にむつまじく暮らせる。

ふと、家の外が途方もなく明るいことに気がついた。まるで朝陽を間近で拝むがごとくの眩しさだ。導かれるように戸口の外へと出た。長いこと、囲炉裏端に坐り続けていたことに気がついた。

そう、随分と長いこと。

目の前に、白く輝く雲が降りてくる。

女房が迎えをよこしてくれたのだ。許してくれた。

迷わず、その雲へと飛び乗った。雲は瞬く間に山ほどの高さへと昇り、田畑や神社の森がみるみる小さくなった。細い雲が音もなく通り過ぎるかと思えば、雨の針に打たれ、雷が横ざまに脅してきた。

しかし亭主は天だけに顔を向けて、雲の上に立っていた。さらに高みを目指して、雲は昇り続ける。やがて抜けるような青に、手が届きそうになった。

頭上に、天の地平線らしきものが見える。七色に光り輝く天上まで、あともう少しだ。ところが、雲がぴたりと動きを止めた。両の腕を伸ばそうが飛び上がろうが、どうしても届かない。

すると上から声が降ってくる。

「お前さま」

恋しい女房が前屈みになって、見下ろしていた。

「達者だったか。子は変わりないか」

そう訊くのがやっとだった。しかし女房は答えることなく、「ともかく、上へ」と促す。

「それが、ここまで昇ってきて雲が急に動かなくなった」

「ちゃんと千足、編んだのでしょう」

そういえば、最後の一足を編まぬままだった。

「千足に一足だけ足りぬが、迎えが来てくれたゆえ」

もしや、それで動かないのか。

足許の雲を見て、暗澹となった。そしてまた見上げると、女房は悲しげに首を振る。

「九百九十九まで編んでおきながら、何ということを。迎えなど、待たせれば良かったのです。千にひとつ足りぬお前さまは、ここへは上がれない」

「いいや。こんな所で引き下がってたまるものか」

ぐいと身を屈めてから、飛び上がる。束の間、天の端に指が掛かった。しかし、草鞋編みで痛めた指の腹から血が噴き出す。「何の。今一度」と飛び上がり、両腋がちぎれそうになるほど身を伸ばした。

「おっ父さん」

女房のかたわらにはいつのまにか、幼い我が子らが寄り添っていた。二人とも、大きくなった。「頑張って」と言わぬばかりにあどけない口を開き、励ましてくれる。

女房が身を乗り出し、腕を下ろしてきた。その手に何かを握っている。それは、いつも女房が機織りに使っていた杼だった。

ようやく天上に辿り着いた。

亭主は目を瞠った。天上にも空が広がり、その下には山々が青く連なっている。田畑の間には川も流れているが、たなびく雲は水色と桜色だ。しかも青い麦畑のそばで黄金色の稲が稔り、木々には李や梨、葡萄がいちどきに生っている。泉では白い象がゆったりと水浴びをして、孔雀が羽を広げるたび金粉が舞い上がる。そしてどこを歩いても、甘やかな芳香が漂っていた。

あの飛衣の匂いだと思った。そして、女房の乳房の谷間から香る匂いでもあった。

この三日というもの、我が子らと共に方々を歩いている。

女房は日がな機織りに精を出し、夜しか顔を合わせられない。しかも、至って口数が少なかった。とくに赤子の姿が見えぬのが気になって幾度も訊ねたが、話をするりと逸らしたり、銀の器に入った酒を勧めたりする。

亭主は歩きながら、右手をつないでいる上の子に訊いてみた。

「なあ。末の赤子はどこにおる」

すると、掌の中の小さな手が微かに動いた。

「きっと、どこかに」

そう言ったきり俯いた。そこで左手をつないでいる、中の子に訊ねた。

「なあ。末の子はどこにおる」

「きっと、地上のどこかに」

「地上とは。一緒にここに昇ってきたのではなかったのか」

「あの子は、落ちた」

そこで亭主は足を止め、上の子の前に膝をついて両腕を摑んだ。

「何があった」

すると中の子が、しゃくり上げ始めた。上の子は顔を真赤にして唇を引き結んでいる。

機織り小屋に取って返して、女房を問いつめた。

「何ゆえ、赤子を助けなんだ」

女房はしばらくあらぬ方を見ていたが、柔らかなその唇を開いた時はきちんと目を合わせてきた。

「引き返せなかったのです。いったん昇り始めた人間が引き返せば、二度と昇ることはできませぬ。この子たちは我が子ですが、人間の子でもある。天界に入れてもらえぬばかりか、もろとも落ちて露となったでしょう」

そしてまた、機を織り始めた。

とんとんからり、とんからり。

「たまには休んで、一緒に過ごせないのか」

赤子を喪(うしな)った落胆と絶望で、つい責めるような口調になった。しかし女房は手を止めない。

「父上のお許しが出るまで、私は織り続けるしかありませせぬ」

もう何の言葉も受けつけないので、途方に暮れて小屋の外に出た。

両腕を開き、左右の手を子どもらの手とつないで、また道を歩く。胸の裡がすうすうする。やっと会えたというのに、以前の暮らしにはほど遠いのだ。女房がどこかしら隔てを置いているような気がした。

道の向こうから誰かがやってくる。五人ほどの男で、浅葱色(あさぎいろ)の衣だ。

「お祖父さまのご家来衆だよ」

上の子が小声で教えてくれた。ゆるゆると進んできた家来衆はぴたりと歩を止めると、こう言った。

「天帝がお呼びだ」

道の果てに、白い宮城が聳えていた。

子どもらを女房の許に帰して、家来衆に従った。

宮城の中は冷たい石張りで、途方もなく天井が高い。色鮮やかな鳥が飛び交い、囀っている。そして石の床だというのに草花が生い茂り、ひときわ芳香が強い。酔いそうだ。それでも家来に従って、歩くしかない。池や庭に面した回廊を抜けると、大きな扉がひとりでに左右に開いた。家来に命じられるまま数歩進み、石の床に跪いて額ずいた。

「面を上げよと仰せだ」

家来に促されて、背中を丸めたまま顔を上げた。

天帝は純白の髪を持ち、白鬚が床にまで届いている。顔は彫りが深く、いかめしい。

その背後には、銀色の長い髪を靡かせた娘らが居並んでいた。亭主には憶えがあった。いつか湖の畔で、女房と共に水浴びをしていた娘らだ。澄んだ声で笑いさざめいていたが、今は凍てついた湖面のような眼差しだ。

ややあって、天帝が嘆息を洩らした。

「かような男と結ばれたのか」

眉間に深い縦皺を刻んでいる。すると娘らが頬を寄せ合い、何かを言った。

「だから、あれほど急げと忠告したに」

「姉の言うことに耳を貸さぬから、木の枝に掛けた飛衣を盗まれてしもうた」

「父上の愛を一身に集めておきながら、人間との間に子まで生して」

「今じゃ、織姫の名の通り、機織りばかりの暮らしぶり」

嫌悪も露わに囁き合う。

女房は罰を受けて機を織っているのかと悟って、たまらなくなった。何もかも、己のせいだと唇を嚙みしめる。膝を前に進め、天帝に問うた。

「いかにすれば、我が女房は許してもらえるのでしょうか」

すると純白の髪がざあと音を立て、怒気を含んだ声が発せられた。

「その方を、娘の婿とは認めておらぬ」

亭主は宮城から走って帰り、息せき切って機織り小屋に入った。

子らは土間に坐り込み、竹細工で遊んでいる。あの宮城とは雲泥の差の粗末さに、胸が痛む。しかし詫びは後でも言える。まずは、やらねばならぬことがある。

「山へ行ってくる。仕事だ」

女房が「山」と呟き、眉を顰めた。

「もしや、父上に何か命じられたのではありませぬか」

「ん。今日じゅうに、七つの山の木を残らず伐り倒してこいとの仰せだ」

無理難題を突きつけられたのだということは承知していた。しかしこのまま女房に機を織らせるばかりでは、やるせない。

「案ずるな。もともと、山仕事で暮らしを立てていた身だ」

「では、この子らを連れて行ってやってください。私は遊びの相手をしてやれませぬゆえ」

女房はそう言い、小屋の奥から斧を取り出して亭主に渡した。

言われるまま上の子の手を引き、下の子を肩にのせた。左手には女房に渡された斧を持って歩いた。

山へ分け入ると、逸っていた気持ちがたちまち萎えてしぼみそうになる。木々はびっしりと、途方もない数だ。それでも斧を振り上げた。

とんとん、どどん。とん、どどん。

汗みずくになって、伐り倒し続ける。しかし七つどころか、一山だけでもとても間に合いそうにない。肩で息をしながら辺りを見回すと、上の子が「こっち」と手招きをした。

「おっ父さん、この木を伐って」

飛び跳ねながら、下の子も「この木」とねだってくる。ひときわ大きな木で、幹も厚い皮で蔽われている。

「よし、まかせろ」

総身を振り絞るようにして、斧を揮う。ようやく倒した途端、目の中が回って蹲った。

「おっ父さん」

揺り起こされて、目を覚ました。身を起こせば、七つの山がすっかり片づいているではないか。子どもらを両脇にしっかと抱え、「よい子だ、よい子だ」と唄いながら宮城に走った。

天帝に目通りを許されて、報告した。

「仰せの仕事を済ませましてござります」

長い白髪が不機嫌そうにうねる。

「さようか」と言いつつ、子どもらの姿を認めると相好を崩した。

「来ておったのか。さ、こっちへ来よ。ささ」

膝の上を叩き、玉座へとしきりと招く。子どもらも「じじ様」と階段をとことこ進み、

膝の上に上がった。

すると女房の姉らが、目配せをし合った。

「半分は、人間の子」

「ええい、人臭いこと」

天帝は孫らに頬ずりをして、「よい子らだ、よい子らだ」と呟いた。少し有難いような気がした。と、天帝はやにわに形相を変え、睨み据えてくる。

「明日は、伐り倒した木々をすべて焼き払え。木の根を掘り起こし、耕すのじゃ。必ず、明日じゅうにしおおせよ」

翌朝、出がけに女房に仕事のことを話すと、今度は火種と鍬を渡してくれた。そしてまた子どもらを伴って、山に入った。

「危ないから、少し離れて遊べ」

命じれば、二人は声を揃えて「うん」とうなずく。

亭主は風向きを読み、片隅から火をつけた。伐り倒した木々はまだ水分を含んでいるはずなのに、もう幾年も寝かせたかのようによく乾いている。火が鎮まった所から根を掘り起こしていると、遊んでいた子らに呼ばれた。

「おっ父さん、ここに鍬を入れて」

そこを耕すとまた目が回り、目覚めれば七つの山を耕し終えていた。

見渡す限り、畑だった。

次の日の朝、今度は天帝から渡された種袋を肩に担いで、機織り小屋の女房に声をかけた。

「畑に行ってくる」

「此度は、何を命じられたのですか」

昨日、天帝に畑を耕し終えたことを報告すると、珍しく機嫌のよい声でこう言った。

「では、そこに冬瓜の種を蒔くがよい。必ず、畑の端から中央に向かって蒔いていくのだぞ」

背後の姉らも、「そう、それが作法」と声を揃えた。

しかし女房は途端に、剣呑な顔つきになった。

「さような蒔き方をすれば、お前さまは自分で蒔いた種の蔓に絡まれてしまいます。息の根を止められる。よいですか。蒔くのは、畑の真ん中に三粒だけです」

今日は、子どもらを連れて行けとは言わなかった。

女房の言う通りに、亭主は畑の中央に進んで三粒だけを蒔いた。するとたちまち芽が出て蔓と葉が生い、潮が満ちるかのように広がってゆく。緑葉の合間から四枚の黄色い花びらが次々と開いた。

そのさまを目にして、天帝の憤怒を思い知らされたような気がした。木を伐らせ、耕させ、そして自身が蒔いた種で殺そうとしていた。

怖々と重い足で宮城に向かい、目通りを願った。

「仕事をすべて片づけましてございます」

そう告げると、天帝は顔色も変えずに「それは重畳」と言った。しかし姉らは囁き合う。

「また妹が余計な手出しをした」

「今度こそ、人間を追い払えたものを」

天帝は「もう、よかろう」と小さく笑った。

「明日は畑いっぱいに、ごろごろと冬瓜が実っておろう。それをもいでくるがよい。収穫を祝おうぞ」

耳を疑ったが、天帝は頬を緩めていた。


亭主は晴れ着を身に着けて、宮城にいた。

女房が用意してくれた、若々しい笹色の衣だ。二人の子らも髪を結い、白い衣を着せてもらっている。そして女房は鮮やかな緋衣だ。銀糸で縫い取られた糸車の文様が透き通っては光る。碧の髪は貝の形に高く結い上げられ、額も鼻梁も清らかだ。

上座に居並ぶ姉らにも堂々と挨拶をしてのけたので、やがて昔のように打ち解けていた。笑い、さざめく。

広間には幾千もの客がひしめき、そこかしこで曲芸や手妻が披露され始めた。龍の子が口から火を噴き、兎が月の玉を転がしている。亭主は家来が運んでくる美酒に心地よく酔い、ようやく乗り越えたのだと思った。

収穫を祝う祭は女房が父親から許された、その証であるような気がした。いや、きっとそうだ。

女房と姉らが輪になり、踊り始めた。誰もがほうと息を洩らし、喝采を送る。子らは天帝の膝の上で、甘い菓子らしき物をもらっている。

誰かが背後に立った気配がして、振り向けば純白の髪と鬚がある。

つい今、玉座にいたはずの天帝が立っていた。背筋がぞくりと波打つ。

「此度はご苦労であった」

ねぎらわれて、面持ちを慌ててつくろった。

「せっかくの祝ゆえ、冬瓜を手ずから切って皆に振る舞ってやってはどうだ。そちの披露目にもなろう」

目の前には、山ほど積んだ冬瓜がある。家来が銀の包丁と俎板を捧げ持ち、「どうぞ」と差し出した。息を吸い、そして吐いてから包丁を手にした。青灰色の冬瓜をざく、ざくと、輪切りにしていく。

「これこれ、さように小さく切るでない」

天帝はまだかたわらに立っていて、鷹揚に笑っている。

ああ、これだと思った。今朝、女房にこう言い含められていた。

――父上は、冬瓜を縦に切れとお命じになるかもしれません。ですが天上では、決して縦には切らぬもの。言われるがままにされては、いけませぬ。

女房に言われた通り、横に切り続けた。しかし天帝はぐいと顔を近づけてくる。

「今日は祝ぞ。客らに振る舞うのに、かような輪切りでは見栄えがせぬではないか。それとも、娘に何か申しつけられたか。その方、何でも女房の言いなりであるのか」

声を潜め、揶揄する。

「おなごの申すことになど、拘泥するでない。これからは舅と婿ではないか。仲良うやっていこうぞ」

大きな掌で背中をさすられ、肩を抱かれた。

これほど親しんでくれているのに、あまり抗うのも男らしくないのかもしれぬ。

強い香の匂いに包まれてふと、そう思った。ここで肚の大きいところを見せておかねば、なお侮られる。家来衆にも示しがつかぬかもしれぬと、背後を振り返る。まだ宴は続いていて、しかし家来衆がいつのまにか幾重もの屛風のように並び、亭主を囲んでいた。

「ささ、何をためらうことがありましょうや」

促され、よく熟れた冬瓜を選んで俎板の上に置いた。銀の包丁を握り直す。

ここが勇気の見せどころと、ざっくりと縦に割った。その途端、中から水が噴き出した。幾筋もの水が高く弧を描き、飛沫が亭主の顔や肩を打つ。その拍子に山と積み上げてあった冬瓜が次々と音を立て、縦に割れた。みるみるうちに水は広間に溢れ、川になり、亭主だけを押し流した。

「お前さま」

「おっ父さん」

女房と子らの声が聞こえるが、もう手が届かない。そのまま川に呑み込まれた。

目を覚ますと、天上の果ての大きな川岸だった。

「お前さま、年に一度だけ、この岸辺で」

向こう岸で、子らの手を引いた女房が叫んでいた。

両親が寝静まってから、子どもはそっと寝床を抜けて外に出た。草叢で虫が鳴いている。

夜空には、天の川が白く横たわっている。

いつだったか、年老いた両親がこんなことを語ってくれた。

――それから織姫と彦星は、毎年、七夕の夜にだけ会うことになったんだと。けんど、その日に雨が降ったら会えん。それは、織姫と彦星が流す涙だ。

天の川に寄り添うように、二つの星がある。それが兄らだということを、子どもは知っていた。

母の胸から落ちてしまった時は赤子であったというのに、まざまざと見えるのだ。右腕で抱えていたはずの赤子がするりと抜けた。みるみる、粟粒のごとき小ささになり、地上へと吸い込まれてゆく。そのさまが見える。

けれどここまで昇ったら、途中で引き返すことはできない。引き返せば、上の二人が命を失う。それが天上の掟であった。母は乳房の痛みをこらえながら、昇り続けるしかなかった。

子どもはすっくと顔を上げ、夜空を見上げた。織姫と彦星に呼びかける。

今夜は晴れて良かったなあ。

風が渡り、星々が瞬いた。

福耳彦命は、静かに告げた。

「昔はそれっきり」

野原に坐っていた連中は夢から覚めたばかりのような面持ちでぽかりとしていたが、やがて押し寄せてきて取り囲まれた。口々に何かを言い、肩や背中をこづき回される。

「民草は、雲の上の世界をそんなにも想像しているんだなあ」

「なんだか、誇らしいような気がするのう」

福耳彦命も、少しばかり胸を張った。こんなふうに直に手応えを得るのは、初めてのことだ。明日彦がどこにいるかはわからないが、さぞ恐れ入っているに違いない。ここでもう少し念を入れておくか。

「じつは今の話は、神々も大変にお気に召されたんだ」

「おお」と、高波のように声が上がる。

「意地の悪い天帝の仕業を、下々らしきと、お笑いになってなあ」

「それは、お心の広いことよ」

そして福耳彦命はぐるりと皆を見回した。

「大変に懐かしいと、仰せだった」

侍従からの又聞きだったが、細かなことは端折って口にした。

「さすがは玉飾りをいただく福耳彦命、神々とかほどに親しいとは」

憧憬の眼差しを一身に集めた。庭師の爺さんと婆さんなどは誰彼なしに摑まえて、「福耳彦命とは、昔から近しい間柄じゃ」などと自慢している。

やがて野原が鎮まった頃、誰かが言った。

「で、神々は何で、今の話が懐かしいんだ」

どこからともなく上がった問いが、すうと行き渡る。皆が一斉に顔を見合わせ、そして福耳彦命の答えを待つ。

「何でと言われても。それはつまり」

しどろもどろになった。そんなこと、考えたこともない。

「たしかに。何で、面白かったではなく、懐かしかったなんだろう」

「その昔、真にあった話なんじゃないのか。天帝の姫君が地上で飛衣を盗まれて、天人女房におなりなすった」

「いや、それならわしらもちっとは耳にしたことがあるはずだ」

「そうだなあ。おらは天の川でしじゅう釣りをしているが、織姫と彦星らしき者の姿なんぞ見たことがねぇよ」

皆、「はてな」と首を傾げる。

「なあ、福耳彦命、勿体ぶってねぇで教えてくださいよ」

真面目に迫られるとなお焦って、立ち往生した。すると、庭師の爺さんがやけにきっぱりと言った。

「懐かしいと仰せなんだから、それでいいじゃねぇか。さ、そろそろお開きだ」

まっしぐらに寝台に飛び込んだ。俯せになって、枕に顔を押し当てる。

「今日はなかなかの見ものでしたよ」

明日彦が珍しく話しかけてきたけれど、口をきく気になれない。

「とくに、最後の余興が」

師匠に向かって、皮肉めいた嘲笑だ。

「悪気のない、頭に泛んだ素朴な疑問をふと口にしたような按配だったけど、いや、なかなか興味深かった」

「さっさと寝ろ」

枕の上で目だけを上げれば、明日彦は椅子に腰かけていた。いつのまにか蠟燭の灯をともしていて、食卓で頬杖をついている。何やら小難しげな顔つきで、ああでもない、こうでもないと呟いている。

ややあって、「わかった」と頬杖を解いた。

「神々はおそらく、民草の物語を通して遠い記憶と交感しているんですよ。ゆえに、懐かしいと仰せになった」

「どういうことだ」

思わず枕を抱いて、起き上がる。

「遙けき昔の神々は今よりも気が荒く、天界も諍いが絶えなかったでしょう。兄弟姉妹や親子の争いも壮烈で、下界の民草の命が今のようにひどく短くなったのも、元はといえば壮大な夫婦喧嘩が契機じゃありませんか」

「もしかしたら、黄泉国の」

福耳彦命が呟くと、明日彦は「そう」と肯った。

亡くなった妻、伊邪那美命を追って、伊邪那岐命は黄泉国を訪ねた。そこで「私の姿を決して見てはならない」という妻との約束を、破ってしまったのである。醜く変わり果てた姿を見られた妻は激怒し、手下に夫を追わせた。そして軍人を遣っての戦にまで発展したのだ。

それでも決着がつかず、伊邪那美命はこう言い放った。

——愛しい夫よ。お前の仕打ちを私は許すまい。これからお前の国の青人草を、一日に千人ずつ絞め殺してやろう。

その頃の青人草は木々ほどに長命で、病を知らず、寿命の終焉では静かに枯れて土に戻るだけだった。

すると伊邪那岐命は、こう返した。

——愛しい妻よ。ならば余は一日に千五百の産屋を建て、子を産ませよう。

それで地上では、一日に千人の民草が老いや若きにかかわらず死に、千五百人の子が生まれることになったのだ。

「民草は滅びずに済んだが命は極めて儚くなったと、知恵の神が誰かに話すのを聞いたことがあります」

「ん。それは地上でも知られていることだ」

もう随分と長いこと、言い伝えられている。

「いかほど戒められても、約束は破りたくなる。その心のさまを思い出して、神々は懐かしいと仰せになったんじゃありませんかね。遙か昔は我らもそうであった、と」

真実かどうかは確かめようもないが、すとりと腑に落ちた。

「頭の巡りがいいんだな、明日彦は」

「さあ」と、顎の下を掻く。

「お前、知恵の神に仕えていたことがあるのか」

急に、気後れしていた。

「神々に御目見得したことがあるのか」

「ただの下僕ですよ。とても、神々に御目見得できる身分じゃねぇです。御簾の中に入れるのは、侍従と近習だけという決まりですから」

「それは承知してるが」

「玉飾りをつけた楽師だって、大扉を入ってすぐの板ノ間止まりですよ。あすこは冬は冷たくて、膝から下が冷えるんだ」

「詳しいんだな」

御殿の前庭しか、福耳彦命は知らない。

「まあ、楽師の弟子をしていたこともありましたから」

「笙を少しばかり。その後、御膳所で下働きをして、今度は御伽衆の弟子を命じられたんです」

「楽師だったのか」

不服であるのを隠そうともしない。

福耳彦命は頭の下に枕を置き直して、仰向いた。何となく読めてきた。

何かを見通すような物言いをする明日彦に、手を焼いた連中がいる。それで、策を講じたのではないか。天界ではよほどの罪を犯さぬ限り御役を奪えず、追放もできない。それは上役の咎にもなる。そこで「ともかく御殿の外に追っ払ってしまえ」と、侍従に話をつけた。

――ちょうどいい、福耳彦命には褒美を取らす。ついでに、あの者も引き取らせよう。

我知らず、口の端が下がった。

明日彦は床で身を横たえたらしく、厭な歯ぎしりの音を立て始めた。眠れぬまま窓外の夜空を見やると、小さな星が流れて落ちた。

明日彦は頭の巡りだけでなく、物憶えも際立って良かった。

試しにいくつか口伝えで伝授すると、たちまち再現する。話の隅々まで正確だ。しかも声がいい。別人かと思うほど響きがあり、抑揚のつけ方にも味わいがある。

内心で、何度も舌を巻いた。長い時をかけて磨いてきた技を、明日彦はたちまち会得(えとく)してゆく。

「御伽衆の務めは、語りだけじゃあ半分だ。話の種を集める力、これをしっかり修業しないと」

辛抱強く相対して、雲海にも連れて行った。歩きながら教え、教えながら歩く。純白の麻袋は自身の肩に担いだ。これはまだ弟子に任せられない。

「できるだけいろいろな方角に動くこと。同じ場所でばかり聴いてちゃ駄目だ」

「一カ所で集めるんじゃないんですか」

「雪の多い国には雪にまつわる話があり、海に面した国には海にまつわる話がある。都には都の、鄙(ひな)には鄙の話もね」

「面倒極まりない」

「言ったじゃないか。これも務めのうち」

頃合いの良い雲の切れ目を見つけて、腰を下ろした。

「耳を澄ませてごらん。聴こえてくるだろう」

明日彦は小さな耳を傾けるが、すぐに音(ね)を上げた。

「聴こえはするけど、誰も話なんかしてねぇですよ。雑な音ばかりだ」

「そこを選(え)り分けるのが、耳の力さ」

手本を示そうと身を倒せば、明日彦が言ったように下界がやけに騒々しい。そういえば、近頃、声が途切れることもあったなと不審に思いながら、なお耳を傾けた。

——昔、あるところに欲の深い夫婦があって、宿屋をやっておったそうな。

「ちゃんと聴こえるじゃないか」

明日彦の肩を叩き、己もさらに耳を澄ます。

いつものごとく可笑しい話に噴き出し、悲しい話に胸を震わせるが、明日彦は不服げな仏頂面のままだった。


季節がいくつも巡らぬうちに、明日彦が御殿からお召しを受けた。

といっても今は神無月、神々が年に一度、下界の出雲に降り立ち、八百万の神々と参集される時季だ。御簾の内には誰もおわさない。

その間、留守居を務めている侍従の意向で、「御殿内で働く者らに披露してみよ」となったようだ。むろん福耳彦命は師匠として同伴するつもりだったが、明日彦に「大丈夫ですよ」と軽く断られた。

「相手が神々じゃないとはいえ、本番だぞ。心細いだろう」

「何とかなるでしょう。本番で恥をかくことこそ修業って、師匠はいつも言ってるじゃねえですか」

この頃、明日彦はやっと「師匠」と呼ぶようになった。それまでは「あのう」とか、「ちょっと」で済ませられていた。

「師匠も忙しいし。今日も招かれてるんでしょう」

「まあ、それもそうだが」

福耳彦命は今や、引っ張りだこの身なのだ。下々の宴や寄合の席に招かれ、それも最初は夜だけだったが、今は朝から棟上げとやらにも呼ばれる。野原で開いてもらった祝宴でしどろもどろになり、それを夜も眠れないほど気に病んでいたのだけれど、瑞垣の外に住む者らは大らかだった。顔を出す先々で「ようおいでくだすった」と歓迎され、酒と馳走でもてなしてくれるのだ。福耳彦命も今では段取りに慣れ、まずは玉飾りと耳たぶを見せてやり、最後は短い話の一つ二つを語って仕上げるのを定番としている。

身支度をして一緒に外に出ると、明日彦が爪先から頭までを見上げて目を細めた。

「肩先が光ってますね。人気者の貫禄って奴ですか」

黙って聞き流したが、悪い気はしない。

春が来て、やっと一人の暮らしを取り戻すことができた。

明日彦がようやく神々の前での披露を済ませ、自前の小屋を与えられたからだ。まだ一人前とは言い難いが、時々、代理も務めている。なるほど、御伽衆が二人いるのは便利なものだ。ともかく毎日が忙しいのである。春は下々の間でも祭や行事が多く、一日に何カ所も掛け持ちしている。今朝も寝過ごしたので、身支度も慌ただしい。しかも、あちこちでつまずく。小屋の中が贈物で一杯なのだ。

この風景を見るにつけ、玉飾り一つを賜ってあんなに感激していた己が、いかにちっぽけであったかと思う。

神々にとれば、私なんぞ取るに足りぬ者なのだ。あれほど手間暇をかけた話を楽しんでおきながら、もったいぶった玉飾りをくれただけだもの。その点、皆の衆は違う。しじゅう酒や珍味を贈ってくれるし、いや、そんなことより何より私を重んじてくれる。同じ話をしてもフフンやブウを言わず、目を輝かせて聴き入ってくれる。

それは福耳彦命にとって、味わったことのない心地よさだった。そしていつからだろう、神々の御召しに応じるのが気ぶっせいになっていた。だから本当は行ける日でも、明日彦を遣わす。

場数を踏まねば技は磨けない。習うより慣れろ、だ。

独り言を言いながら身支度を済ませ、いろいろな物を踏んで戸口に行き着いた。ふと、壁際の古簞笥の上に目が行った。かつては純白だった麻袋はすっかり色を変え、埃にまみれている。もう長いこと、雲海に出ていないのである。

しかたがない。私は忙しい。

見て見ぬふりをして、足早に小屋を出た。

数日後の朝、戸口を叩く音がして、寝台の中から「誰」と訊いた。

「御召しである。すぐに参られたし」

「今日は都合が悪いんです。明日彦を」と言い終わらぬうち、「ならぬ」と遮られた。

「福耳彦命を、との御下命である」

神々に侍る身ではあるけれど、私にも都合というものがある。舌打ちをした。のろのろと玉飾りをつけ、御殿に向かった。

前庭に入ると、明日彦が坐していた。

「お前も御召しを受けていたのか」

「今日は、師弟並んで語れってことらしいですよ」

「そうなのか。……まったく」

神々は時として気紛れで、酔狂だ。

やがて階の上に侍従が出てきて、居丈高に切り出した。

「福耳彦命、久方ぶりじゃの」

「恐れ入りまする」

「下々の間で、たいそう人気だそうな。道理で、なかなか顔を見せられぬはず」

このくらいの皮肉はしかたがないと、笑みを拵（こしら）える。

「ついては、師弟で語ってみよとの御下命じゃ」

「承りました」

「まずは福耳彦命、そなたから」

「いえ。かような席では、弟子が露払（つゆはら）いを務めるのが慣いにござりますれば」

その順序の方が、たとえ明日彦がしくじっても私が盛り返してやれる。さらに本音を言えば、起き抜けでやってきたのだ。明日彦が語っている間に調子を整えたい。

「福耳彦命、その方から語れ。神々は、耳に新しい話をご所望じゃ」

「新しい話にござりますか」

「明日彦は、存じ寄りの話を軽妙に語れるだけであるからの」

新しい種など、長い間、集めていない。

白砂の上に目を落とすと、唇がわなないた。

　天井を睨みながら、長い溜息を吐いた。

ああ、また今日が始まる。

そう思うと、うんざりする。起き上がる気にはとてもなれず、ずっと寝返りを繰り返している。

近頃、寝る前にはこんなことを思ったりもする。

明日が来なければいい。そうしたら、厭なことを思い出さずに済む。でも必ず明日は訪れて、朝陽は思い出したくないことばかりを照らし出す。

神々に新しい話を所望されて何も語れなかった、あの日を。

落ち着け。話の種は躰の中にたんと養ってあるではないか、まだ披露していない話を繰り出せばよいだけのこと。

懸命に己にそう言い聞かせたけれど咽喉の奥が干上がり、舌は棒切れのように硬くなった。言葉の端切れさえ出てこなかったのだ。結句、白砂の上で口を半分開いたまま、我を失った。

神々がブウと言い立てたわけではない。むしろ大扉の向こうはしんと静まり返っていて、鳥たちの囀りだけが響いていた。

「福耳彦命、そなたの本分は何ぞ」

厳しい声で問うてきたのは、侍従だった。一言も返せず、蹲るように平伏した。

「御伽衆たる者が、何ゆえ黙っておる」

問いつめられても、申し開きすらできない。

「本分を疎かに致したる仕儀、甚だしき。由々しき怠慢じゃ」

叱責はしばらく続いたが、記憶はもはや朧だ。御伽衆を罷免すると言い渡されたわけではない。玉飾りも奪われなかった。ただ、神々からの言葉が何一つなかったことがこたえた。

沈黙は冷たい。

見放されたような気がした。侍従やその他の従者らが去った後も、そのまま動けなかった。庭の白砂の上で茫然として、榊の緑を見ていた。明日彦が肘を持って立たせてくれようとしたが、その手を荒く払いのけた。御殿からどこをどう歩いて家に帰ったのかは、よく憶えていない。

行き会った者らはもう噂を知っていてか、誰もが気の毒そうな目をしている。

――神々の御前で、大変な失態を犯したそうな。

――失態とは。

――よりによって、何の話も語れなかったんだと。

――御伽衆が語れぬとは、どういうことじゃ。

――大工が家を建てず、馬丁が天馬を顧みず、船頭が川に出ぬのと同じだろう。

翌朝、顔を洗いに小屋の裏に出れば、小川のほとりで洗濯をしながら声高に喋っていた女らが急にこそこそと声を潜める。

――侍従にお叱りを受けたらしいね。

――あたしは、神々がお怒りになったと聞いたよ。ほら、昨日はえらく晴れていたのに稲光(いなびかり)が走っただろう。あれだよ。

――あたしもそう聞いた。もう二度とお召しはないだろうって、皆、言ってる。

――じゃあ、御伽衆の御役はどうなるのさ。

――弟子がいるじゃないか。若いのに、語りはなかなか達者らしい。知恵もある。だから大丈夫なんだろ。

両手で耳を塞ぎ、逃げるようにその場を去った。すると小屋の戸口の前で、心配げな面持ちが待ち構えていた。庭師の爺さんだ。

「気にするな」

肩を叩かれた。訳知り顔で慰められて、肚の中がいきなり煮えた。

「気になんぞ、しているものか」

声が思わず尖った。

「ちやほやしてた連中が何かの拍子に掌を返すって、よくあることだよ。下界では、そんな話が山と伝わっている。おだてられて有頂天になって、その挙句、痛い目に遭った猿や狸や、愚か者の話が。だから平気だ」

怒りのままに、まくし立てる。

「掌を返すって、誰がじゃ」

「だから、皆だよ。皆、陰であれこれ言ってるじゃないか」

爺さんは腰に手を当て、「しっかりせんか」と怒鳴り返してきた。

「掌を返すなど、とんでもない思い過ごしじゃ。昨日、お前さんが御殿から引き上げるのを見かけた者らはの、福耳彦命の耳たぶが土気色じゃったと、それは心配しておったのだぞ。お前さんのことを案じこそすれ陰口を叩く者など、どこにもおらんわ」

「気休めなど要らぬ。私はこの耳で、しかと聴いたんだ」

「何を聴いた」

「福耳彦命はもう御役御免だ、御伽衆はこれから明日彦だ」

皆、そう思っているに決まっている。

きっと神々も。

「誰がそんなことを。だいいち、お前さんは御役御免になんぞなっておらんだろう」

「なってなくても、私は見放された」

爺さんは「よくわからぬ」と言わぬばかりに首を捻ったが、思い直したように言葉を継ぐ。

「また許されて、お召しがある。その折にしっかり務めればよいだけのことじゃろう。やり直しのきかぬことなど、どこにもありゃせんぞ。わしなんぞ、昔、天帝がお大切の桃樹に傷をつけてしもうたが」

爺さんは若い時分のしくじりへと話を転じた。此度の一件は「大したことではない」と言わぬばかりの口調だ。この人だけはわかってくれると思っていたのに、所詮は己の話をしたいだけなのだ。

「無理だ」と、頭を振った。

たとえお召しがあったとて、もう語れない。私自身がもう無理なのだ。それがはっきりとわかる。あんな冷たい沈黙に晒されて、どう語れというのだ。面白可笑しい物語なんぞ、もう披露できない。

爺さんを振り切るようにして、戸口の中に身を入れた。

以来、小屋の外にほとんど出ぬまま中に籠もっている。春が過ぎ、夏と秋が行き、冬が訪れても、失意が癒えることはない。

ああ、何ゆえ、こんなことに。

今では、その思いだけがつのって咽喉を塞ぐ。

寝台に身を横たえたまま、古箪笥の上に手を伸ばした。瓶子の首を摑んで持ち上げ、口に押し当てる。酒はほとんど残っておらず、数滴が口を湿すだけだ。ちっと片目を瞑って、床に投げ捨てた。

爺さんは毎朝訪れて、戸口の前に喰い物を置いていく。合図のつもりなのか窓を叩くので、後で戸を開けてみたら木の実餅の入った籠や煮物の鍋が置いてある。

婆さんもだ。

「ちゃんと食べなよ。お前さんの口には合わないかもしれないけどね、お酒ばかり呑んでたら躰に毒だよ」

福耳彦命は黙ってそれを小屋の中に引き入れ、貪り喰う。旨いも不味いも感じない。ただ、泣けてくる。理由はわからない。

埃臭い枕に顔を埋めれば、肚の中でぼこり、ぼこりと泡立つものがある。

私がいったい、何をした。

そもそも、望んでもいない玉飾りを下賜されたのは神々ではないか。祝宴など辞退したのに、強引に開いたのは爺さんじゃないか。「皆も心配している」と言うけれど、本心は違うに決まっている。

寝返りを打って、福耳彦命は天井を睨む。

また、ぼこりと泡が湧く。

そうかと、目を見開いた。

神々がいきなり新しい話を所望されたのは、あれは侍従が仕組んだに違いない。

そう思いつくと、何もかも辻褄が合うような気がしてきた。玉飾りを賜って引っ張りだこになった私を、侍従は嫉んだのだ。だからわざわざ明日彦と並んで坐らせ、神々の前で恥をかかそうと企んだ。

たしかに、私は胸を張って往来を歩いていたかもしれない。

我こそは天界の御伽衆なり、と。

けれど、それがいかほどの罪だというのだ。驕(おご)り高ぶったわけではない。ただ、忙しかったただけだ。雲海で新しい種を採取する暇など、どこにもなかった。

それとも、私の名代で明日彦を遣わしたことが、怠慢と映ったのだろうか。だが弟子をよこしたのも、神々ではないか。

いや、明日彦かと、目をすがめた。あいつは元々、御殿で働いていた。当然、見知りがある。その者を通じて、侍従の耳に何かを吹き込んだのかもしれない。あの、ふてぶてしい、痩せた顔を思い泛べると、またも胸が悪くなってくる。

そうか、私は明日彦に陥(おとしい)れられたのか。あれほど面倒をみて、この寝台さえ貸してやったのに、まんまと裏切られた。ああ、そうに違いないと奥歯を噛み、拳を握り締めた。

ふいに、戸を叩く音がした。

「福耳彦命、侍従の遣いである。急ぎ御殿に参上されたし」

息を潜め、返事をしなかった。

今度は窓を叩いている。窓を塞ぐほど積み上げた贈物の箱が方々に崩れるばかりだ。食卓や椅子は埃にまみれ、皿や鍋の中は腐って臭いを放っている。

「火急(かきゅう)の御用向きである。すぐさま参上されたし。福耳彦命、返答されよっ」

音はどんどん激しく、荒くなる。

福耳彦命は、ぶんと鼻を鳴らした。

今さら何の用だ。どうせ神々は御簾の奥深くにおわして、私なんぞの前に姿を現されない。いつも気配だけじゃないか。もう御免だ。

やがて音も声も小さくなり、ほどなくして今度は爺さんや婆さんのわめき声だ。

「起きろ、出てこい」

「頼むから、戸口を開けておくれ」

小屋の周囲を皆が取り囲んでいる、そんな騒々しさだ。

「師匠、一大事なんです」

明日彦の声まで聞こえるではないか。誰かが「大工を呼んでこい。戸を叩っ壊せ」と叫んでいる。好きにすればいいと、戸口の向こうを睨みつけた。

やがてその騒ぎも、少しずつ潮が引くように遠ざかる。

重い躰を引きずるようにして身を起こす。寝台からようよう足を下ろし、腰をかけた。

窓外は、もう日が暮れている。耳を澄ますと、ようやく静寂が戻っている。皆、御殿や家々に引き上げたのだろう。

「それっきり」

ぽつりと、口にした。

物語の結句だ。話の種をどこの雲海で採ったかによって、この文句は異なる。「どんと、はらい」や「昔かっぷりこ」、「もうそんだけ」という土地もある。

下界の民草は、物語に出てくる愚か者を嘲笑するだけだ。顚末のその後など、誰も気にしない。福耳彦命自身も同様だった。結句を告げれば、務めは終いである。

けれど、あの者らはどうなったのだろうと、妙な考えが泛んだ。

己の役割を果たさなかった愚か者は、人々にちやほやされて己を見失った者は、その後、どうなるのか。

胸に手を置き、躰の中に養ってきた数多の物語を手繰ってみる。

思わず「え」と、声が洩れた。

躰の中が空っぽになっていた。

小屋を出て、辺りを見回す。

夜明け前の風が冷たくて、思わず前屈みになる。躰の中を風が吹き抜けてしまうような気がした。あれほど養ってきた物語が雲散霧消したのだ。何一つ、躰の中に残っていない。恐ろしくて身震いをする。よろりと一歩を踏み出した。気がつけば、隣の爺さんの家の戸を叩いていた。

「私だ。福耳彦」

声が掠れる。しばらく待ったけれど、返答がない。

「親方、おかみさん。いろいろ、すまなかった。あんなに気にかけてくれたのに、本当に面目ない」

板戸に耳を押しつけてみても、物音一つしない。

「今さら勝手な願いだということは、わかってる。でも後生だ、少しだけ話をさせてもらえまいか」

己に起きたことを誰かに聞いてもらわねば、気がどうにかなりそうだ。

私の中の物語は、なぜ消えた。

親方、これはどういうことなんだ。

「何も思い出せないんだ」

最後は辺りも憚らず叫んだけれど、爺さんも婆さんも起きてこない。把手に指をかけ、戸を引いてみた。鍵はかかっていなかった。中を覗くと、二つの寝台には枕があるだけで姿がない。そのまま後退った。胸が騒いで踵を返し、もう一度辺りを見回した。

何だ、この虚ろな静けさは。

皆の衆が寝静まっている時間ではある。けれどいつもは水車がコトリコトリと水を回しているし、気の早い鶏はクックツと鳴き声を立てていたりする。朝の早い稼業の者は竈に火を熾し、湯を沸かす。

この耳は、そんな暮らしのさまざまもちゃんと拾うことができる。

でも今は、何も音がしない。

この躰の中のように、世界に洞(うろ)が空(あ)いたみたいだ。

狼狽(うろた)えて、家々を訪ね回った。明日彦の小屋の戸まで叩いたが、やはり誰の姿もない。

あの声が耳に戻って、胸が早鐘のように打ち始める。

——師匠、一大事なんです。

何かが起きたんだ。

ようやくそのことに思いが至った。

急ぎ足になり、御殿に向かった。小屋の中に長いこと籠もっていたからか、息がたちまち切れ、足も縺(もつ)れる。それでもひた走る。

——火急の御用向きである。すぐさま参上されたし。

何か常ならぬ事が起きて、神々は私をお呼びになったのだ。皆の衆も。

なのに、私は取り合わなかった。

歯嚙みをし、唸り声を洩らしながら走った。ようやく辿り着いた瑞垣の入り口には衛士(えじ)の姿もなく、篝火(かがりび)からは火の粉も上がっていない。いくつもの御殿の前を通り過ぎ、前庭へと続く小径(こみち)を走った。その最中も大声で呼びかけるが、人影ひとつ動かない。

やがて前庭に辿り着き、迷いもせずに階(きざはし)を、一度も足をかけたことのないその七段を駈け上がり、大扉を叩いた。

「福耳彦命にござりまする」

腹の底から声を出した。

「遅参をお詫び申しまする。どうか、侍従殿にお取り次ぎを願います」

戸を叩き続ける。

「ここをお開け下さいませぬか。瑞垣の外に住む者らが、皆、おらぬのです。侍従殿、いや、どなたでもいい。姿をお見せ下され」

声を振り絞っても、大扉は動かない。

裏に回って、渡り廊下に上がった。勝手のわからぬ御殿の内を闇雲に動くが、とんでもなく広い。延々と板床が続き、前に進むとまた扉が現れた。

扉を左右に押し開いては身を入れ、しばらく行くとまた扉に行手を塞がれる。それを開く。けれど誰もいない。御殿の奥は想像以上に深く暗く、腕や首筋が冷たくなるほどだ。やがて匂いが変わった。微かに風が動く音がする。その方に耳を傾けながら進むと、かなたに揺れるものが見えた。

御簾(みす)だ。七色の房を垂らしたそれは、いったい何帳あるだろう。顔を左右に動かしても、まだ目の中に納まらぬほど連なっている。

ごくりと、己が息を呑み下す音を聞いた。

神々は、この御簾の中におわす。

安堵と畏れ多さが、綯い交ぜになってこみ上げてくる。ふと沓を履いたままであったことに気づき、それを脱いでから膝を折った。

平伏して、声を発する。

「我は、神々より御伽衆の御役を賜りたる、福耳彦命にござりまする」

そのまま待った。床に額ずいたまま、身じろぎもせずにひたすら待った。

「侍従殿、おられませぬか。どうかお取り次ぎを願いたい」

何の返答もない。気配すら感じられない。

顔を上げ、半身を立て、膝行した。御簾に近づき、厚い絹で縁取られた下端に指をかけた。胴震いする。

私は何をしようとしているのか。神々に直に会うなど、とんでもない仕儀だ。天界を追われるかもしれぬ。

歯の根が合わなくなって、妙な音を立てる。それでも、もう引き返せない。皆の衆が消えた理由をおわかりになるのは、神々だけなのだ。何を聞かされようと、そして何を命じられようと従おう。

胸の中には、庭師の爺さんや婆さん、大工や馬丁、職人らの顔がある。私の話をあんなに望んでくれた、皆の衆の顔だ。

今頃、気づいた。

聴き手がいてこその、語り手であったのだ。なのに、彼らとの縁を私は台無しにした。持て囃される身に慣れ、増長し、贈物の包みを解きもせずに積み上げた。小さなしくじりに拘泥して、誰かのせいにするために理屈をこねた。己の気持ちの中に、己を閉じ籠めていたのだ。侍従を怨み、明日彦を疑い、神々に対して不満すら抱いた。

肚を据えて気息を整える。肘を持ち上げ、指先に力を籠めた。

皆を取り戻せるなら、私はいかなる咎めも受ける。

神々よ、どうか彼らをお助け下され。

目を閉じて「えい」と発し、御簾を巻き上げた。

ゆっくりと瞼を押し開くと、そこには誰もいなかった。広々と清い床だけが続き、何の装飾もない。がらんどうだ。

そこにあるのは、静けさだけ。

瑞垣の外に出て、野原や葦原を彷徨った。

いつのまにか夜が去り、朝が訪れている。辺りはもう明るい。

その恐ろしさに、福耳彦命はまた背筋を震わせた。誰もおらず何も動かない、何の音も匂いもしない朝は、夜よりも怖いということを初めて知った。

玉飾りは首筋に重くのしかかり、俯いて歩く。

御簾の内に神々さえもおわさぬとは、なぜなんだ。

いつしか雲海へと足を向けていた。足の下に光る白が広がっている。黙々と歩くうち、もしかしたらと思った。もしかしたら皆の衆は難を避けて、雲海へと逃げたのかもしれない、そんな考えが泛ぶ。

そうだ。きっと、神々も一緒におわす。皆を導き、雄々しく率いる声が聞こえるような気がする。

空っぽになった躰の中に、力が満ちてきた。走る。息が切れ、躰は左右に揺れるばかりだけれど、ともかく足を前に運ぶ。やがて、かなたに何かが見えた。目を瞠(みは)り、さらに足を速める。向こうも気づいてか跳(は)ねるように立ち上がり、駆け寄ってきた。互いに顔を見合わせた時、「ああ」と声が出た。

「無事だったか」

手を取り合うと、思わず声が湿った。

「皆の衆は。神々はご無事か」

矢継ぎ早に問うと、明日彦は唇の周りを動かしたが、すぐさま面持ちを変えた。

「ともかく、こっちへ」

背を向けて歩き出す。後を従いてゆくと、そこは雲の切れ目だった。薄汚れた、ぺしゃんこに萎えた麻袋が置いてある。

視線に気づいてか、明日彦は小さく呟いた。

「師匠の家に入って持ち出したんです」

その横顔は、雲の下の下界を見下ろしている。

「でも駄目なんですよ、俺じゃあ」

「どういうこと」

「この耳じゃ、妙な言葉しか拾えない」

口許が曲がり、鼻の頭にぐしゃりと横皺を寄せた。福耳彦命は、その細い腕を摑んだ。

「なあ、答えてくれ。皆は無事なんだろ。この雲海のどこかにいるんだろ」

明日彦は力なく、うなだれるばかりだ。

「御殿にも誰ひとりいなかったんだぞ。侍従や近習も」

そして「神々も」と言いかけて言葉を吞み込んだ。それを口にするのは、ひどく恐ろしい。まるで、この世の終わりを告げる心地がする。

福耳彦命はしばし黙してから、明日彦を見返した。

「いったい、何が起きた」

「わからねぇんです。最初は御殿の中で起きたんだ。皆、時々、姿が薄くなったり声が遠のいたりした。で、そのうち消えてしまう者が出て、大騒ぎになったんです」

「消えるって、どんなふうに」

「直に見たわけじゃねぇけど、何かに吸い込まれるみたいだったって聞きました」

「理由は」

「それがわかったら、防ぐ手立てを講じましたよ。こんなことにはならなかった」

福耳彦命は「すまん」と、目を伏せる。

「初めは内分のことだったんです。下々の混乱を招くゆえ、瑞垣の外には洩らさぬようにと、侍従の厳命で。その間に神々が話し合われて、御殿の中のありとあらゆる場が浄められました。それこそ、前庭の白砂まで全部、一粒一粒を洗ったようです。けど、そのうち外に住む者らにも異変が起きるようになって」

「それで私をお召しになったんだね」

明日彦がうなずく。

「神々がお気づきになったと、聞きました。いつもと違うことを探せば、福耳彦命に行き着く。我らは長い間、あの者の話を聴いておらぬ。そういえば、福耳彦命は如何したと侍従に問われ、それで慌てて遣いを出されたんです」

「私が侍従に叱責されたことを、神々はご存じなかったのか」

「おそらく」

私が不貞腐れて小屋に引き籠もっていたことを侍従は伏せてくれていたのだと、思い当たった。

「前庭での語りは俺が代わりに務めてましたが、神々はあまりお気に召していなかった。いえ、お叱りを受けたわけじゃないけど、満足しておられるかどうかは察しがつくじゃありませんか。この頃はもうほとんど、お召しもなかったんです」

胸が詰まってくる。

「苦労をかけた」

明日彦は「いえ」と、鼻筋にまた皺を寄せた。

「俺は器用なだけなんですよ。何でもさっとできちまうけど、何も究められねえ。だから師匠がやってたことを思い出して、雲海に来てみたんだ。下界に耳を澄ませば、何か手がかりが摑めるかもしれないと思って。けど、話を拾えない」

さっきも、同じようなことを言っていた。

「俺じゃあ、無理なんです」

何とも言えぬ、落胆の息を吐く。

福耳彦命は数歩動いて、雲の上に臀を置いた。耳たぶを揉みながら息を整え、ゆっくりと背を倒す。雲の切れ目に耳を傾けると、キンと痛いような音が響く。思わず顎が上がった。

「何だ、この音は」

明日彦は黙って隣に腰を下ろし、雲の切れ目に頭を突っ込んだ。福耳彦命も再び気を入れた。するとわずかながら、何かが飛び込んでくる。

——サッサト、シテヨ。

——ボヤボヤスルナ。

ひどく性急で、苛立った音だ。

——モット効率ヲ考エロ。結果ガ、スベテダロ。

——チャント返信シロヨ。スグニ返事シロ。

——授業中？　仕事中？　ソンナノ関係ナイ。スグニ返信シナイト、仲間ジャナイカラ。

ソレ、ツナガッテナイカラ。

聴いているこっちまで、息遣いが狭くなってくる。明日彦が「師匠」と呼んだ。

「子どもの声です」

急いで耳を戻すと、確かに響きが違う。まだ柔らかな、濁りのない声だ。雲間の下には、夜の色が広がっている。

——ネエ、オ話、シテヨウ。

安堵したのも束の間、耳障りな甲高い音が子どもの声を遮った。

——サッサト寝ナサイ。忙シインダカラ、我儘イワナイデ。

——マダ、眠クナイモン。

——ジャア、コレヲ観テナサイ。

己がこんなにも下界の言葉がわからなくなっているとはと、愕然とした。ゆらりと立ち上がり、違う雲海に向かう。明日彦も麻袋を持って従いてくる。手分けをしようと、互いに少し離れて坐る場を定めた。さっそく耳を傾けても、また雑音が行き交う。

――チャント餌ヲアゲテ、面倒ミナサイ。アナタガ犬ヲ欲シイトイウカラ、飼ウコトニシタンデショウ。

――イイモン。死ンダラ、マタ買ッテモラウモン。

母子が交わしている言葉らしきことは、声から察しがつく。しかしいったい何を言っているのか、わからない。

顔を上げた。雲海の果てに広がる空を見る。そういえば、以前にもこんなことがあったと気がついた。そうだ。時々、妙な音が混じって声が遠のいたりしたのだ。霧の幕が下りるように、突然聴き取れなくなったこともある。子どもが眠る前に昔噺を語ってやる声も、人々が火を囲んで語り合う声もめっきりと減っていたような気がする。

頭を後ろに倒して、深い溜息を吐いた。

何たることだ。今に始まったことではなかった。異変はすでに起きていたのだ。下界の民草の間で。私はそれに気づかなかった。神々の御伽衆であるにもかかわらず。

玉飾りがまた重くなって、うなだれた。

明日彦が麻袋を持って立ち上がり、少し先まで進んで腰を下ろしている。耳を下界に向け、時々、鼻筋に横皺を刻む。

福耳彦命も顔を戻し、耳を澄ませた。何か手蔓が欲しかった。

どうすれば、世界を取り戻せる。

けれど聴こえてくるのはやはり耳障りな、忙しない音ばかりだ。

しばらくして明日彦がかたわらに戻ってきて、肩に手を置いた。

「あっちの切れ目、わりあいと聴こえます」

「そうか」と、半身を起こした。明日彦は苦々しい顔のままだ。

「今は、本当にあった話かどうかが大事みたいですね。それから残酷な話、報われない話も駄目だって、賢しらな大人が言ってました。退治された鬼が可哀想、継子苛めをした母親は改心すべきらしいです。でないと子どもの育ちに悪いって。けど少し大きくなった子どもらは、もっと酷い心地を遊びで楽しんでるんですよ。笑いながら敵を倒し、殺し続けてる」

膝の下からふいに言葉が届いた。年寄りが孫を呼んでいるようだ。

――さあ、お話をしてあげるから一緒に寝よう。

難なく、すっと耳に入ってくる。明日彦と顔を見合わせ、二人で耳を傾けた。

――今夜は一寸法師にしようか、それとも風の神様のお話かな。

――オ祖母チャン、神様ナンカ、イナイヨ。

――またそんなこと言って。罰が当たるよ。

――罰ッテ、何。

――神様がいつも、空の上から見てなさるってこと。

――ソンナノ、作リ話ダヨ。

――だから、そういうつもりで暮らしてきたんだよ。空の上だけじゃない。木にも草にも神様は宿ってなさる。お米の一粒にだって。

――ジャア、イイヨ。オ祖母チャンノオ話、聴イテアゲルカラ、……ヲ買ッテ。

孫が何をねだっているのかは聴き取れなかった。まったく耳にしたことのない、硬質な響きだ。

胸を衝かれて、腿の上に肘をついた。掌で頭をおおう。

明日彦が溜息混じりに呟く。

「誰ももう、雲上の世界など、信じるどころか想像すらしていないんだ」

「いや。さっきの年寄りは語ろうとしていた」

「でも、子どもは受けつけなかったじゃないですか。あれ、取り引きしようとしてたんですよ。噺を聴いてやるから、何かを買えって言ったんだ」

顔を上げると、明日彦の黒目がさらに小さく凝っていた。

「師匠、神々は本当にいるんですか」

「お前まで何を言い出す」

「あなたは直に会ったことがないんでしょう」

「だが、神々の気配はいつも感じ取っていた。たしかに、大扉の向こうにおわした」

「じゃあ、今は。皆が消えちまったというのに、神々はどこで何をしておられるんです。説明してくださいよ」

明日彦の語気が徐々に強くなる。

「侍従だって近習だって、本当は怪しいものだ。神々に仕えるふりをしていただけかもしれない。いや、あの人らだって、本当にいたんですか」

「お前は瑞垣の内で働いていた身じゃないか。私よりわかっているはずだ」

「そんなことを言ってるんじゃない」

明日彦がやにわに立ち上がった。

「俺たち、本当に存在してるんですか」

顔が、切ないほど歪んでいる。

「あなたも俺もここにいると思い込んでるだけで、本当はどこにもいないんじゃないんですか。下界の言ってることが、真実なんじゃないんですか」

足を踏み鳴らし、口の端から唾を飛ばす。「ここも怪しいもんだ」と足許を指さした。

「本当に落ちないんですか」

はっとして立ち上がり、己の足許に目を落とした。

「我々が雲海から落ちるわけがない。この天界では、そう決まっている」

言い聞かせるが、急に膝が震え始めた。

落ちるかもしれない。

その疑念が過った途端、躰がずんと斜めに沈んだ。右の膝から下が雲から突き出している。風に躰ごと持っていかれそうになって、両手でもがく。手首を摑まれる。明日彦だ。両手を引っ張られ、ようよう膝を雲の上にのせた。這い上がっても、しばらく動けない。雲についたまま、背や肩で息をする。

どのくらいそうしていただろう。躰の中で何かが微かに動いた。

——昔むかし、ある所に。

ああ、物語の始まりの言葉だと、身を起こした。

雲の切れ目から、もう一度、下界の風景を見渡す。

雲上と雲下。その二つをつないでいたものに思い当たって、呻いた。

そうか。そうだったのか。

明日彦は尻餅をついたまま、まだ悄然としている。

福耳彦命は胸の玉飾りに手をあてた。そっと撫でてから、首からはずす。近づくと、明日彦は左右に首を振った。玉飾りをかけようとするのを、「いやだ」と拒む。

「行かないで下さい。独りにしないで」

「相変わらず、察しがいいね」

切羽詰まっているのに、なぜか苦笑いが零(こぼ)れた。

「忘れるな。お前は御伽衆なんだ」

両肩を叩き、玉飾りを託した。

「私も」

踵を返し、雲の切れ目へと進む。目を閉じ、その一歩を踏み出した。

明日彦の絶叫を聞きながら、自ら落ちてゆく。

どこまでも尽きぬかのように連なっていた雲の波が、みるみるうちに遠ざかった。

## 空の下

目を開き、辺りを見渡した。

切り立った崖が目に入った刹那（せつな）、袋の口をぽっかりと開いたような草原（くさはら）が横目に見えた。

目を瞬（しばたた）かせ、そして己の足許を確かめた。

ここは、崩れたのではなかったのか。

轟音が凄まじかった。己が土や石を抱えたまま根こそぎ倒れたことを、躰が憶えている。私は倒れて後、朽ち果てなかったのだろうか。眼下には、やはり憶えのある風景が広がっている。代掻（しろか）きを終えた田には水が張られ、神社の森や畑の緑が青々と風に吹かれている。まだよく摑めない。恐ろしく長い夢を見ていたような、束の間の午睡であったような気もする。

目を上げれば空が広がっていた。

雲の白さが眩しくて、福耳彦命は目を細める。

あの雲の上、さらに遙けき高き空のかなたに雲の海があった。その切れ目から私は落ちたのだ。自ら、この下界へと。

すると痛みが総身に甦って、胴が震えた。思い出した。

恐ろしく長い歳月の間、総身を揉まれるように落ち続けたのだ。衣は破れ、耳たぶも躰もちぎれて四方に飛び散った。地上に辿り着いたのは、小さな欠片が一つきりだった。

——昔むかし、ある所に。

躰の中にわずかに残っていた、物語の始まりの言葉だ。欠片はやがて芽を出し、葉を伸ばした。まるで、種子のごとく。

そして私は、名もなき草になったのだ。何もかもを忘却したまま、気が遠くなるほど長いこと、独りで生きた。

ふと、幾千もの葉の何枚かを動かしてみた。その葉先を見て、ようやっと気がついた。耳たぶのような形をしていると思っていたけれど、勾玉に似ている。

神々に賜った、あの玉飾り。胸許を飾った誇らしさが過って、また胸が疼いた。

私の物語の、何と愚かなことか。

「ほんに、悲しいほど愚かじゃ」

どこかで、嗄れ声が響いた。目だけで辺りを探ってみたが、鳥の囀りしか聞こえない。空耳だとまた己を嗤い、気を戻す。と、今度は蕺草の臭いがする。まさかと左方へ目を動かして、息を吞んだ。

かつては、そこに大樫があった。あまりにも老樹であったからか、深い翳を孕むほどの洞が穿たれ、そこが森との通り道であったのだ。しかし今は樹影もなく、山の斜面が無残に削り取られている。奇妙なほど白く巨きな塊が、四角い箱が延々と連なっている。

この地が元通りになったわけではなかったのかと、目をきつく瞑った。やはり、深山は崩壊したのだ。

「今頃、気づいたか」

また声だけが響く。

「わしはここぞよ、ここ」

四角い箱の下で、ぶわりと派手な桃色が翻った。山の斜面をたちまち這い上がり、草原の中央へと躍り出る。

「そなた、散華したのではなかったのか」

唸り声を洩らした。

「したぞよ。した、した」

眼下の山姥は両足を広げて踏ん張り、こっちを睨み上げる。

「では、何ゆえ」

「忘れ物をした」

「忘れ物」

「お気に入りの布をここに置き忘れたんじゃ。お気に入りを」

「布。あの、雲形文様のか」

里から盗んできた物か、山姥は妙に派手な色合いの布を持っていた。鮮やかな朱色地に雲形の文様が散らしてあり、山姥はそれを首に巻いて寝床がわりにもしていた。といっても所々が煮しめたように汚れ、いつしか白茶色に変じていた。

「あの布は」と口を開きかけると、山姥が掌を立てて遮った。

「承知しておるわ。洞の中で見ておった」

山姥の布は子狐の母である玉藻前（たまものまえ）の手に渡り、命綱となった。物語の者らがこの地を去るとき、一本の長い紐になって空のかなたへと運んだのだ。

「皆が去るのを見ておった」

顎をしゃくり、斜面を指す。

「お前さんが倒れるのもな。どうと横ざまに、根っこを剝き出しにして倒れおって。それでわしは思わず洞から飛び出したんじゃ。で、そのまま、ここにおる」

「ということは、私にずっと付き添ってくれていたのか」

訊ねると、山姥はむず痒（がゆ）そうに「勘違いするでない」と言い、鼻の穴に汚い指を突っ込んだ。

「お前さんが息絶えるのを見届けてから散華するのも、面白かろうと思うたまで。お蔭で、お前さんが語るのをすべて聴く破目になったわ」

ほじくり出した鼻糞をじっと見つめ、桃色の布の端で指先を拭く。猫の顔が方々に描かれているだけの、珍妙な柄だ。

「私は語ったのか」

「語った、語った。玉藻前が福耳彦命などと呼びかけるもんじゃから、さては大乱で闘った勇の者か、はたまた奸計(かんけい)によって陥れられた流浪の貴紳かと胸を躍らせたが、何ほどもない。怠惰と驕(おご)り、不信、そんな薄皮のごとき罪を積み重ねてすべてを失った、ありきたりの愚者(ぐしゃ)じゃ」

山姥はせせら笑った。

「しかし、ありきたりの愚かさほど恐ろしいものはない。誰も気づかぬまま、あれほどの大事(おおごと)を引き起こすんじゃもの。気づいた時には何もかも手遅れじゃ」

山姥を静かに見つめ返した。

そして私は再び、この下界でも同じ過ちを犯したのだ。物語の者らの嘆きが耳に戻る。

――今の者は我らを信じない。どうせ作り話だ、本当の話ではない、と。

「雲海で耳を澄ませた時、私はしかと察したというのに」

空を仰ぐ。

「神々の物語を紡いでいるのは人々の心だと、ようやく気がついたのに」

「人の、心じゃと」

山姥は真顔で、私を見上げた。

「人はなぜ好きになり、嫌いになるのか。他者の幸福を喜び、その一方で不幸も面白いのはなぜか。なぜ人は嫉み、うらやみ、出し抜きたいのか。運、不運はなぜ誰もに等しく訪れてはくれぬのか。なぜ人は損得にこだわり、奪い、殺し、戦をやめられぬのか。その問いを、人々は小さき物語に、時には長大な物語に託してきた。幾世代にもわたって少しずつ細部をつけ加え、あるいは削ぎ落としながら語り継いできたのだ。答えの出ぬ問いを発し続けてきた。私はそれを聴き取り、神々に取り次いでいた」

またも深い悔いが、胸の中に広がる。

「物語こそが、雲上と雲下をつなぐものであったのに」

けれど私は物語の力を軽んじ、耳を傾けず、語ることを放擲した。私こそが離れてしまっていたのだ。

民草の心から。そして神々の心からも。

山姥は挑むように、肩を怒らせた。

「神々はなぜ闘わなんだ」

「闘う。……誰と」

「神々を、天界を信じぬようになった民草に決まっておろう」

「神は、人とは闘えぬ」

山姥を静かに見据えた。

「大いなる神々は、おそらくご承知であったのだと思う。自らが人の心に支えられて像を結ぶことを。かほどに、かそけき存在であることを」

山姥はややあって、息を吐いた。

「それでお前さんは自ら、下界へ降りたのか。民草のそばへ」

「結句、何もできなんだ」

思えば、雲海から落ちる際に時を遡ったのだ。あの、耳障りな音が行き交う時代より遙か前のこの地に落ち、根を生やした。しかしまたも、絶望した者らを助けられなかった。この地からむざと去らせてしまった。

山姥は腰の後ろで手を組み、草原を行ったり来たりし始めた。

「ようわからぬの。この地が崩れる最中に、大刀のごとき葉を振り下ろしてまで子狐を行かせた。あれは、生きよと願ったのであろう。そしておぬしは、自身の物語を取り戻した。わしもこれ、この通り、ここにおる。ようやく散華できるはずであったのに、忘れ物ごときで戻ってしもうた。……玉藻前め、わしの布を横領しおって、草の根を分けてでも捜し出して懲らしめてやる」

桃色の布が翻った。

「言うておくが、この地は崩れたのではないぞよ。崩されたんじゃ。これを建てるために、奥山の斜面が丸ごと削られた」

短い指が、白く巨きな塊を指している。

「その、醜い箱をか」

「これは家じゃ。長屋みたいに壁で仕切られた大きな家に、人が群れて住んでおる。下唇を突き出したような出っ張りは露台と言うての。洗うた物を干したり、ちまちまと草花の鉢を並べる場じゃ」

山姥が眉を顰め、空を仰いだ。

「あれ。冷たいの」

目を上げれば、雨だ。幾千もの葉にぽつぽつと点が生じ、やがて音がするほどの降りになった。

戸を引く音がして、誰かが露台に出てきた。まだ若い女である。

「大変、濡れちゃう」

慌てて、衣や布の類を取り込んでいる。たちまち家の中に姿を消した。

空はまだ青く晴れているのに、斜めに降りしきる。とても細かな銀色の粒だ。陽射しは雲と山々を光らせ、家々の白い壁をも照り返す。

辺り一面に、瑞々しい光が満ちる。

しばらくして、再び女が姿を現した。今度は幼い子どもを抱いている。

「綺麗ね。こんなに晴れているのに、細い雨が降っている」

「どうして、晴れなのに雨なの」

幼い子が首を傾げる。すると女もしばし小首を傾げ、「そうか」と目を細めた。

「狐のお嫁入りなのよ」

「狐さんがお嫁に行くの」

「そう。晴れているのに雨が降る、こんな日は狐のお嫁入りだって、お祖母ちゃんが教えてくれたことがある」

「ばあば」

「ううん、お母さんのお祖母ちゃんだよ」

若い母親は懐かしそうに、笑みを泛べた。

「古いおうちに住んでてて、たくさんお話を知ってたの」

「お話」

「そう。今晩、お話をしようか」

子どもは母親の腕の中ではしゃいだ声を立て、身を揺すっている。

そして母子は空に向かい、揃って掌を差し出した。

雲間から差す陽射しで、銀の雨粒が舞っている。きらきらと、清い光を放っては散る。

山姥が「なあ」と、囁くように言った。

「あやつ、嫁御をもろうたようじゃの」

両の腕を突き上げ、踊るように足を上げている。

福耳彦命は「ん」と、口の中で返すのみだ。言葉数を費やせば声が湿ってしまう。その代わりのように、胸の裡で雲の切れ目に向かって呼びかけた。

明日彦よ。聞いているか。

手前勝手に私に懐いていた子狐が長じて、嫁をもらったそうな。玉藻前はさぞ立派な祝宴を開くであろうな。小太郎やお花や、笠地蔵らも招かれるのであろうか。

明日彦、耳を澄ませてそのさまを聴き取れ。あの者らは、この世界に戻ってきている。たぶん、もう一度信じることにしたのだろう。

己たちの居場所を信じることにした。ゆえに、この雨を降らせている。私と山姥に、決意を伝えている。

明日彦よ。聴き取った話はその麻袋に入れて養え。そして披露してくれ。

神々に、雲上で生きる人々に。

皆、気配を取り戻しているのだろう。なあ、そうなんだろう。

神々は雲上の御簾の向こうにおわし、瑞垣の外では庭師の爺さんや婆さん、大工や馬丁、百姓らが働いている。その景が、しかと目に泛ぶ。稲穂が揺れ、桃が実り、川は流れて水車を回す。雲海はどこまでも白い。

私もこの世界で、この雲の下で耳を澄ませよう。語り続けよう。

訝(いぶか)しげな、若い声がした。露台にさっきの母親が出てきて、身を乗り出すようにして下を覗いている。

「おかしいわね。猫模様の膝かけ、たしかにここに干しておいたのに」

福耳彦命は「猫模様」と呟いて、山姥を見た。派手な桃色の布の端を握りしめ、胡散臭(うさんくさ)い笑みを泛べている。

「そなた、また盗んだのか。そうも欲の皮を突っ張らせておると、真(まこと)に散華できぬようになるぞ」

「急(せ)かすな。玉藻前からわしの布を取り返したらば、今度こそ消えてやるわ」

雨が上がり、山々のかなたが西日で染まり始めた。

遠くの深山(みやま)で、賑わいの声が響く。

いよいよ、祝宴の始まりだ。

## 謝辞

本作の執筆に際し、多くの方々に民話や土地の暮らしについて語っていただき、資料等でもご協力を賜りました。ここに、心より感謝の意を表します。

著者

（敬称略・順不同）

梅津保一
松本寿和
松本コト
鈴木千鶴子
渡辺たき子
横山幸子
冨家フエ子
天音山道成寺
坂下緋美
畑碕龍定

持谷靖子
永井佐紺
松田レイ
菅澤奎子
平林信子
丸山令江子

参考文献

『あづみ野・大町の民話』あづみ野児童文学会編／郷土出版社
『おばねのとんと昔と伝説』三宅太郎編著／尾花沢市むかしを語る会
『子どもに語る　日本の神話』三浦佑之訳・茨木啓子再話／こぐま社
『子どもに語る　日本の昔話 1』稲田和子・筒井悦子／こぐま社
『子どもに語る　日本の昔話 2』稲田和子・筒井悦子／こぐま社
『子どもに語る　日本の昔話 3』稲田和子・筒井悦子／こぐま社
『新版日本の民話 1　信濃の民話』瀬川拓男・松谷みよ子編／未來社
『新版日本の民話 3　越後の民話 第一集』水澤謙一編／未來社
『新版日本の民話 12　出雲の民話』石塚尊俊・岡義重・小汀松之進編／未來社
『新版日本の民話 13　福島の民話 第一集』片平幸三編／未來社
『日本の昔話と伝説　民間伝承の民俗学』柳田国男／河出書房新社
『日本昔話ハンドブック新版』稲田浩二・稲田和子編／三省堂
『日本昔話百選　改訂新版』稲田浩二・稲田和子編著／三省堂

# 解説

阿部智里

「民話を小説にするとは、これは破壊行為ではないのか。」

これは二〇一八年、中央公論文芸賞を受賞した際、著者である朝井まかて氏が「受賞のことば」の中で書いた一文である。

同賞は、第一線で活躍する作家の新たな代表作となる優れたエンターテインメント作品を顕彰することを目的としている賞であり、その栄えある一三回目の受賞作として『雲上雲下』は輝いた。

本作は、もとは「福耳草（ふくみみぐさ）」の題名で、日本農業新聞において二〇一六年四月から二〇一七年四月まで、約一年にわたって連載されていた。その原稿に加筆修正を加え、『雲上雲下』と改題し二〇一八年に徳間書店より刊行されたものが、此度（こたび）、めでたく文庫化を迎えた。

連載企画当初、媒体が農業新聞であり、「一日を爽やかに、元気よく送れる小説を」という希望を受けたことから、「土に近いものを書いてみよう」と民話や伝承を題材にする方向に決まったという。歴史・時代小説家として名を馳せる著者が、山形県や岩手県、長野県、和歌山県など、全国各地の語り部を取材したのだと聞けば、それだけでとんでもない大作に仕上がりそうなものだが、著者からすると、モチーフが歴史ではなく民話であるがゆえの苦悩があったらしい。

それこそが冒頭で示した、民話と小説の質の違いである。

民話、伝承、説話を、可能な限りあるがまま蒐集しようとしてきた専門家とは異なり、小説家がその題材に手を出すということは、多かれ少なかれ、その物語を我流に「作り変える」ことを意味する。

最初、著者は口承のお伽噺が危機的状況を迎える現状に対し、「私なりの危機感と志をもって」取材に当たっていた。語り部達から、子どもの保護者や先生より「残酷な表現、汚い表現は控えて欲しい」と言われたという話を聞き、そこが民話の素晴らしさだと思ったとインタビューでは語っている。しかし、「書けば書くほど、先達が遺した原話を壊し、今も語り継いでいる人々の心を踏みにじっているのではないかと迷い、苦しくなった」のだという。

本作前半では、浦島太郎や笠地蔵、おむすびころりんなど、どこかで耳にしたことのあるお伽噺が、オリジナル要素を加えた形で展開していく。著者の苦悩など知ったこっちゃない読者の立場からすれば、生き生きとした筆致で描かれるお伽噺の世界はそれだけで十分に楽しいのだが、中盤でふと、空気が変わる瞬間があった。

それこそが、いつかどこかで聞いた覚えのある物語の主人公、龍の子小太郎の登場である。

小太郎伝説を登場させたことが、迷いを吹っ切る転機となったと朝井氏は語る。

「私は小説家なのだ、小説しか書けないと、アクセルを踏み込んだ。」

その結果、『雲上雲下』は、当初の雰囲気からは、読者が到底思いつかない方向へと舵を切っていく。一度、その大河のような滔々とした流れに身を任せれば、とても途中でページを捲る手を止めることなど出来なくなってしまう。

本当に、面白くて、見事な「物語」だった。

私が『雲上雲下』の存在を知ったのは、この作品が単行本化して出版され、週刊文春編集部から書評を依頼されたのがきっかけであった。

自分も小説を書くことを生業にしている身として、書評という仕事は非常に難しいと感じている。作品の欠点を指摘する（あるいは作り出す）ことは誰にだって出来るが、その物語の持つ意味や価値、作者の本当に主張したかったテーマを読み取ることは、読み手に力量がないと出来ないからだ。己の作品すら満足に書けない作家に他の作家の作品を論じる力があるわけもなく、基本的に書評の依頼は断るようにしていた。

――はずなのだが。

『雲上雲下』に関しては、僭越ながら、ほとんど例外的に書評を書かせて頂いた。

それは、依頼をくれた週刊文春の方が作品の魅力にすっかり虜になっていた様子だったこともあったし、先にこの作品を読んでいた文藝春秋の私の担当編集者から「阿部みたいな作家なら引き受けたほうがいい」と意味深な言い方でおすすめされていたこともあった。だが何より、あらすじを一読して「書評関係なしに読んでみたい」と感じたのだ。

今となっては、作品の引力が強かった、と言うべきだろう。

実際に読み終わった後は興奮して、勢いのまま書評を書いて送り、「あれで良かったのかな」などと心配していたのだが、無事に書評は週刊文春に掲載された。そして、何がどうなっているのやら、そのご縁で文庫解説の話まで頂いてしまったのである。

前述した書評の難しさは、解説にも言える。むしろ、書評以上に難しい。

小説の感想は一人一人違うのが当然で、その作品を読んだ感想に「正解」も「不正解」もない。極論すれば、作者自身が作品に関して語らない限り、どんな書評も解説も、全ては等しく一読者の感想に過ぎないはずである。しかし不思議と、解説が「正解」であるかのように捉えられるケースがしばしば見受けられる。文庫化して作品の最後に解説がついた途端、まるで現代文の問題集の答えを盗み見たかのように、いきなり感想が似たり寄ったりになってしまうのだ。どうしたら、そうならないような解説を書けるか、私は悩みながらこれを書いている。

今、この解説を先に読んでから作品本編を読もうとしている方もいらっしゃるだろう。だが、まずは純粋にこの素晴らしい物語を楽しんで欲しいというのが、先に『雲上雲下』を味わった読者としての純粋な願いである。

ここまでは、可能な限り作品に対する私の解釈は排して書いたつもりだ。この後、初めて『雲上雲下』を読んだ直後、まだ著者インタビューや他の解説記事などを何一つ読んでいなかった状態の私が、感動のまま書いた書評をコピペさせてもらった。単なる一読者の感想として、（まだ本編を読んでいない方は、出来れば先に本編を読んでから）ご覧頂ければ幸いである。

——「歴史」とは、決して過去にあった事実というわけではないのです。過去が「歴史」となるためには、必ず、現在の視点において「歴史化」する過程が必要となります。まずはそれを自覚することから始めましょう。

本書を読み終わった時、そう語る穏やかな声が耳の奥に甦（よみがえ）ってきた。大学院の史学科に進学してきたばかりの学生達に向け、恩師がかけてくれた言葉である。「歴史化」する過程とは、すなわち「物語する」という行為だと私は解釈しているが、この作品はまさに「物語すること」を、構造とテーマ、二つの側面から描きだそうとしているように思えてならない。

土の湿り気、風の匂いまで感じられそうなほどに見事な筆致で描かれる物語は、よくある昔話や民話、お伽噺の姿をとって始まる。語り手が草であり、聞き手が子狐と山姥であるということを除けば、ありふれた出だしであると言えなくもない。実際、前半はそういった読者の予断通りにストーリーは進行していく。笠を被ったお地蔵さんに乙姫、龍神と、作中で語られるキャラクターの名前は、どこか聞き覚えがあるものばかりなのだからなおさらだ。しかし同時に、ここで語られる話には、どこか耳新しい要素が必ず入っている。読み進めるうちに、読者は物語するキャラクターと物語されるキャラクター、その双方と同一化していくことになる。そして終盤、物語そのものがメタ的な次元に及んでいると明らかになった時、知らぬうちに、自分自身もその構造の中に取り込まれている事実に気が付くのだ。全体の形があらわになった瞬間、全身に鳥肌の立つような感動を覚えた。

この作品には、忘れられた民話の復興や、現代の物語事情に対する問題提起などもテーマとして含まれているようだが、個人的には、「物語する」行為の難しさそのものを積極的に扱った面に面白さを感じた。

一つのストーリーを価値あるものとするためには、数ある情報を取捨選択し、一部分を大きく膨らまし、他者に対して「語るに足るもの」としなければならない。「物語する」という行為には、必ず、語り手の意思が介在し、聞き手が存在する必要があり、それは時に「語られるもの」それ自体より重要な意味を持つことになる。卵が先か鶏が先か——歴史と同様、本質的にジレンマを抱えながら、物語は成立している。

そういった難しさに向き合う真摯な眼差しを持ちながら、自由に広がる物語を一点に収斂させ、読者の胸にストンと落としてみせた作者に対し、私は心からの敬意を表したい。

今読み返すと、何と言うか、随分と偉そうなもの言いであるのが気になるが、私が感銘を受けた点、感動した点については以上の通りである。

初めて読んだ当時は全く知らなかったことだが、著者が民話と小説の狭間で苦しみ、「物語」と真正面からぶつかりあった結果出来上がったこの作品は、鮮やかに実を結んだと言えるだろう。

中央公論文芸賞「受賞のことば」を、著者はこのように結んでいる。

「受賞の報を受けた時、草どんと子狐と山姥の姿が目に泛んだ。いい歳をして可笑しいけれども、彼らが快哉を叫んだような気がして、私は泣きそうになったのだった。」

二〇二一年　一月

この作品は２０１８年２月徳間書店より刊行されました。

徳間文庫

# 雲上雲下（うんじょううんげ）

2021年3月15日　初刷

著者　朝井（あさい）まかて

発行者　小宮英行

発行所　株式会社徳間書店

〒141―8202　東京都品川区上大崎三―一―一　目黒セントラルスクエア

電話　編集〇三(五四〇三)四三四九　販売〇四九(二九三)五五二一

振替　〇〇一四〇―〇―四四三九二

印刷　製本　大日本印刷株式会社



ISBN978-4-19-894631-9　（乱丁、落丁本はお取りかえいたします）